苏北作品精品集
妄言与私语
WANGYAN YU SIYU

苏 北◎著

时代出版传媒股份有限公司
安徽文艺出版社

图书在版编目（CIP）数据

妄言与私语/苏北著.--合肥：安徽文艺出版社，2022.4
（苏北作品精品集）
ISBN 978-7-5396-7230-4

Ⅰ．①妄… Ⅱ．①苏… Ⅲ．①散文集－中国－当代
Ⅳ．①I267

中国版本图书馆 CIP 数据核字(2021)第 122403 号

出 版 人：姚　巍	策　　划：朱寒冬
责任编辑：宋晓津	装帧设计：徐　睿

出版发行：时代出版传媒股份有限公司　www.press-mart.com
　　　　　安徽文艺出版社　　www.awpub.com
地　　址：合肥市翡翠路 1118 号　邮政编码：230071
营 销 部：(0551)63533889
印　　制：安徽新华印刷股份有限公司　(0551)65859551

开本：700×1000　1/16　印张：24　字数：350 千字
版次：2022 年 4 月第 1 版
印次：2022 年 4 月第 1 次印刷
定价：68.00 元

(如发现印装质量问题，影响阅读，请与出版社联系调换)
版权所有，侵权必究

目　录

自画像——偶感（代序）／001

辑一

汪曾祺的二十九个细节／003
汪曾祺的签名本／019
一个永远无从毕业的学生
　　——写在汪曾祺先生逝世二十周年之际／024
汪曾祺是现代的／033
汪曾祺的文学地理／049
致汪曾祺先生的一封信／057
"她的全身，都散发着一种青春气息"
　　——重读《受戒》／065
梦见汪曾祺先生(外一篇)
　　／071

辑二

与周毅的点滴
　　——一个作者与编辑的通信
　　／077
在泗洪与王蒙先生的一顿
　　午餐／103
刘震云的两件往事／107
你的美丽和优雅无法
　　抵挡／112
谈赠书／117
我其实不懂阿左林／121
看吴雪写字／124
杨重光教授的幽默／128
说说宋小词／132

文艺绿的张秀云
　　——序《一袖新月一袖风》/ 137
"如果要是没有猜错的话，
　　我站反了吧！"/ 141

辑三

我是怎么迷上《红楼梦》的
　　——读《红》小札之一 / 145
贾宝玉的任性
　　——读《红》小札之二 / 148
清浊之间的贾宝玉
　　——读《红》小札之三 / 152
贾母骂人
　　——读《红》小札之四 / 158
金钏儿跳井是几时？
　　——读《红》小札之五 / 160
贾宝玉的眼神
　　——读《红》小札之六 / 167

林黛玉的小机灵
　　——读《红》小札之七 / 170
薛宝钗其实人是不错的
　　——读《红》小札之八 / 173
袭人升职与大观园里的小道消息
　　——读《红》小札之九 / 178
《红楼梦》的现代笔法
　　——读《红》小札之十 / 182
花袭人与栗子
　　——读《红》小札之十一 / 186

辑四

我的食羊小史 / 191
舂米和腌菜 / 196
粉羹和鱼圆杂素汤 / 200
高邮大肉圆（外二则）/ 202
在萧县吃蝶拉猴子 / 205
在廊坊遇到一畦菜园 / 208
高邮有家"汪味馆" / 211

辑五

被女孩咬过的苹果 / 217

用樱花拼个名字 / 222

两只雀儿 / 227

"还有一个小小的秘密没能
　告诉你们"
　　——致岳父母的一封信 / 231

张帐子 / 236

鸡跑了 / 241

飞机上的一个姑娘 / 247

三孝口记忆 / 251

水墨宏村 / 255

红莲与白莲
　　——看荷记 / 260

有个公园,叫花溪 / 264

被宣城的美所困扰 / 267

有关庐江的美丽记忆 / 274

我的变化 / 278

去大圩找字 / 282

风雨凤阳行 / 287

一个白脸长身的兄弟及其他 / 295

有"女"志玲 / 305

"看你往哪儿跑……" / 328

一个饭局 / 337

黄鱼车 / 342

巧遇 / 345

回乡路上 / 352

妄言与私语 / 359

桃的时光(外一篇) / 369

她的文字是极其小心的
　　——读《拉萨的时间》兼及
　　其他 / 371

后记 / 375

自 画 像
——偶感（代序）
文／苏北

我之爱文学，起步比较晚。
七岁泥和尿，十五把墙翻。
二十喜读书，一生不知返。
痴顽记性差，蛮狠倒由它。
遇事牛角尖，暴躁如倔驴。
为人还善良，口直脸易翻。
伤了旁人心，自家还挺坦。
无心又无肺，玩笑偶瞎开。
相处尚诚信，最厌欺和诈。
书斋三十年，混事能力差。
喜"红"又爱"汪"，半生耗于他。
其中苦与乐，外人何以解？
誉与毁各半，苦时心危忧。
所幸喜忘事，过后照乐呵。
转眼过五张，奔六时不远。

耳顺心亦顺,修炼谈何易?
吾见八十八,嫉恨如中天。
愿我六十六,澄明若空谷。
人闲心亦悠,和气如稚童。

注:"红"是指《红楼梦》,"汪"是指汪曾祺。

辑一

汪曾祺的二十九个细节

我阅读汪曾祺三十年,或者说,研究汪曾祺这二十年,写了一些文章,但更多的是搜集到不少有关汪曾祺的细节。细节总是充满活力,它不一定非得指向什么,但细节就在那里,人们听到或者看到,多半会莞尔一笑。这里我撷取二十九则,算是对这位可爱的老头儿离开我们二十周年的纪念。

一

记得有一年去汪先生家,先生拿出湖南吉首的一瓶酒(包装由黄永玉设计)给我们喝,席间汪先生说老人有三乐:一曰喝酒,二曰穿破衣裳,三曰无事可做。当时我们才三十多岁,对这三乐也没有什么理解,但是回家我记在了本子上。如果不记下,早就忘掉了。如今回忆这句话,又多了些况味。

二

著名散文理论家、苏州大学教授范培松曾给我说过一个笑话,此笑话是作家陆文夫在世时说的。陆文夫多次说:"汪老头很抠。"陆文夫说,他们到北京开会,常要汪请客。汪总是说,没有买到活鱼,无法请。后来陆文夫他们摸准了汪曾祺的遁词,就说"不要活鱼",可汪仍不肯请。看来汪老头不肯请,可能还"另有原因"。不过话说回来,还是俗语说得好,"好日子多重,厨子命穷"。汪先生肯定也有自己的难处。

"买不到活鱼",现在说来已是雅谑。不过汪曾祺确实是将生活艺术化的少数作家之一。

三

汪先生的小女儿汪朝给我说过一件事。汪朝说,过去她的工厂的同事来,汪先生给人家开了门,朝里屋喊一声:"汪朝,找你的!"之后就再也不露面了。她的同事说:"你爸爸架子真大。"汪朝警告老爷子,下次要同人家打招呼。下次她的同事又来了,汪老头不但打了招呼,还在厨房忙活了半天,结果端出一盘蜂蜜小萝卜来。萝卜削了皮,切成滚刀块,上面插了牙签,边上配了一碟蜂蜜。结果同事一个也没吃。汪朝抱怨说,还不如削几个苹果,小萝卜也太不值钱了。老头还挺奇怪,不服气地说:"苹果有什么意思?这个多雅。"

"这个多雅",也许这就是汪曾祺对待生活的方式。

四

有一年到汪先生家去,汪师母说了一件趣事。说前不久老汪酒喝多了,回来的路上跌了一跤。汪先生跌倒之后第一个感觉就是看能不能再站起来,结果站起来了,还试着往前走了几步。"咦!没事。"汪先生自己说。回到家里,汪先生一个劲地在镜子前面左照右照,照得汪师母心里直犯嘀咕:"老汪今天怎么啦?是不是有什么外遇?"七十多岁满头银丝的汪师母说完这话,哈哈大笑,那个开心。其实汪先生是照照脸上皮有没有跌破。

五

听过一件事。说某文学青年偶然认识了汪先生,之后就到先生家中拜访。这是一个痴迷得有点癫狂的青年。他为了能每日聆听教诲,索性就住到了汪宅。汪宅的居所不大,他于是心甘情愿睡地下室,这样一住就是多日,每天一大早就举着一把牙刷上楼敲门。有一次他还带来了儿子,老头儿还带着孩子上街去买了一只小乌龟。可是"这个青年实在是没有才华,他的东西写得实在是不行"。每次他带来稿子,都要叫老头儿给看。老头儿拿着他的稿子,回头见他不在,就小声说:"图穷匕首见。"

汪老头认为青年从事的是一种较艰苦的工作,很不容易。可他确实写得不好,每次带来的稿子都脏兮兮的。汪老头儿终于还是无法忍受,他用一种很"文学"的方式,下了逐客令——一天大早,青年又举着牙刷上楼敲门,老头打开门,堵在门口。一个门里,一个门外,老头儿开腔了:"一、你以后不要再来了,我很忙;二、不允许你在外面说我是你的恩师,我没有你这个学生;三、你今后也不要再寄稿子来给我看。"讲了三条,场面一定很尴尬。我听到这个"故事"时是惊悚的,出了一身冷汗。

几十年过去了,当年的青年现在也是半个老头儿了。希望曾经的青年读到此则,不要见怪,因为我们都爱这个老头儿,对吧?

六

得到一个重要的细节。一个重庆的记者,有一年因采访一个重要节日的稿件,访问一位九十五岁高龄的叫章紫的老人。临走时老人找出一本旧影集给记者翻翻,记者竟看到章紫与汪曾祺的合影,一问,原来他们是1935年在江阴南菁中学的同学。记者于是接着采访。章紫说,她有个好朋友叫夏素芬,是一个中医的女儿,汪曾祺对夏素芬有点意思。高二有天上学,他们一进教室,就看见黑板上有人给夏素芬写了一黑板情诗,不是新诗,是旧体诗,是汪曾祺写的。汪曾祺跟大家一起看,看了之后,他自己把黑板擦了。

后来,夏素芬在江阴沦陷区,章紫在重庆读书,汪曾祺在西南联大读书。汪曾祺给章紫写了很多信。后来章紫妈妈知道她跟一个苏北男生在通信,还警告说:"你爸爸不喜欢苏北人,他知道了,会不高兴的。"通信的大多数内容已无法回忆,但信里面有两句话,章紫一直记忆犹新。章紫说:"有一次他在信里写了一句,我记得很深,他说,'如果我们相爱,我们就有罪了';还有一次是他的信里最后写了一句'握握你的小胖手'。当时我手胖,班上的同学都知道我的小胖手。"章紫说:"'小胖手'这句我记得,是因为我的信多,看了就随便搁在桌上,同寝室女生看了,看到那一句,大家都觉得好笑。"

20世纪80年代,一次章紫去北京,到汪曾祺家里做客。章紫说:"他爱人施松卿跟女儿在家。他很会做菜,做菜时他悄悄跟我说:'当年学校的事儿,不要多说。'我想说的就是他跟夏素芬的事吧。"

汪先生在世时曾说过,想写写自己的初恋,可是觉得人家还在世,如果写出来,是不是打搅了别人平静的生活?于是不愿意写。

七

1957年"鸣放",汪曾祺在单位的黑板报上写了一段感想:我们在这样的生活里过了几年,已经觉得凡事都是合理的,从来不许自己的思想跳出一定的圈子,因为知道那样就会是危险的。他还给人事部门提意见,要求开放人事制度,吸收民主党派人士参加,说"人事部门几乎成了怨府"。

1958年"鸣放",他写了小字报《惶惑》,说:"我爱我的国家,并且也爱党,否则我就会坐到树下去抽烟,去看天上的云。"又说,"我愿意是个疯子,可以不感觉自己的痛苦。"

八

又得到一个细节,依然很重要。一个叫陈光愣的老人,写了一篇短文《昨天的故事》。陈光愣1958年毕业于北京农业大学,被划为一般右派分子,分配到沙子岭农科所之后,与汪曾祺在一个政治学习小组,后期又与汪同宿舍住。陈光愣回忆:1959年,在农科所一次学习大会上,领导传达中央文件,提到毛主席提出不当国家主席,以便集中精力研究理论问题。传达完毕,汪曾祺忽然语出惊人,怀疑地说:"毛主席是不是犯了错误?"弄得四座为之失色,不知如何往下接话。幸亏在边远的张家口沙岭子的农科所,没人出来发难。所领导愣了一会儿,岔开话题,说:"大家的思路统一到党的指示的思路上来。"敷衍了过去。

真不知道汪老头儿当时是怎么想的,怎么冒出这么一句奇怪的话来。也可能人在比较高压的政治环境下面,反而会说出一些匪夷所思的话来。后来我见到汪朗,把上面这个细节说给汪朗听。他笑着说,老头儿政治上比较幼稚。

九

2003年到北京,一次与汪朗喝酒。大家喝得开心,都多喝了点。之后有人提议到老头儿的蒲黄榆旧居坐坐。因人多,在书房里散坐,汪朗坐在地上。大家说话,汪朗说,"文革"时,他妈妈(师母施松卿)在新华社做对外翻译。一次开会无聊,她下意识地在一句主席语录下面打了一个问号。等清醒过来,赶紧到厕所冲掉,可是还是害怕,老是怕有人监视她,过了很久也好不了。一回,汪先生中午喝了酒,撸起汗衫,躺在床上,拍着肚皮哼京剧。正哼着,头顶上的电棒管子一头忽然掉了下来,也没完全掉,另一头还插在电棒盒子里,还撅在那儿晃呢!老头儿也不管,继续哼。汪师母说:"你还不把汗衫放下来,上面有人监视你呢!"

十

20世纪六七十年代,一次汪曾祺没事,去北京大学找过去西南联大的同学朱德熙。朱德熙不在家,等了半天,也没有回来。只有朱德熙的儿子在家里"捣鼓"无线电。汪坐在客厅里等了半天,不见人回,忽然见客厅的酒柜里有一瓶好酒,于是便叫朱的半大的儿子,上街给他买两串铁麻雀。而汪则坐下来,打开酒,边喝边等。直到将酒喝了半瓶,也不见朱德熙回来,于是丢下半瓶酒和一串铁麻雀,对专心"捣鼓"无线电的朱的儿子大声说:"这半瓶酒和一串麻雀是给你爸的。——我走了哇!"抹抹嘴,走了。

到了1987年，汪曾祺应安格尔和聂华苓之邀，到美国爱荷华参加"国际写作计划"。他经常到聂华苓家里吃饭。聂华苓家的酒和冰块放在什么地方，他都知道。有时去得早，聂华苓在厨房里忙活，安格尔在书房，汪就自己倒一杯威士忌喝起来。汪后来自己说："我一边喝着加了冰的威士忌，一边翻阅一大摞华文报纸，蛮惬意。"

十一

20世纪70年代，汪老头儿还不是老头儿，住在三里河一带，老邻居后来对汪朗说："总是看到你妈脚高高地跷着看外文书，而你爸——在那儿炒菜或干活！"说20世纪80年代初期，老头儿博得文名，有一次酒后狂言："你们可得对我好一点，我将来可是要进文学史的。"几个兄妹都大为惊奇，异口同声说："你——老头儿？别臭美了！"

十二

人们都说汪曾祺平和，其实他骨子里是很狂的。汪先生写作是极其认真的。一次汪师母在桌上说："他都是想透了才写。"这时汪先生接话："我就要写出同别人不一样的才行。别人看了，说：'这个老小子还有两下子！'"又说："刘绍棠那样的小说，我是写不好的。"

汪朝在桌上说，老头儿写《大淖记事》时，家里没地方给他写东西，老头儿总是想好了，然后像一只老母鸡，到处找窝。找到窝，下了蛋，才安静下来。汪朗说，他想好了一篇东西，总是吃睡不安，要写出来才安定。汪朝就说："老爷子又有蛋了。"

十三

20世纪80年代初,《钟山》举办太湖笔会,从苏州乘船到无锡,万顷碧波,大家忘乎所以。宗璞和几个女作家在船上各打着一把遮阳伞。船快到无锡,汪曾祺忽然给宗璞递过半张香烟盒纸,上面写了一首诗:"壮游谁似冯宗璞,打伞遮阳过太湖。却看碧波千万顷,北归流入枕边书。"宗璞非常高兴,多少年后都记得这首诗。

这样的游戏之作,是需要捷才的。可以说,汪曾祺是有才子气的。所以后来才有人说,汪先生是"最后一个士大夫""中国当代最后一个文人"。这些说法,在汪曾祺身上都能得到印证。

十四

汪曾祺好像跟金钱没什么关系。他给人的印象是飘逸、雅致、冲淡。其实,老头儿是食人间烟火的,而且有的时候还很幼稚、天真,见出其可爱。

"为了你,你们,卉卉,我得多挣钱!"

"我要为卉卉挣钱!"

每每读到这两句话,我都要从内心里发出微笑。这句话出自汪曾祺的美国家书。1987年汪应聂华苓和安格尔夫妇之邀,到爱荷华参加"国际写作计划",在美生活了三个月,其间他一共写回家书二十多封。在美期间,汪接触到世界各地的作家,眼界开阔,心情舒畅,"整个人开放了"(汪家书中语)。汪自己说"我好像一个坚果,脱了外面的硬壳"。汪说上面这番话的缘由是台湾的出版社要出他的小说集,《联合报》也转载了他的小说《安乐居》《金冬心》和《黄油烙饼》等，这些都是要以美元来付稿费的。他在信中说："我到了美国，变得更加 practical（实际），这是环境使然。"之后就说了以上这番话。这里的"你"，是他的夫人施松卿；"卉卉"，则是他的孙女。汪在这两句话中，充满了兴奋、自负，甚至还有一点点自豪！人都似乎有点飘飘然了！自信得有点不知如何是好的样子。——这些话不像出自汪曾祺之口。

十五

说汪老头儿参加饭局之后的舞会，跳起来还挺有风度，不愧在西南联大"潇洒"过几年。有时舞场上有几个姿色出众的女性，老头儿都会心中有数。有一回王干将其中的一位请入舞池，在人丛中跳了一圈，回来坐在老头儿身边，老头儿虎着脸说："你刚才跑哪儿去了？"王干笑说："别看老头儿不动声色，美女会引起老头儿的注意呢，眼睛的余光瞄着呢！"

有次老头儿酒后，兴奋劲还没过去，走到酒店大堂，见迎宾小姐在那儿站着，老头儿走上去，带几分顽皮，将胸一挺，模仿了一下，说："应该这样站着。"将人笑翻。

偶尔老头儿开会带着老伴，老头儿就不敢这么嚣张，要收敛得多。稍有出格，便会被老太太训斥。老头有一次偷偷地说："你们以后开会，可别带着老婆。——带着老伴出差，比赶一头牛还累！"

十六

1989 年汪曾祺给《工人日报》的一个全国工人作家班讲课。让他讲的题目是"小小说的创作"，他对此没有多大兴趣，就给学员讲文学与绘画的关系。有一天,还带来自己的一幅"条幅",是一枝花,朱砂花朵三二朵,墨叶二三片,一根墨线画到底,右题一行长条款:"秋色无私到草花。"有个河北籍的女学员嘴快,看了一眼就说:"空了那么多,太浪费,画一大束就好了。"汪先生哈哈大笑,仿佛那个女生的话一点没有扫他的兴。有个男同学问:"能不能给我?"汪老头儿抬头看看,问:"处对象了吗?""谈了。""那好,就拿走吧,送给女朋友,这叫'折得花枝待美人'。"

十七

1989年汪曾祺和林斤澜受邀到徽州游玩,当地安排一个小青年程鹰陪着。第二天一早,程鹰赶到宾馆,正好汪先生已经下楼,正准备去门口的小卖部买烟,程鹰跟了过去。汪先生走近柜台,从裤子口袋里抓出一把钱,数也不数,往柜台上一推,说:"买两包烟。"——程鹰说,他记得非常清楚,是上海产的"红双喜"牌。卖烟的在一把零钱中挑选了一下,拿够烟钱,又把剩下的一堆钱往回一推,汪先生看都没看,把这一堆钱又塞回口袋,之后把一包烟往程鹰面前一推:"你一包,我一包。"

晚上程鹰陪汪、林在新安江边的大排档吃小龙虾。啤酒喝到一半,林斤澜忽然说:"小程,听说你有一个小说要在《花城》发?"程鹰说:"是的。"林说:"《花城》不错。"停一会儿又说,"你再认真写一个,我给你在《北京文学》发头题。"汪老头儿丢下酒杯,望着林:"你俗不俗?难道非要发头题?"

十八

看苏叔阳写汪先生。苏叔阳说,一次他和汪老在大连开会。会上发言中,苏叔阳讲了"骈四俪六"的话,顺口将"骈"读成"并",还将"掣肘"的"掣"读成"制",当时会上,谁也没有说什么。吃晚饭时汪先生悄悄塞给他一个条子,还嘱咐他"吃完了再看"。他偷偷溜进洗手间,展开一看,蓦地脸就红了,一股热血涌上心头。纸条上用秀丽的字写着:"骈"不读"并",读"片"的第二声;空一段,又写:"掣"不读"制",读"彻"。苏叔阳说他当时眼泪差一点流出来,心中那一份感激无以言说。回到餐桌,苏叔阳小声对汪先生说:"谢谢!谢谢您!"汪先生用瘦长的手指戳戳他的脸,眼中是顽童般的笑。

十九

汪先生第一次见到铁凝,走到她的跟前,笑着,慢悠悠地说:"铁凝,你的脑门上怎么一点头发也没有呀!"铁凝后来说"仿佛我是他久已认识的一个孩子"。

铁凝在《汪老教我正确写字》里写道,1992年汪先生到河北参加《长城》笔会,其间铁凝拿自己的新书送给汪先生。汪先生看了她在扉页上的签名,对她说:"铁凝,你这个'铁'的金字旁太潦草了,签名可以连笔,但不能连得不像个金字旁了,是不是?"铁凝后来说:"除了父母,还没有人能这样直率地指出我的毛病。"

二十

陈国凯曾说过,20世纪80年代,一次在湖南开会。在餐厅吃饭时,一个老头子已在那里吃了,面前放着一杯酒。主会人员向他介绍汪曾祺。汪先生看着他,哈哈一笑:"哈,陈国凯,想不到你是这个鬼样子!"

陈国凯是第一次同汪曾祺见面,觉得这个人直言直语,没有虚辞,实在可爱,也乐了:"你想我是什么样子?"

汪先生笑:"我原来以为你长得很高大,想不到你骨瘦如柴。"

二十一

高晓声1986年和汪先生广州、香港之行同住一室。汪先生随身带着白酒,随时去喝。1992年汪先生去南京,高晓声去看他。汪先生将他从头看到脚,找到老朋友似的指着高的皮鞋说:"你这双皮鞋穿不破哇?"鞋是那年高晓声去香港时穿的那双,汪曾祺居然一眼认出来了。

二十二

1991年汪曾祺参加云南笔会,同行作家李迪,戴个大墨镜,被高原太阳晒得够呛,一天下来,摘下眼镜,脸都花了,只有眼镜下面的一块是白的,其他地方都是红的。汪先生见了,说:"李迪,我给你八个大字:'有镜藏眼,无地容鼻。'"

二十三

同龙冬、央珍夫妇到汪先生家,汪先生同我们谈到顾城。他说,1988年他在香港见到顾城同谢烨,谢烨怀孕了。汪先生对顾城说:"谢烨好像怀孕了似的。"顾城说:"怎么'似的',就是怀孕了。"

对顾城杀妻自缢,汪先生想不通,说:"太过分了点。"又说,"其实他们在那儿生活挺艰苦的,一个月50美元。"

汪先生见到央珍就很高兴,总是说"这是一个不错的女孩"。汪先生说龙冬"找个藏族老婆",一副挺羡慕的样子,又好像后悔自己年轻的时候怎么没找个少数民族的老婆。

二十四

有一回到汪先生家,汪先生在煮什么东西,有点怪怪的味道。师母说:"老汪在煮豆汁。"她说,"我们一家子都反对,你去闻闻,又臭又酸。"汪老头儿说:"我就吃。"又说,"梅兰芳那么有钱,还吃豆汁呢!"

二十五

同龙冬、央珍到汪先生家去,见到汪先生坐在客厅的沙发里,没有开灯,较暗。师母施松卿开的门,我进去先摸了一下汪先生,之后我掏烟给他,他说:"我现在不怎么抽烟了,一天也就10支左右。"我见汪先生气色不好,脸不如以前黧黑中透红,而是黧黑中透紫。我即问先生:"身体如何?"先生说:"不太好,去年到医院,本来做手术,手术前进行身体全面检查,发现肝有问题。"我进一步问:"什么毛病?"先生说:"我也说不清楚,毛病多呢!转氨酶也高,不过不太高。"我见先生没有信心,我心里真难受。人是要老的,人老了真是一件没有办法的事情呀。

二十六

同龙冬到汪先生家,汪先生特高兴,去时他正睡着,起来,穿着睡衣走出来,一手拧我的脸,一边说:"怎么好像刚洗过海水澡?"我昨天刚从蓬莱回来,是在那洗了海水澡,还到长山县去了。长山是海岛,比较美。大海是咸的。怪了,汪先生怎么知道我刚洗过海水澡?

汪先生兴致特高,我们从室外(客厅)谈到室内,到汪先生的书房。汪说,吴宓胡子长,两边永远不一样。因为吴宓胡子长得特快,左边刚剃完,才剃右边,左边又长出来了。还说吴宓满脸是胡子,只有鼻尖上那么一点点不长胡子。

二十七

1996年12月全国文代会和作代会在北京召开,我那时在北京工作,请了许多作家吃饭。吃完我们赶到京西宾馆,出席作代会的北京代表团的汪先生和林斤澜都住在这里。我们找到汪先生住的楼层,他的房间门大敞着,可没有人,房间的灯都开着,就见靠门这边的台子上,有好几个酒瓶和一些乱七八糟的杯子摆着。那些酒,除白酒外,还有洋酒。汪先生人不知道跑哪儿去串门了。我们在房间里站了一会儿,又到走廊上来张望。没过一会儿,汪先生踉踉跄跄地回来了,一看就已经喝高了。他见到我们,那个热情啊!招呼"坐坐坐坐",之后就开始拿杯子倒酒,"喝一点,喝一点"。他去拿个洋酒瓶,我们本来晚上已经喝过,再看他已经喝高了,还喝个啥?于是抓住他的手说:"不喝了不喝了,我们喝过了。"只坐了一会儿,便匆匆离开了。

二十八

江苏的金实秋先生编了一本《汪曾祺诗联品读》。金先生真是功莫大焉,他不厌其烦,那么有兴趣,到处去找,搜集了这么一个东西,把汪曾祺的点点滴滴(当然肯定还有遗失的)进行了梳理,编了厚厚的一本书。通过那些诗联,你发现汪先生是有捷才的。肚里有,又反应很快。真如黄庭坚(山谷)说秦少游的,"对客挥毫秦少游"。汪先生是可以"对客挥毫"的。

二十九

近有两首汪曾祺的逸诗被发现。其中一首是我不久前去高邮发现的。几个朋友在湖边的渔村吃饭,席间高邮的柏乃宝对我说,他有一个熟人,知道汪曾祺有才,结婚时请汪先生给画幅画。汪老头儿欣然同意,没几天,老头儿叫来拿。画上是一片湖面,泊着船只,在画的一角,汪给题了四句诗:

> 夜深烛影长,
> 花开百合香。
> 珠湖三十六,
> 处处宿鸳鸯。

"珠湖三十六",高邮人都懂的。说高邮湖原有三十六珠湖,后来水大,漫成一片,遂成高邮湖。这首诗没有一字提到祝福,但处处体现了祝愿之意。意境之美,无以言说。得到的人和看过的人,都感到十分地温暖。我原以为金先生的《汪曾祺诗联品读》已收,回来之后,我查遍《汪曾祺诗联品读》和《补说汪曾祺》两书里的每一篇,都没有这首诗,看来肯定是逸诗无疑了。

这些细节能说明什么呢?它们又有什么意义呢?细节总是迷人

的。我想,读者自会有自己的理解,是不需要我在此多说的。我呈上这些,只是为了纪念。

2017 年 4 月 24 日

汪曾祺的签名本

汪先生真是个好老头儿。他去世这么多年了,影响力还那么大,生卒日总还有人记得,为他举办纪念活动,家乡为他扩建文学馆。这些年来,一些学者和文学爱好者不断研究和挖掘他的史料,也搜集到不少他的趣闻和故事。但是这些趣闻都是有益的、温暖的。

他生前有诗云:"写作颇勤快,人间送小温。"他的确是做到了。

作为文人,汪先生"送小温"的方式也是颇具文学性的。除了为人亲切、平和、冲淡和有趣之外,我归纳大致有这么独特的三点:一曰做饭,二曰赠书,三曰作序。汪先生是美食家,喜欢写美文、做美食(他不是发明了著名的"塞馅回锅油条"吗?),这些大家都是知道的。汪先生曾"自喜":"别人说我的序写得还是不错的。"(看看,他还借别人之口)——当然这话他是对美丽的藏族姑娘央珍说的。但如若较真考究起来,汪先生的序言的确写得不错。他不是特别推崇李健吾吗?是的,他的序同李健吾先生的书评一样,其实都是美文。关于这一点,我曾撰有《汪曾祺的序言》一文,这里且不去论它了。本文要说的是汪曾祺的签名本,亦即赠书,或者推而广之,包括他赠送的字画。

汪先生是没把自己的字画当回事的。"我的画其实没有什么看头,只是因为是作家的画,比较别致而已。"这是他在《自得其乐》一文中说的。他写字画画,从不收钱。曾经有人给他寄过钱,他都如数退回了,还按别人的要求把画好的画寄过去。过去我的回忆文章中曾说过,有时我们去,临走了,汪师母说,老汪,你刚出的某某书还没有送他们呢。汪先生会摸摸索索地摸出两本,签上名递给我们。记得有一回,我把我陆续购买的先生的书带过去,请他都给签上,有三四本吧。后来这些书也有丢失的。我那时住筒子楼,一家三口只一间屋子。平时门都是敞着的,同事随便进出,也就不知给哪一位拿去看了。先生送我的书,我手头还有几本。第一本是《蒲桥集》(作家出版社,1989年3月第1版)。汪先生在扉页上题"赠立新,汪曾祺,1989年7月",那是我从县里到北京进修,一次去先生家,先生给的。第二本《旅食集》,是1992年的事了,那时我已回到天长工作,是师母施松卿给寄到县里去的。书上题:"赠立新,汪曾祺,1992年11月。"1993年初我到北京工作,接触先生的机会便多了。之后的几年,先生送我的书应该有好几本,但有些丢了,有些完全不记得了。手头还有一本《独坐小品》(宁夏人民出版社,1996年11月第1版),是1997年1月送我的。

我收藏的汪先生的签名本,最有价值和意义的,是《汪曾祺散文选集》。这是汪先生生前送我的最后一本书。他在书的扉页题道:"苏北存,曾祺,1997年5月。"得到这本书离汪先生离世仅仅一周时间。1997年5月9日,我带孩子到先生家去并在那里吃了饭,临走时先生送了这本书。这本书的前后空白页给我写满了字,在书后的空白处,我记下了当天的日期:"9日同陈浅到汪先生家去。"而在书的前面的扉页上,我记下了送别汪先生的情景:"今天送完这个人。这个人真的作古了。他不是去出差,也不是我们忙不去看他,而是我们永远见不到他了。他永远不可能再同我们说话了,请教他有关问题,听他说一些有趣的事了……5月28日晚记之。"

我现在偶尔翻看我珍藏的这些签名本,看看那些题签,字都十分清秀。不像现在收到的一些赠书,要么龙飞凤舞写满扉页,要么几个字米粒大小缩在书边。看先生的这些题款,同欣赏书法和艺术品一样,的确给人美的享受。

汪先生偶尔也会对自己书的装帧谈一些看法。他曾送我一本沈阳出版社编的"当代散文大系"《汪曾祺散文随笔选集》(1993年6月第1版),书的封面是亚光的奶白色,仿佛还压了暗纹,摸上去手感很好。只是书的右下角画了一个葫芦,一个老头袖手蜷腿地缩在葫芦里,他给我题了:"我并不总是坐在葫芦里。"当时我哧哧地笑了,这么好的设计,他还调侃。(版权页上注此书设计者为李老十。)可惜这本书给我丢了。几年前到大连出差,在一个山窝窝里的作家村里淘回一本,可惜再也补不了题签了。浙江文艺出版社1993年出的他的《茱蒲深处》(小说集),是红色封面,书的顶端画了一只小船,船上和水中站着、游着几只鸭子,一个船夫在划着船,左下剪纸似的刻了一男一女抬着一箩筐,筐里坐着一个留头的娃娃,他讽刺说:"像个儿童文学。"

他曾对漓江出版社的《汪曾祺自选集》(1987年10月第1版)发表过一通很妙的议论。他刚拿到此书时,对送书上门的聂震宁说:"蓝配紫,臭狗屎。"(此书封面淡紫色,而书名中"自选集"三个大字却是绿蓝色的。)聂震宁回说:"臭狗屎就臭狗屎,反正书是好书。"这本书初版本才印两千册,弄得汪先生还怕出版社亏本,给家乡高邮的官员写信,看家乡新华书店能否订一点,以解出版社之忧。仅此小事,也可见出汪先生的善良和善解人意,许多时候,他总是为别人着想。我手头的这本《汪曾祺自选集》,就是购于高邮县新华书店,时间是1988年10月。

这二十年来——先生去世二十年了!——我陆陆续续写了《忆·读汪曾祺》和《汪曾祺闲话》两本书,通过对先生作品的细读和一些交往的回顾,逐步加深了对先生的了解。汪先生可以说是一个非常清醒的作家,或者说,是一个有着非常强烈主体意识的作家。他对自己的认识非常清楚。他知道怎样写才更加是自己的,才是有独特风格的。他表面随和,其实内心极其自负,他能看得上的作家并不多。

我知道,有许多朋友手头都有汪先生的签名本。我可以列出一长串名单。这些名单在两本关于汪先生的纪念文集《你好,汪曾祺》和《永远的汪曾祺》中都能找到,黄裳、范用、邓友梅、铁凝、王安忆……20世纪80年代初,他送人书还用毛笔题签,显得很郑重。高邮金实秋是汪先生的同乡,在1982年出版的《汪曾祺短篇小说选》上,汪先生题曰"赠实秋同志,曾祺"几个大字,字虽为行楷,但可以看出写得很安静,稳健中透着清秀。他给香港古剑的一本《晚翠文谈》,亦为毛笔所题:"古剑兄教,曾祺,85年10月寄自北京。"看笔迹,小楷俊逸,饱满有力,有明人气象。正如他自己所言"似明人笔意"(汪先生1983年画过一幅水仙,边款题"高邮汪曾祺,时年六十三,手不战,气不喘")。

到 90 年代,汪先生大名已如日中天,走到哪里,已很有一些崇拜者,则不大见到用毛笔题签了。肖复兴曾说过,一次在北京朝阳公园搞活动,汪先生在场。肖复兴的儿子,小小年纪,却喜欢上汪曾祺,于是便带上两本汪先生的书,请他题个字。在《蒲桥集》上,汪先生写下"朝阳初日,萧铁闲看",这是一份特别定制。作家王干很早就认识汪先生。王干兴化人,也曾在高邮工作,与汪先生也算是小同乡。一回汪先生送王干一本《释迦牟尼传》(江苏教育出版社,1992 年版),则题"王干同参"四个大字。王干多少年捉摸不透"同参"何意,一次饭局聊天说起,大家七嘴八舌,想"同参"可能是佛教用语,大约离不了同拜之意吧。汪先生总会这样,根据题赠对象的身份特点,写上那么两句,也别有新意,使受赠人心中欢喜。

我有幸能拥有汪先生的这些签名本。我珍爱我收藏的这些签名本。我知道这些字迹现在已十分珍贵了。我有时翻开这些书中的签名,看着那些字迹,如晤先生本人,真是非常怀念他。

2017 年 8 月 23 日晨

一个永远无从毕业的学生
——写在汪曾祺先生逝世二十周年之际

写下这个题目,我自己也有点怀疑,能这么说吗?你没有上过大学,更没念过硕士、博士,不可能有像汪先生与沈先生(从文)那样的师生之谊。你一个乡下孩子、土包子,怎么可能有汪曾祺这样一位老师?

去年我曾就这个题目写了几段话,最终还是放下了。今年是汪先生去世整二十周年,文学界肯定会有些纪念活动的,我拿什么来纪念呢?

我还是把这个题目写下去。我为什么不能是汪先生的学生?我的老师怎么就不能是汪曾祺呢?他虽没有在大学教过我,也没能手把手地教会我文学创作,可是整整三十年,或者说是他去世后的整整二十年,我几乎天天都和他在一起,别人觉得他已去世了,而我觉得他并没死,他每天都和我在一起。他的书在我的床头,他的名字在我的口中。

有时我也觉得无趣。在这个城市,有许多读书人早已把我和汪曾祺捆在了一起。朋友聚会,来一个陌生朋友。朋友会说,这是某某,研究汪曾祺的,或者说是汪曾祺的学生。我之前会反对,说"不是不是"。后来麻木了,也就含含糊糊"不敢不敢"或者"惭愧惭愧"了之。还有就是极熟的朋友小聚,会有朋友给打"预防针":"苏北,今天不许谈汪曾祺,只喝酒。提一下汪先生名字,自罚一杯,如何?"

可见我已到了"无汪不谈"的程度了。

我为什么这么热爱汪曾祺呢?

这个就说来话长了。容我稍稍扯远一点。

我小的时候,并不热爱文学。九岁前在乡下,读的是复式班。三年级到县里,一直读到高中,除了爬墙上树、钓鱼游水,对读书毫无兴趣。高中二年级时才开始发奋学习,所学也是数理化。1979年高考,以几分之差落榜,原因是语文才考三十多分,于是复习再考,对语文就格外用功。用功的方法就是背诵课文。我不知从什么地方弄来一本《现代散文选》,上面有《小橘灯》《背影》《长江三日》《荔枝蜜》和《谁是最可爱的人》,后来我逐步知道这些作品后面都有一个伟大的名字,他们是:冰心、朱自清、刘白羽、杨朔、魏巍。我将这些文章大声背诵。从我家向西,穿过几条巷子,过一个越河(夏天长满荷花),就上到城墙埂上,我每天一大早就在城墙上诵读这些文字,把这些优美的文字记在心里。有时城墙上有雾,我就在雾中大声读去,仿佛那声音不是我的,而是悬在不远处的半空中的什么东西。

自此,我竟然被文学迷住了!

到第二次高考又失败之后,我死心了,不再高考,只想写一本书给我的同学看看,我当作家去!写一本《艳阳天》,或者《红楼梦》(请允许一个少年这样乱想),让我的那些同学做梦去吧,目瞪口呆去吧。

先是读外国文学名著。那时正是世界名著重印的时候,我买了许多这样的书,比如《复活》《老古玩店》《巴黎圣母院》《红字》《约翰·克利斯朵夫》《绿衣亨利》《契诃夫小说选》《母与子》等,而后我一部一部阅读,虽然不好读,我也不太喜欢读,可是我暗下决心,既然是世界名著,肯定是经过许多牛人筛选的。它们能流传下来并且被世人所认可,肯定有它们的道理,否则难道全世界的人眼睛都瞎了?

后来我转读中国小说,先把《红楼梦》一气儿乱读,又读当代作家的书。一次与文友到高邮湖(我们县在高邮湖边上)游玩时第一次听说汪曾祺的名字,回来我就找他的小说来读,一下子就喜欢上了汪曾祺,并成为终身的阅读习惯。

1987年,我无意中得到了一本汪曾祺的小说集《晚饭花集》,喜欢得不得了。为了学习他的语言和写作方法,我把他的《晚饭花集》用大半年时间给抄在了四个大笔记本上——其实也就是单位发的大号的工作笔记本。我认认真真地一个字一个字地去抄。有心得了,就在边上用红笔进行批注。这时我已在县里银行工作,所从事的工作就是查账,跟文学一点关系也没有。我办公室生锈的铁窗外面是一棵高大的泡桐树,春天一树紫色的大花,夏天一窗子的绿荫。我坐在窗下吭哧吭哧,兴趣盎然,抄到会心处,感到特别幸福,觉得自己同别人不一样。别人忙生活忙玩忙喝酒(那时喝酒成风),而我偷偷忙在别人看来是很幼稚的事情。别人背地里都说我怪怪的。我谈恋爱时,还有人私底下议论我脑子不好。可是我痴迷文学像沉迷宗教或者花朵一样不能自拔。我痴迷汪曾祺到了癫狂的程度。

就这样,一个春天一个夏天,我把《晚饭花集》抄完了。后来我不知道从哪儿得到的信息,知道汪先生在北京京剧院工作,我一激动,就把这四个笔记本给寄了过去。寄过去并没有得到回应。不过,不多久,我也把这事给忘了。

1988年秋天,我忽然心血来潮,决定到里下河地区去走访,带着这本《晚饭花集》,开始了我人生的第一次行走,实地勘察了苏北地区的风土人情。三天时间,走了江都县、高邮县、兴化市、宝应县、淮安市和洪泽县,记下了近万字的原始笔记。这一切都是因为一个人——汪曾祺。

1989年我得到去鲁迅文学院进修的机会,在那里我第一次见到汪曾祺先生。我清楚地记得那天的情景:我准备去洗衣服,正开门,一阵脚步声从楼梯口传来,紧跟着一行人就向我住的隔壁接待室走去。咦,这个老人怎么这么眼熟?——之前我已多次见到书中他的照片。他脸黝黑,背微微有些驼。他微笑着,走在最后。这个老人是谁?

汪曾祺先生!

一位熟人证实了我的感觉,我怦然心跳。再一打听,原来他是来参加鲁迅文学院和北师大联合举办的文学创作研究生班开班典礼的。

散会后,我站在大教室门口,汪先生一走出来,我就把他引到隔壁我住的503房间里来了。汪先生坐下,我说我是天长的(天长县与高邮县相邻),曾抄过他的小说,并寄给了他,不知可收了。汪先生哼哼哈哈,我还是不知道他收没收到,可是他接纳了我,没过几天我就是他家里的客人了。

汪先生在蒲黄榆的那个家,小极了。可是当时我感觉不到,我认为一个人在北京能有一张床就可以了。汪先生和师母施松卿对我非常好,我在那里吃了午饭(好像很简单的饭菜)。汪先生给了我一幅画,是一枝墨竹。画面上首,竹叶稀疏,叶片倒向一方,仿佛有风而过,瑟瑟有声;下首竹枝栖一小鸟,鸟墨色,回头后望,小眼有情。整个画面极清淡。未题款,只钤一印。

7月的时候,我们学习快结束了,就要离开北京了,我又去了一次。那天小雨,汪先生赠我一本《蒲桥集》,并留我吃了中午饭。

我回到县里,我们几个喜欢汪先生小说的,想出一本小说合集,他们建议由我请汪先生给写个序。于是我写信给汪先生,不久汪先生来信,同意给我们写序;又不久,洋洋洒洒的两千字的序言给我们寄来了。

1993年我又偶然获得一个机会,借调到北京工作,在一家报社当记者。这一来,我与汪曾祺先生接触的机会又多了起来。

我去过汪先生家多少回,又说过多少话,记录得很少,更没有录音。去多了,去长了,有时感觉自己像是他们家里的一个孩子,每次进门,首先一句:"最近身体好吗?"汪先生摸摸索索,去泡茶,去拿书。师母身体好的时候,都是师母提醒:"老汪,刚出的书,给他们拿一本!"

汪先生从来没当面在创作上指导过我。我去他家,聊天,吃饭,要书,但对于创作,他从来没有说过。我们聊到西南联大,聊到吴宓,汪先生说:"吴宓那个胡子,长得真快。他刚刚刮完左边的胡子,去刮右边;右边还没刮完,左边又长了起来。"说完,汪先生抿嘴而笑,嘎嘎的声音。想必非常快乐!汪先生对我们说到赵树理,说赵树理是个天才,有农民式的幽默感。汪先生说起一件事,说他们有个旧同事,天生风流,他借了赵树理的皮大衣穿,竟然与一个女人将大衣垫在身下,将大衣弄得腌臜不堪。赵树理回太原工作,那个人也来送行,赵树理趴下来,给那人磕了个头,说:"我终于不同你共事了!"汪先生说完,又是大笑。

倒是有一回,我拿了一个小说稿《小林》,想请先生看看。汪先生说:"可以,先放这,我看看再说。"之后吃饭喝酒,一番热气腾腾。汪先生酒后微醺,眯盹着眼,坐了一会儿。我们起身要走,汪先生站起来,转了一圈,说:"稿子呢?这个不能丢了。"之后收起稿子,一转身,抱拳,进隔壁一个小房间去了。

几天后,我又急不可待地去了先生家。去时我心下忐忑,进门坐下,也不说稿子之事。大家东扯西拉,说说笑话,仍是留饭。饭后我终于是憋不住,问:"稿子看了吗?"汪先生不说话,汪师母扯他的衣角,过一会儿,汪先生说,《小林》写的什么,要体现什么,都说不清楚。之后就批评:不自信,手太懒。说沈先生刚到北京,连标点符号都不会用,硬是靠一支笔,打下一个天下;说老舍先生每天写 500 字,有的写没的写,500 字,你们这么年轻,手这么懒,一年中不写几个字,怎么行!说得汪师母扯坏了汪先生的衣角。

从此之后,再不给汪先生稿子看了。——就在前几天,为纪念汪先生去世二十周年,汪朗在汪先生的旧居收拾东西,竟然还翻出了那篇小说稿子。二十多年了,这篇我的旧小说还在汪先生的书房里!

1997 年 5 月 16 日汪先生突然去世,我还在湘西出差。朋友龙冬打电话给我,告诉我汪先生去世了,我一时反应不过来。可是放下电话,我真的非常难受,一如自己失去了亲人。因为我 5 月 11 日还到了他家,他一切都好,还说要环太湖转一圈,参加一个什么女作家笔会。汪先生说,组织者一定要他参加,说那些小丫头片子想见见他。

汪先生说完,哈哈大笑:"一个老头子,有什么可看的!"我看到了汪先生内心的快乐。可就这么几天……

我赶回北京,参加了汪先生的追悼会。我又见到了他,一个我眼中曾经活生生的人,就那么静静地躺在了那里。他再也不说话了,他那支妙笔再也拿不起来了。他就那么静静地睡在那里,面如生人。

汪先生去世后,没过多久,我离开了北京,回到了家乡的省会工作。

汪先生去世了,我才开始重新翻读汪先生的作品,写了一点回忆性的文章。这时候我才发现,我们并不能理解汪曾祺,我们对他了解得太少太少了。于是我开始静下心来看他这个人,读他的书。当然,除了我,还有很多人在研究他,在读他的书。出版社也开始重新出版他的作品。他在世时,作品印得并不多,去世后,作品反印得多了,多家出版社重印他的小说、散文。许多人开始怀念他,写了大量的文章,这才使我对汪先生有了更深入的了解。可以说,汪先生去世二十年,被人们谈论了二十年。

这谈论者当中,我也是一个。

孙郁先生曾为我的小书《一汪情深》写过一个书评,他说,汪曾祺去世后,谈论他最多的是苏北。我知道,我当然不是写汪曾祺最多的人。孙郁先生的意思我明白,我是个坚持不懈谈论的人。

这倒是真的。汪先生去世二十年,我几乎每年都会有些文章在报刊上发表,而且多为大家能见得到的报刊,所以容易给人造成我谈论得多的印象。

或者,假如说我在研究汪曾祺上还有一点点成绩的话,那就是得益于坚持,几十年如一日的坚持。当然,这种坚持是一种愉快的坚持,是一种乐在其中的坚持。

我只是一个坚持不懈地谈论汪曾祺的人。

汪先生去世二十年,也是我成长的二十年,也是我追忆的二十年,更是我学习他、理解他的二十年。关于这些在我的《忆·读汪曾祺》和《汪曾祺闲话》两本书里都能找到,或者说,这两本书是我从一个文学爱好者到"汪迷"到一个不合格的"学生"(自我感觉)到所谓汪曾祺的研究者的过程的见证。

那么,我是如何理解我这么多年的追求的呢?

我原来基础很差,在上面我已说过。我从一个文学青年而成为一个作家(不入流的),从另一个方面证明文学是可以教、可以学的。我因为业余写作,所读不多,所写也少,但就我这许多年掌握的仅有的一点写作技巧及对生活的态度,观察生活的方式,审美系统的建立,人生观、价值观等等等等,绝对一些说,大部分是从汪先生或者说他的老师沈从文先生身上学习来的。

那么,这些年来,汪先生究竟给了我些什么呢?我认真地想了一想,大约有这么明显的三个方面:

一、我能写一点东西,纯粹是汪先生阳光的照耀。近三十年来,我写了有100多万字的小说、散文。是汪先生的文字,给我打开了一扇大门,使我走进去,看到了许多心仪的人物,包括沈先生、归有光,等等。有一年,我出了一本散文集,在安徽的绩溪搞了个小型研讨会。上海几所大学的教授,他们说我是低姿态写作,文字不事张扬,有一种"随物赋形"的感觉,他们提出了一个"通道说",说汪曾祺是个"通道",通过"汪曾祺这个通道",我的散文承接了中国传统散文的脉络。这种见解非常新鲜别致。我虽不敢接受,也不能承受,但说汪先生是个"通道",我同意!我们通过汪先生这扇门,看到了许多中国传统的,有时是无以言说的东西。

二、他的作品影响了我的人生观、世界观、价值观和生活趣味。读书不仅仅是学习写作,它同时潜移默化,也改变着我们本人,改变着我们对事物的看法。我算是比较典型的,我上面说过,我一个顽童,今天能写一点文字,如果不是汪先生,我今天不知道干什么工作,我的人也不是今天这个样子。汪先生自己说过:"一个真正能欣赏齐白石和柴可夫斯基的青年,不大会成为一个打砸抢分子。"我读汪先生读久了,我的生活态度、审美情趣,也在潜移默化地改变。我想通过这个事例,也同样可以说明文学的功用,文学是干什么的。

三、这些年来,我沉浸在汪先生的文字里,乐此不疲。这使我体会到,一个人对一件事物入迷是一件多么幸福的事情。这种快乐是不可与人道的。汪先生去世的这些年,我去过他的墓上好几次,每次都是由汪朗兄陪着。我们家人有时笑我:你真是个呆子!其实呆子很快乐。其实我也影响了家人和朋友,通过我,他们对汪先生也心有所仪。我将写的有关汪先生的书给我女儿看:"看看!爸爸写的!"我的女儿说:"这是应该的,谁叫你是他的徒弟!"一句话,说得我心里像灌了蜜。

我这辈子大概是不会离开汪先生了。他的文字对我是一种生命的滋养。值此汪先生逝世二十周年之际,写上这些,算是一个不合格的、永远无从毕业的学生,对先生的一份怀念。

2017 年 4 月 15 日晚

汪曾祺是现代的

一

汪曾祺是现代的。我不是说他是现代派什么的,我是说他是现代的。——他的思想、情感、表达方式——都是现代的。

汪曾祺不是士大夫,"中国最后一位士大夫"的帽子要从他头上去掉。如果汪曾祺在世(这个"帽子"是他去世后流行起来的),估计他也不会要这顶"帽子"。我过去也人云亦云地引用过这句话,但心中总是存一点点疑惑。

岁末年初,在北京参加由人民文学出版社主办的《汪曾祺全集》首发式,著名学者孙郁先生的一番话,让我深受启发。他说,鲁迅之后,一个作家的作品可以反复阅读的并不多,有的作家只有一部两部或者一篇两篇能反复读,但是汪先生几乎所有文字都可以反复阅读,所以他个人心目当中觉得《鲁迅全集》之后最有分量的是《汪曾祺全集》。孙先生还有一段精彩的描述:汪曾祺是从沈从文来的,但是汪曾祺更朗然,更大气,又很自信。他在世俗社会中发现美,而且又超越世俗。在没有意思的地方发现意味。他创造一种美,他使我们感觉到生活如此美好。面对黑暗,他用一种美的东西去克服黑暗。他是不可复制的伟大作家,真正是我们民族的财富。

这真是见道之言。是的,汪曾祺是朗然的。他的身上完全没有一点迂腐的气息。他的人和文都非常地阳光、透亮。这其实也道出了汪曾祺去世二十年,为什么读者还如此喜爱他,以至产生一大批"汪迷"和"汪粉"的重要原因。

回来翻看《汪曾祺全集》,在"杂著"卷中,有一篇访谈的开头几句话十分重要。这个访谈时间是1995年,由汪先生家乡高邮电视台专门赴京做的。这个视频资料现在看来真是弥足珍贵的。在这个访谈中提到汪曾祺的小说的写法是采用"风俗画"的方式。汪曾祺在这个访谈中透露,最早提出他的小说的写法是"风俗画"的是老作家严文井。严文井说:"你这种写法是风俗画的写法,这种写法很难。因为几乎全都是白描。"

这句话非常重要:"全都是白描。"白描的写法难吗?

当然难。就像画画。八大山人的画最难画。它是最简单的,又是最难的;徐渭、齐白石的画最难画,那么几笔,枯藤下来,枯荷下来,绝不简单。

首发式结束回来,坐在车上前排的汪先生大女儿汪明,忽然模仿汪老头儿的口吻,来了一句:

"他们说得真好啊!"

大家都笑了。汪明的这一番幽默,真是恰到好处。因为在首发式上,不止一个嘉宾提到:如果汪先生在天有灵,对这套全集的出版,也会感到欣慰的。

汪明这句话典出汪曾祺的散文《名优逸事》。在这一组散文中，汪先生写到京剧表演艺术家郝寿臣在担任北京戏校校长期间，一次讲话，念由秘书代拟的稿子，念到高兴处，忽然一指稿子说："同学们啊，他说得真对呀！"

到饭店坐下吃饭，大家说汪曾祺去世这二十年，出了多少书，都无法统计。他在世时，有时酒后狂言："你们可得对我好点，我将来可是要进文学史的。"（这当然是戏言）可是他的三个子女，要么都不搭理他，要么就齐声说："老头儿？就你？别臭美了吧！"

我就着大家的话，说："老头儿走后出了有一二百本书吧？现在发现老头儿的价值了吧？"

汪先生小女儿汪朝笑着接话："是的。是发现了——发现了他的经济价值。"

大家又是大笑。

二

喜欢汪曾祺的读者都知道，汪曾祺就读于西南联大。在《汪曾祺自选集》（漓江出版社，1987年10月版）的自序中，他曾谦逊地说"我不排斥现代主义"。他说："我不大同意'乡土文学'的提法。我不认为我写的是乡土文学。有些同志所主张的乡土文学，他们心目中的对立面实际上是现代主义，我不排斥现代主义。"

其实他是受到过现代主义的影响的。在何兆武的《上学记》中，这样描述汪曾祺："他和我同级，年纪差不多，都十八九岁，只能算小青年，可那时候他头发留得很长，穿一件破的蓝布长衫。"

这个"小青年"其实就是汪曾祺。

汪曾祺早年写诗。他自己文章中说过：

因为爱写诗，他在学校还小有名气。一次，在路上听见两个女生聊天，一个问："谁是汪曾祺？"另一个回答："就是写那种别人不懂，他自己也不懂的诗的人。"

那些诗后来被研究者发现，当然都是在汪先生去世后的事了。有一本汪曾祺诗选集，书名叫《自画像》（辽宁人民出版社，2017年6月版）。这也是汪曾祺唯一的一本诗集，收录了一部分汪曾祺写于西南联大的诗。现在来看，其中的一些诗，仍然给你一种新潮的感觉，比如《有血的床单》《自画像》等。在《有血的床单》中他写道：

> 年轻人有年老人
> 卡在网孔上的咳嗽，
> 如鱼，跃起，又落到
> 印花布上看淡了的
> 油污。磁质的月光
> 摇落窗外盛开的
> 玫瑰深黑的瓣子，你的心
> 是空了旅客的海船。

这完全是一种不知所以然的感觉。大约是一种青春的、落寞的情绪表达吧。

他在《自报家门》一文中说："我读的是中国文学系，但是大部分时间是看翻译小说。当时在联大比较时髦的是 A·纪德，后来是萨特。我二十岁开始发表作品。外国作家我受影响较大的是契诃夫，还有一个西班牙作家阿索林(阿左林)。我很喜欢阿索林,他的小说像是覆盖着阴影的小溪,安安静静的,同时又是活泼的、流动的。我读了一些弗·沃尔夫(伍尔夫)的作品,读了普鲁斯特小说的片断。我的小说有一个时期明显地受了意识流方法的影响,如《小学校的钟声》《复仇》等。"

汪曾祺在《自选集》重印后记中说:"我觉得我还是个挺可爱的人,因为我比较真诚。"

上面的夫子自道,是实话。他确实是一个比较诚实的人。

三

汪曾祺为什么改写《聊斋》?过去我一直不太明白。原来他是要赋予《聊斋》以现代意义。

蒲松龄当然了不起,但由于时代的局限,在他写下的这些志怪故事中,虽然故事奇异,描写生动,但其价值观,肯定是难以逾越他所处的时代的。也就是说,是缺少现代精神的。汪曾祺的改写或者重写,其目的就是赋予它新鲜的血液,使其更具现代意义。比如《快捕张三》,在《聊斋志异》后附的"异史氏曰"的议论中,也只是三言两语,与上文毫无关系。故事是一个叫张三的捕快,因常在外办差,又贪酒,新婚的妻子被一个油头光棍勾搭上了,一来二去,被张三发现,张三于是逼媳妇去死。媳妇说:"那我得打扮打扮,穿上娘家的绣花裙袄。"于是媳妇到里屋去收拾,张三在外间喝酒。"收拾"了好半天,媳妇出来了,张三单见媳妇"眼如秋水,面若桃花,眼泪汪汪的"。媳妇向他拜了三拜,就准备去上吊自尽,这时张三把最后一口酒饮尽,酒杯往地上"叭"地一掼,说:"且慢!回来!嗐!一顶绿帽子就当真能把人压死了?"至此,夫妇恩爱,琴瑟和谐,过了一辈子。

汪先生改写的目的,主要在此。他看重张三的"顿悟",欣赏张三的态度。中国这个社会,直到今天,对女性,不同样是较为"苛刻"吗?

而《瑞云》呢?

瑞云是杭州的一个妓女。十四岁了,"妈妈"叫她接客,瑞云说:"钱妈妈定,人我选。"结果求见的王孙公子不断,而瑞云却看上了一个穷书生贺生。这当然不行。可这日,来了一个秀才,坐了片刻,用手在瑞云额上一指,口中念道:"可惜了,可惜了。"结果瑞云脸上就有了一块黑斑,而且越来越大。瑞云破了相,被赶下楼做了粗使的丫头。贺生得知,卖了田产,赎了瑞云的身,娶回了家。小两口过得恩恩爱爱。忽一日贺生巧遇秀才,说起这事,秀才说,瑞云脸上的黑斑是他所为。贺生求秀才施法,恢复瑞云的原貌。秀才同意,只端来一盆清水,用中指在水中写写画画,瑞云掬水洗面,黑斑立刻没有了,瑞云又美貌如初。

本来《聊斋》原文故事到此就结束了。而汪曾祺改写的关键就在结尾:

这天晚上,瑞云高烧红烛,剔亮银灯。

贺生不像瑞云一样喜欢,明晃晃的灯烛,粉扑扑的嫩脸,他觉得不惯,他若有所失。

瑞云觉得他的爱抚不像平日那样温存、那样真挚了,她坐起来,轻轻地问:

"你怎么了?"

贺生怎么了？

这才是本文的关键：贺生原来仅有的一点心理优势没有了。他有一种本能的对美的恐惧。现代心理学将如何解释这种现象呢？

汪先生非常重视他的《聊斋》改写工作，1987年9月，他受邀到美国参加爱荷华国际写作中心活动，只有短短的三个月时间，在行李中，他还带了一本《聊斋志异》。他写信给夫人施松卿说："还有一个月，我可以写一点东西，继续改写《聊斋》。我带的《聊斋》是选本，可改的没有了。聂（华苓）那里估计有全本，我想能再有几篇可改的。"

他在美国先后改写了三篇《聊斋志异》，包括《黄英》《促织》和《石清虚》。他给夫人的信中，对自己改写《聊斋志异》颇有信心："我写完了《蛐蛐》，今天开始写《石清虚》。这是一篇很有哲理性的小说。估计后天可以写完。我觉得改写《聊斋》是一件很有意义的工作，这给中国当代创作开辟了一个天地。"

他以"开辟"一个"天地"来概括他改写《聊斋》的意义。可见他对这项"工作"是多么重视。

汪先生在《七十书怀》中说："我希望再出一本散文集，一本小说集，把《聊斋新义》写完，如有可能，把酝酿已久的长篇历史小说《汉武帝》写出来。这样，就差不多了。"可是这两项工作，他都也没有能够完成，就撒手离世了。

汪曾祺从1987年改写《聊斋志异》，陆陆续续写了四年，才写了《瑞云》《双灯》《画壁》《陆判》等十来篇，也只几万字——有的一篇才一千多字，多的一篇也不过三四千字（你知道他是一个惜墨如金的作家）——不够出一本书的。可惜了。

如果汪先生能多活几年，手头再抓紧些，改出个几十篇来，出一本《聊斋新义》（改写时他的篇名副题就叫这个名字）——这是我的想当然——那将是一本非常有意思的书。

四

现在从早期作品的角度，来说说汪曾祺的现代性。把汪先生的早期作品《艺术家》《牙疼》《日记抄——花·果子·旅行》《理发师》《落魄》《小学校的钟声》《庙与僧》，放在一起去读，是件很有趣的事。这些文字都完成于1947、1948年，那个时候汪先生才二十七八岁。那是怎样的一个汪曾祺啊。

汪先生在《艺术家》的结尾写道：

露水在远处的草上蒙蒙地白，近处的晶莹透澈，空气鲜嫩，发香，好时间，无一点宿气，未遭败坏的时间，不显陈旧的时间。我一直坐在这里，坐在小楼的窗前。树林，小河，蔷薇色的云朵，路上行人轻捷的脚步……一切很美，很美。

汪先生晚年经常说，我在二十多岁时的确有意识地运用了意识流，我的小说《复仇》《小学校的钟声》，都可以看出明显的意识流痕迹。

《日记抄——花·果子·旅行》：

我想有一个瓶，一个土陶蛋青色厚釉小坛子。

木香附萼的瓣子有一点青色。木香野，不宜插瓶，我今天更觉得，然而我怕也要插一回，知其不可而为，这里没有别的花。

（山上野生牛月菊只有铜钱大，出奇地瘦脊，不会有人插到草帽上去的。而直到今天我才看见一棵勿忘侬草是真正蓝的，可是只有那么一棵。矢车菊和一种黄色菊科花都如吃杂粮长大的脏孩子，要经过很大的努力与克制喜欢它。）

过王家桥，桥头花如雪，在一片墨绿色上。我忽然很难过，不喜欢。我要颜色，这跟我旺盛的食欲是同源的。

我要水果。水果！梨，苹果，我不怀念你们。黄熟的香蕉，紫赤的杨梅、葡萄。呵葡萄，最好是葡萄，新摘的，雨后，白亮的瓷盘。黄果和橘子，都干瘪了，我只记得皮里的辛味。

精美的食物本身就是欲望。浓厚的酒，深沉的颜色。我要用重重的杯子喝。沉醉是一点也不粗暴的，沉醉极其自然。

我渴望更丰腴的东西，香的，甜的，肉感的。

纪德的书总是那么多骨。我忘不了他的像。

葛莱齐拉里有些青的果子，而且是成串的。

这是发表在早期上海《文汇报》上的一组散文里的一篇（载1946年7月12日）。这一组文字1949年后丢失了，是不久前发现的汪的逸文（已收入汪曾祺的新版全集）。说是"日记抄"，明显看出是从日记中摘录出来的。这些文字更像是散文诗，意象和文字的跳跃非常强烈。"那种丰满、精力弥漫"是无与伦比的。这是年轻的生命，这是对未来还不能把握的一个年轻人的弥漫的遐想，也是那种"一人吃饱全家饱"的无所拘束和散漫落拓。

我看过汪先生二十多岁时的一张照片，脸上线条光洁，短发，嘴里叼着一只烟斗，一副故作老成的样子，完全是一副"爱上层楼"的自负。可是，精神饱满，一种旺盛的生命充溢着，眼神清澄极了。

  我只坐过一次海船，那时我一切情绪尚未成熟。我不像个旅客，我没有一个烟斗。

  我需要花。

  抽烟过多，关了门，关了窗。我恨透了这个牌子，一种毫无道理的苦味。——(《日记抄——花·果子·旅行》)

  抽烟的多少，悠缓，猛烈，可以作为我灵魂的状态的纪录。在一个艺术品之前，我常是大口大口地抽，深深地吸进去，浓烟弥漫全肺，然后吹灭烛火似的撮着嘴唇吹出来。夹着烟的手指这时也满带表情。抽烟的样子最足以显示体内浅微的变化，最是自己容易发觉的。

——(《艺术家》)

  这是一个怎样的生命？！汪先生在去世前的两个多月，为《旅食与文化》写题记。在文尾汪先生写道："活着多好呀。我写这些文章的目的也就是使人觉得：活着多好呀！"这跨越了半个世纪的文字对照着去读，让我们看到一个怎样的生命！生命！生命！一个年轻的鲜活的生命，"空气鲜嫩"。是啊！年轻多好呀！可以那么张扬，那么多的妄想，那么多的不切实际和自以为是！可是，"这一切很美，很美"。

  汪先生晚年在文章中说："我喜欢疏朗清淡的风格，不喜欢繁复浓重的风格。"其实汪先生晚年的文章，就是疏朗清淡的。这也是为什么会有这么多读者喜欢汪先生文字的原因。可是他年轻的时候又是多么繁复！那些文字黏稠、绵厚，不乏恃才自傲之气，用词往险、绝、峻里去。

这样的变化是必然的。从"爱上层楼"到"无事此静坐"，一个人的一生，总是要变的。这种变化，不妨往书里去找，更重要的，是往生活里去找。"曾经沧海难为水。"一辈子下来，经的事多了。人情练达，无须卖弄。一切归于萧疏、俊逸，成就了一派大家风格。

汪先生晚年论语言："我以为语言最好是俗不伤雅，既不掉书袋，也有文化气息。青年作家还是要多读书，特别是古文。雅俗文白，宋人以俗为雅，今人大雅若俗。能把文言和口语糅合起来，浓淡适度，不留痕迹，才有嚼头。"

汪先生这是夫子自道。他自己一生的经验都告诉了我们。

五

汪曾祺晚年的作品，其实是和早期作品一脉相承的，都充满了现代精神。有些作品更前沿、更超凡。打开《汪曾祺全集》他最后几年的作品，如《小姨娘》《仁慧》《露水》《兽医》《水蛇腰》《熟藕》《窥浴》《薛大娘》，虽然短小，然生气盎然。《窥浴》写得多么大胆，可又是美；《露水》写出了下层人的艰辛和不幸。汪先生晚年对写性更大胆了，写得很放开。

比如《薛大娘》。薛大娘是一个极其通俗的故事，而汪先生把它写得活色生香。薛大娘故事很简单，薛大娘是个卖菜的，但她有一项"兼职"，是给青年男女拉关系——拉皮条。街上的"油头"看上了哪个进城务工的乡下妹，两人眉来眼去有了意思，薛大娘就给他们"牵

红"。有一回薛大娘自己看上了"保全堂"的管事吕三,两人一来二去,熟悉了。下面是这么写的:

> 有一次,薛大娘到了家门口,对吕三说:"你下午上我这儿来一趟。"
>
> 吕先生从万全堂办完事回来,到薛大娘家,薛大娘一把把他拉进了屋里。进了屋,薛大娘就解开上衣,让吕三摸她的奶子。随即把浑身衣服都脱了,对吕三说:"来!"
>
> 她问吕三:"快活吗?"——"快活。"——"那就弄吧,痛痛快快地弄!"薛大娘的儿子二十岁,但是她好像第一次真正做了女人。
>
> ……
>
> 薛大娘不爱穿鞋袜,除了下雪天,她都是赤脚穿草鞋,十个脚趾舒舒展展,无拘无束。她的脚总是洗得很干净。这是一双健康的,因而是很美的脚。
>
> 薛大娘身心都很健康。她的性格没有被扭曲、被压抑。舒舒展展,无拘无束。这是一个彻底解放的,自由的人。

这种写法当然是很大胆的。人的价值观并不是二维的:非黑即白。它是复杂的,多元的。

汪曾祺要写的是什么?是人,是人性的美。

而《窥浴》是这样写的:

"你想看女人,来看我吧。我让你看。"

她乳房隆起,还很年轻。双脚修长。脚很美。岑明一直很爱看虞老师的脚。特别是夏天,虞芳穿了平底的凉鞋,不穿袜子。

虞芳也感觉到他爱看她的脚。

她把他的手放在自己的胸上。

他有点晕眩。

他发抖。

她使他渐渐镇定了下来。

(肖邦的小夜曲,乐声低缓,温柔如梦……)

这仍然是写人,写人的美。他热爱美好的东西;他生活在美中。生活中不完美的东西,他用文学加以弥补。他就是这样倔强地、不管不顾地讴歌美,讴歌人,讴歌人性。

六

这篇文章着重讨论的是汪曾祺的现代性。谈这个问题,也是对汪曾祺是"中国最后一位士大夫"的定义的"反叛"。我写这篇文章还专门查了一下《辞海》关于士大夫的定义。"士大夫"的词条说:

"士大夫":古代指官僚阶层。《考工记·序》:"作而行之,谓之士大夫。"郑玄注:"享受其职,居其官也。"旧时也指有地位有声望的读书人。

显然汪曾祺不符合上述条款的任何一条。他既不是官僚阶层，他一辈子没有当过官，没有坐过专车，没有提拔任用过同僚。虽然退休后有个"局级"待遇，那真只是个"待遇"。读书人他倒是，他真是读了一辈子的书。可是他到六十岁之后才成名，真是大器晚成。虽说大家都喜欢他、尊敬他，也只喜欢他的文章，喜欢他的人。"有地位有声望"，还真是要看用什么样的标准呢。在生活中，他并不像传统的读书人和知识分子。他自己说过接受儒家思想多一点，但他接受的，并不是"致君尧舜上，再使风俗淳"的儒家思想，而是竹篱茅舍、小桥流水式的。他喜欢《论语》中的《子路曾皙冉有公西华侍座章》："暮春者，春服既成，冠者五六人，童子六七人，浴乎沂，风乎舞雩，咏而归。"这种超功利的生活态度，其实更接近庄子思想的率性自然。他其实最在乎、最欣赏的，是生活中的美。他总是用一种美的眼光，审视生活，发现生活。又或从经历来看一个人的一生的话，严格地说，汪先生只是做了一辈子的编辑和编剧的读书人。

如果说汪曾祺是"名士"、是"才子"，是可以的。他身上的确有名士气，也有捷才。在汪曾祺的新版全集中，有一卷名为《杂录》，实际上就是他生活中的应酬、贺赠以及信函（包括给读者的回信）之类。古人的交往、贺赠，有一些是成为传世之作的，如苏轼的《记承天寺夜游》、张宗子《湖心亭看雪》；更有一些成了书法的精品、珍品，比如王献之的《中秋帖》、杨凝式的《韭花帖》和王珣的《伯远帖》，等等。但今人确实已经是很难做到了。汪曾祺是个例外，他《杂录》卷里面的"七零八碎"，你要认真去读，真是非常有趣，而且文字极好，又富有才气。这样的才子文章，谁不喜欢？

在新版《汪曾祺全集》刚刚出版不久，有学者又发现了一封汪曾祺的残信,缘起是一位大学教授对汪曾祺小说《异秉》中写到的卤菜的做法提出质疑,一连写了三条。汪曾祺收到来信,不但没有反感,更谈不上反驳,而是心平气和地和这位杨姓教授交流起各地卤菜特色和风味特点来。一封读者来信,汪曾祺的回信却成了一篇美文:

王二的熏烧制法确实如我所写的那样。

……

这种煮法另有一种香味,肉比较干,有嚼头,与用酱汁卤煮的味道不一样。……这样做法,现在似已改变。前年我回高邮,见熏烧摊上的卤味都一律是用酱油卤过的了。

羊糕有两种。一种是红烧后冻成糕。高邮人家制的都是这一种,你记得不错。上海、苏州和北京的稻香村卖的也是这一种。另一种是白煮冻实的。这种羊糕大概是山羊肉做的。煮时带皮。冻时把皮包在外面,内层是肉。切成片,外层有皮,形如"n",叫作"城门卷子"。"卷",……读宣字去声。这种羊糕也叫"冰羊",以别于白煮热吃的"汤羊"。我有时到冬天自己做做"白卷羊",凡吃过的都以为甚佳。

……

猪头肉各部分是有专名的。不过高邮人拱嘴即叫"拱嘴",耳朵即叫"耳朵"。舌头的舌与"蚀"同音,很多地方都避讳。无锡的陆稿荐叫作"赚头",与四川叫作"利子"一样,都是反其意而用之。广东人也叫作"利",不过他们创造了一个字:"脷",我初到广东馆子看到"牛脷"即不知为何物,端上来一看,是牛舌头!昆明的牛肉馆给牛舌起了一个很费思索的名称,叫作"撩青"！不过高邮人对动物的舌头没有这样一些曲里拐弯的说法，一概称之为："口条"。

结果使这位杨教授大喜——他仿佛又得了一次"美文"的洗礼一般。汪曾祺就是这样，他即使随手写的一个纸条，也许其中就有两句叫你难忘的话，使你愿意把这个纸条收藏起来。他曾在一篇文章中说："有些青年作家，文章写得不好。主要是语言不过关。一个作家要随时随地锻炼自己的语言，即使写一个检查，写一封信，也要力求做到文字准确简洁，意思明白通晓。"

汪曾祺的文字多是明快通晓的。在他的文字中，大多充满一种内在的快乐，不管是小说，还是散文、诗歌。当然他也有忧伤的甚至愤怒的时候，但那是极少数的。总体上说来，汪曾祺的调子是明快的，欢乐的。他自己说他是一个"中国式的、抒情的人道主义者"，应该说是准确的。

因为汪曾祺特别重视语言。他晚年的作品，多白描，少华丽。表面看起来很"老实"，然而藏在这"文白相夹"的语言背后，其实是相当富有现代精神的。

这才是汪曾祺的魅力，也是他作品经久不衰的根本所在。

2019 年 2 月 28 日

汪曾祺的文学地理

一

汪曾祺的文学地理,也像福克纳"像邮票那样大小的"那个奥克斯福小镇,也只是高邮城东大街不出方圆一公里的地方。纵观汪曾祺的文学成就,主要是他描写故乡高邮旧事的记忆,那里的乡俗人情。早在1982年,汪曾祺的一个亲戚(表弟)兼业余评论家杨汝就撰文指出:汪曾祺早期的《复仇》是有趣的尝试,但试一下就可以了。《黄油烙饼》《寂寞与温暖》,写反右等,也是一个历史的侧影,但是《异秉》《受戒》《大淖记事》,还有《岁寒三友》,才是真正的汪派,才是不可替代的。他又说:汪曾祺发掘了名不见经传的苏北小城高邮特有的魅力,愈是写出它的个性,就愈有普遍意义。

就是说,上面点出的写高邮的篇什,再加上后来《晚饭花集》里的大部(当然还包括他写高邮的散文),这才是汪曾祺对当代文学的重要贡献,或者说,汪曾祺的文学成就,主要在这里。

这个观点在1989年北京、台北两地同时进行的汪曾祺作品研讨会上(这是汪曾祺仅有的一次作品研讨会),也得到了强调。学者李国涛指出:汪曾祺写得最出色的还是家乡高邮的那些作品,这部分作品最能代表其创作特色。

二

最近我连续去了高邮两次。一次是随《北京青年报》"青睐高邮"寻访团,一次是陪深圳电视台拍摄汪曾祺文化专题片。因为采访深入,使我受益匪浅,弥补了我过去许多次去高邮的空白。两次去了《受戒》中小英子和明子的庵赵庄,虽然历经沧桑,变化很大,但人情和风貌大致还是如此。庵赵庄菩提庵(现改名叫慧园寺)现任住持智隆(在家名赵久海)是个有趣的老人。他今年已八十六岁,可精神矍铄,非常开朗豁达,真正是人情通透。庵赵庄在高邮的东北,距县城也只有十多华里。过去去庵赵庄是可以从大淖坐船的,正如汪曾祺所写小英子送明子去受戒,走的是水路;而现在打个车半小时就到了。第一次去庵赵庄时,那天正是小雨,由高邮的姚维儒先生陪着,也算是为《北青报》的寻访团先打个前站。找到庙里,智隆出门去给人家做佛事去了。他的老伴周志英在寺里——智隆结过两次婚,前后有五个孩子。他原先是出家的,后来还了俗,改革开放之后(用智隆话说,是小平同志"百花"之后),他又出家——周志英今年已七十六岁(她有两个女儿),正倚在门框上,看着院子里一堆被雨淋着的油菜秆(油菜籽在秆子上)发愁,她说:"再下这油菜籽就没用了,又没有办法搬到屋子里去。"我见那一大堆的油菜秆,怎么也没法搬到屋子里去。院子中间的洼地已经有雨水积渚,可雨也没有立即停下的意思。我前后转转,因规制太小,实在不像个法相庄严的古刹,倒更

像乡间的一个平常人家。门口依然有一条河,正如《受戒》中所言:

> 荸荠庵(菩提庵)的地势很好,在一片高地上。这一带就数这片地势高,当初建庵的人很会选地方。门前是一条河。门外是一片很大的打谷场。三面都是高大的柳树。

这一条河现在似乎更像一口池塘,水也不是那种撩人的清澈。院内倒是栽了两棵松树,还不见苍老。正中一只不大的铜香炉。前殿东西各有厢房。西边一间有两张大床,一台超薄电视机,一张大桌。桌上的墙上挂有两个镜框,里头夹满了照片。一个镜框里是两张大照片,或者是智隆和他老婆的。另一个则是智隆参加各种法会的照片,其中一张在甘肃某寺受戒大会上的尤为引人注目,说明智隆是正式受过戒的(是有执照的和尚,可以随庙挂单的)。

"他去哪里做佛事去了?"我问。

周志英已进到了东厢的厨房:"给马棚的一户人家。"

"远吗?"

"不远,就在运河的下面。"

我对姚维儒说:"去找他吧。"于是我们又上了出租车,在雨中去马棚。果然,只向北走了不多会儿,我们就找到了。

智隆是个胖子,可腰板挺直,声如洪钟,相貌真是堂堂。我上面说他人情通透,一点没错。他们一行有五六个和尚,都围在一张桌前,合做一台佛事。在这一群人中,也有智隆的儿子。我忘了问法号,只记得告诉我今年也六十七岁了。

见面略寒暄几句,就说到正题,我说:"汪曾祺你知道吧?"

他哈哈笑说:"知道知道,许多人来找过。"我问他记忆中的菩提庵是什么样子。我找出一张纸,他即给我画了个草图:标注为1933年记得的慧圆寺。上有佛堂、土地庙、大佛、七如来、小塔骨、字纸库……

我说:"北京一个寻访团要来,都是记者,想了解当年菩提庵的一些事情,你到时给介绍介绍。"

他一听北京来的,还是记者,说:"这个我怕讲不好。"又稍顿了顿,他忽然说:"怎么讲?你给我写个稿子吧?"

我不由得笑了起来:"这我不成了你的秘书了?"其他五六个和尚,有抽烟的,有喝茶的,也都笑了起来。

隔了两天,我果然又随寻访团来到菩提庵。这一回是个大晴天了,阳光极好。智隆前前后后跑着,回答着各种古怪问题。因为在家(寺就是家),他只穿了一件老头衫,女儿见着,找过一件僧衫给他披上。他乖乖地伸出胳膊,给女儿套,果然,僧衫一穿,像个出家人了。

在寺内的墙边,立着几块残破的石头。我走过去,仔细看上面的字,因蒙了很厚的灰尘,我找出纸来擦拭,见上面写着:

□□□于光绪十年契买朱生甫本里民田一百□□□,值银七百四十七两零六分,以为该庵僧道人食用香火……

寻访团里不知谁提议读《受戒》,于是一群人,便坐在寺外的围墙下的香樟树下,一人一段,从"明海出家已经四年了,他是十三岁来的……"开始,一个接一个念下去。

智隆见这一群人坐下读书,他过来对我说:"你们没事,我有事去了?"

我连忙说:"好好好,多有麻烦。您先忙去。"

寺中安静了下来,于是一群男女,带着各自的乡音,抑扬顿挫地照着书念了起来(汪先生若有灵,肯定忍不住要笑了起来)。声音沿着寺院浅黄的围墙,飘向了乡村的天空,散布在这夏日的苏北乡村的田野上。田野中成熟的小麦,在阳光下闪着金黄,一片一片伸向远方,碧蓝的天空下,有几棵孤立的树立于田间,真是一幅油画。

智隆对我说的"有事",其实他是跑到村头小卖部那里修电动三轮去了。我们返回的时候,从村头过时,我见他正趴在地下,起劲地"捣鼓"他的三轮。我想这三轮,大约是他的"专车",出门做佛事,要带许多"家伙",没有个"车"是不行的。

我坐在大巴车内,窗户是密封的,没有办法同他打个招呼。我望着他勾着身子的背影,忽然有点感动。这个老人让人感到十分亲切。他不像个和尚,像一个普通的爷爷。

三

东大街的寻访则更有趣了。我二十天之内,三次重走东大街。可以说,汪曾祺在《晚饭花集》里写故乡的部分,都是在这条不长的古老的小街上。那天下午,陪深圳电视台去草巷口拍摄,那里的一个百年老浴室至今还在。有一块基石,上面刻有"玉堂池"三字。在此之前,我曾与高邮籍作家王树兴专门到这个浴堂洗了一把澡。街坊说,汪曾祺小时候就在这里洗澡(我们洗一把,也算沾沾汪老头的灵气)。草巷口与汪家所在的科甲巷和竺家巷只一街之隔,距离也只二三百米。过去人家,洗澡必去浴室。汪曾祺小时候在此洗澡,是再合情理不过。拍摄这天，巷子里居住的老街坊（多为老人，每每访问都会出来看）又都出来的，倚在门框上看热闹。随便问一问，一个答八十七了，一个答八十一了。巷口一个老太，指着隔两三个门的一个：她九十一了。

"写的是我家哎！"

"认识，认识，写的就是×××。"

"汪家祖传眼科，他父亲还给我看过眼睛呢！"

……

当问起汪曾祺笔下的人物时，这些老人七嘴八舌，仿佛是经过训练的演员，一个一个抢着，说着自己知道的故事。是的，汪曾祺小说《异秉》中的王二，《徒》中的高北溟女儿女婿高雪和汪厚基，都住在这条巷子里。

姚维儒先生为我手绘了《汪曾祺故乡足迹图》。姚先生年届古稀，是高邮土生土长的人。小时候也住在东大街上，对这一片非常熟悉。其实说"足迹"，也就是汪曾祺十九岁离开故乡之前的足迹。汪先生笔下的人物：王玉英、侉奶奶、李三、叶三、金大力、李花脸、八千岁、陈小手、大凤二凤三凤……笔下的地名：越塘、螺蛳坝、臭河边、承天寺、阴城……都在这页图册上。几十年来，我已反反复复在这条街上走过多次，包括三十年前和十年前的寻访，也没有这一次走得仔细和深入。

汪先生在《自报家门》一文中说：

从我家到小学要经过一条大街，一条曲曲弯弯的巷子。我放学回家喜欢东看看，西看看，看看那些店铺、手工作坊、布店、酱园、杂货店、炮仗店、烧饼店、卖石灰麻刀的铺子、染坊……我到银匠店里去看银匠在一个模子上錾出一个小罗汉,到竹器厂看师傅怎样把一根竹竿做成笆草的笆子,到车匠店看车匠用硬木车旋出各种形状的器物,看灯笼铺糊灯笼……百看不厌。有人问我是怎样成为一个作家的,我说这跟我从小喜欢东看看西看看有关。这些店铺、这些手艺人使我深受感动,使我闻嗅到一种辛劳、笃实、轻甜、微苦的生活气息。这一路的印象深深注入我的记忆,我的小说有很多篇写的便是这座封闭的、褪色的小城的人事。

汪先生又说过:

我写小说,是要有真情实感的,沙上建塔,我没有这个本事。我的小说中的人物有些是有原型的。(《菰蒲深处》自序)

其实都是有原型的(他真是一个不会编故事的作家,老老实实写下自己熟悉的生活),但是这些原型都经过了汪先生的思考和升华。世界上还没有一个完整的生活,一下子让你写成小说这样的好事。正因为汪曾祺作品的真,笔下才实。他的作品,事情真,情感真,语言真。几乎可以说,几十年来,经过那么多的读者,特别是家乡熟悉他笔下人物和故事的读者的阅读,还没有一个人指出过汪先生笔下的虚妄与不实。也可以说,这才是汪先生作品经久不衰的魅力,或者说,魅力之一吧。

在高邮,汪曾祺可以说是家喻户晓。我们在高邮见到的人,都能说出一两件汪曾祺笔下人物的故事。汪曾祺,真正可以说是属于高邮的,他是一个有家园的作家。他的家园,当然是高邮。

一个作家,因为作品,掀动了一座城。在中国除了鲁迅、沈从文等作家之外,还有多少作家能够做到呢?评论家唐湜在很早就说过:汪曾祺的这些关于故乡的作品,"是一章旧文化传统、旧生活传统的抒情诗"。

沈从文先生也早就说过:若世界真还公平,他的文章应当说比几个大师都还认真而有深度,有思想也有文才!"大器晚成",古人早已言之。最可爱还是态度,"宠辱不惊"!

沈从文在 1941 年给施蛰存的信中,谈及昆明的一些人事,也曾写道:"新作家联大方面出了不少,很有几个好的。有个汪曾祺,将来必有大成就。"

沈先生真是眼力深厚,果然言中。

2019 年 7 月 20 日,酷暑,天大热

致汪曾祺先生的一封信

尊敬的汪先生：

  今年是您一百周年诞辰，刚刚过去的这个正月，又是您的生日，可那时新冠疫情闹得正凶，原计划的关于您的许多活动，全部取消了。可即使这样，也有许多文友为了纪念您，还是在网上开展了许多活动，有访谈，有专栏，也有网站制作了您的视频。您生日的那一天，您几乎在网上"刷屏"了。许多人记得您，许多人喜欢您。您的书，现在可以说，各大小书店都有了，可以这样说，凡是卖书的地方，再小的书店，也会找出一本您的书的。那些有名的大书店，更不用说了，将您的书做成专柜，做成专题，并且开展讲座或者阅读活动。您去世二十三年来，可以说，您的书的出版，就没有中断过。记得您在世时曾说过，一个人不被人理解未免寂寞，一个人太被人了解，又十分可怕（大意）。您的意思我明白，人还是不需要太出名了，有一点理解自己、喜欢自己的读者就够了。您不是说过吗，一个日本作家到中国来访问，一个中国作家说"我的书印得太少了，才几千册，不好意思。"那个日本作家大惊："印这么多？我的书才印几百册。"

可是现在,您的书成了许多读者的"香饽饽"。在文学界,更不用说了,都以喜欢您或者曾与您有过交往而骄傲:那个时候……或者我与汪先生……大有当年"我的朋友胡适之"的意思。我知道,您其实是不想把书出得这么多,也不希望这么有影响。您不是说过吗:"我悄悄地写,你悄悄地读。"我知道您这是实话。您写的许多文字,当年我们不太明白的,或者不太理解的,后来我们在阅读您的过程中,都慢慢理解了、明白了,发现都是真诚的、实在的话。您曾说过"出家人不打诳语",您的写作是真诚的,您说过的话也是真诚的。

可是,没有办法。您现在所拥有的读者,所产生的影响力,虽然不是您所希望的。但是现实就是如此,谁也没办法改变。您即使活过来,您也无可奈何。您只会大吃一惊:怎么会这样?

您去世这二十多年,我写过关于您的一些印象,后又写了一些阅读记。有些读者喜欢,我受到了鼓励,又写了一些,朋友建议可以出一本书。后来出了,叫《忆·读汪曾祺》,还有了些影响,许多喜欢您的读者也喜欢这本书。我知道不是我写得多么好,而是读者喜欢您。"爱屋及乌",使我的这本小书沾了光。记得这本书在北京研讨时,正是您去世十五周年的日子,许多您生前的朋友都去了。大家谈起您,总有说不完的话,个个眉飞色舞,抢着发言,会议从上午九点开到下午一点,还意犹未尽。结果会议主题全跑了调,没人研讨我这本书,反都在回忆您的趣闻逸事,一个个都有一肚子的故事,生生把个研讨会开成了关于您的茶话会。

记得当时有几个笑话,我印象特深。聂震宁先生说,您的那本《汪曾祺自选集》出来后,他们到北京给您送书,您见到书,对封面不满意,书的封面是紫色的,书名是蓝的。您说"蓝配紫,臭狗屎"。聂震宁笑说:"臭狗屎就臭狗屎,书反正是好书。"潘凯雄说:"都说汪老爷子随和,平易近人。其实他的话并不多。初次与他相处,还会有点紧张。"凯雄兄的话,忽然让我明白,是的是的,汪先生的话并不多。记得那时到蒲黄榆或者您后来的住处福州会馆,您并不多说话,而是有时冷不丁冒出一句。您说话是经过思索的,不是呱呱啦啦地说一大堆,除非是您酒后说兴奋起来的时候。平时您的话不但不多,而且是很少。您有时忽然说出一些警句,冷不丁的。秃头秃脑的,人要是不注意,还一时半会儿反应不过来。记得王巨才写过您,说有一次在北京梅地亚宾馆开会,您中途出来抽烟,王先生那时刚从西安调北京工作,见到您挺崇敬,上前毕恭毕敬请教您,您根本不予理睬,忽然嘴里冒出一句"八斗"。王没听明白,又问了一遍,您又说"八斗"。这时他才反应过来。他名王巨才,"巨大的才华",汪先生用反切法,说是才高八斗,简称"八斗"。王先生当时初入京,听您此言还挺尴尬。多年后才知道,这正是先生您的风格。何镇邦先生说,那时他在鲁院,经常会因为请您上课,或者带学生去您府上拜访,走动较多。有一阵子别人老把打给汪曾祺的电话,打到何镇邦家。何老师疑惑,打电话到您府上问是何故,原来是您错把何老师家的电话当成自己家的电话给了别人。何镇邦抱怨:怎么能这样。您还挺有理:"我又不给自己打电话,我怎么能记得我家电话!"弄得何镇邦哭笑不得。那天关于您的这些笑话,抖了无数,要编辑起来,真可以出一本《汪曾祺谐趣集》,所以那天孙郁老师发言,则是一个说您的广博(其实您肯定不承认您是广博的,顶多说自己勉强是个杂家,喜欢读杂书。您的坐标是您的那些先生:闻一多、朱自清、陈梦家、沈从文,但对于后来的人,您已经算是广博的了),一个即说您的趣。您去世二十多年来,真正比较了解您的,对您研究比较深的,当为学者孙郁。他不仅写有《汪曾祺闲录》,还在许多场合,对您在当代文学史上的地位给予极高的评价。孙老师经常说:当代文学如果缺少汪曾祺,那将大为失色。每次见到孙老师,都要很长久地谈起您,会谈得十分热烈和高兴。有一次在孙老师家,他闲聊中竟脱口说:汪先生给他时间晚了(他的意思是您晚年才得到机会集中精力写作),如果不是六十岁后才写,他就是当代苏东坡呀!孙老师的这番话,吓我一跳。苏东坡一千年才出一个,苏东坡岂是能乱比的!但孙老师的意思我明白。他的意思是说您实在是有才华的,可惜浪费了太多时间。我后来经常说,一个了不起的作家,要有两个条件:一个是才华(受到过完整的好的教育);另一个是天性,要有天生的灵性。在这两点上,不是所有的作家都有的。不仅仅不是都有,而是能拥有的人太少太少,所以才说是一千年出一个。汪先生您当属两点都有的。当然,一个作家的产生,还有其他许多因素,比如机遇啦,人生境遇啦……但不管怎么说,才华和灵性,是最重要的两条,也是一个天才作家(假如有天才作家的话)的根本。

这都是由那个研讨会生出来的闲话。说起来又啰唆不完,还是不说也罢。

不过,这二十多年,真正喜欢您的读者,还是做了不少的工作。有人编了您的年谱长编,有足足四十万字,足够一本厚厚的《汪曾祺传》了。不过《汪曾祺传》至今还没人写(我曾开玩笑说过,还没有人能承担得起《汪曾祺传》的写作)。您的"全集",在北师大出版之后的若干年,人民文学出版社又出版了新版《汪曾祺全集》,值得说道的是,新版全集收了您20世纪40年代的不少逸文。您原来说过,年轻时写的东西大多散失。看，万能的读者还是厉害吧，又给您找出来了，还挖出您的好些名笔，如：汪若园、朗画廊、西门鱼（哈，您也有笔名，民国时好像作家爱起笔名似的，像冯文炳，起了个笔名叫废名，把名字都给废了）。有人将您的书分块去编，比如：谈吃的，谈草木花鸟的，谈戏剧的，谈师友的，等等。连黄裳先生在世时都说："喜欢这种编法，把曾祺切碎零卖了，好在曾祺厚实，也经得起。"有人也给您编了别集，有足足二十本，开本很小，每本都薄薄的，是您喜欢的那种编法。这也是受了您的启发，您在世时，有人要编您的老师沈从文的书，您建议用"沈从文别集"这个书名。看，您走了后，也有喜欢您的编者，给您编"别集"了，用的也是这么一个编法。

噢，还有，您的家乡高邮，也十分重视打您的"牌"呢。您去世不久，他们就成立了汪曾祺研究会。家乡给您建了汪曾祺文学馆，放在著名的"高邮十景"的文游台内，和您喜欢的秦少游放在了一起。您家的祖屋的那两间老房子，也挂起了"汪曾祺故居"的牌子。每年都有很多喜欢您的读者慕名前往，您的妹婿金家渝先生竟当起了汪曾祺故居的"业余馆长"，负责来人接待、讲解，对远道而来的，还免不了偶尔留饭款待。他的晚年生活，竟以介绍和宣传您为主要内容。这是他的一个意外，而他还乐此不疲。全国许多省有读者到您故居来过，新疆的、内蒙古的、北京的、上海的……甚至港澳台的。您在世时的朋友许多人也来过，像邵燕祥先生也来过。比您年轻的，铁凝、王安忆、贾平凹等，都来过。告诉您吧，那天铁凝来，看了您那么局促的故居，想起过往的岁月，还悄悄抹了眼泪，您要是知道，一定会笑话了："这，这这，这有什么好抹眼泪的。"之后抹着鼻子，表示羞的意思，再伴以哈哈大笑。

本来今年如果不是疫情,高邮是要举行您的百年纪念的(中国作协和北京大学还有一个高规格的研讨会),这是高邮相当重视的一个系列活动。毕竟诞辰百年,也是一个百年不遇的机遇。他们在您的故居边上,新建了一个崭新的汪曾祺纪念馆,规模比过去大多了,在馆内也可以开展一些研讨和研究活动。这些都因为疫情耽搁了下来。我想,您也许并不赞成建这么大的纪念馆,模仿您的口气说:担当不起。您并没有把自己看多高。您也从来不把自己当成鲁迅、茅盾这样的大家,您自己生前说过"我至多算一个名家"。可是,您人走了,做主的不是您,连您过去烧的一些家常菜,在高邮,也成了"汪曾祺菜单",什么汪豆腐、塞馅回锅油条、汽锅鸡,等等,都成了汪氏菜肴。那天我在您的纪念馆,他们还给您的菜专门列了一个菜系,布置了一墙。我数了数,好像有六七十个。高邮还建有餐馆"汪味馆"呢,专门打您的牌,烧"汪味"菜。这些事,估计您也不知道,也管不着。

不过,高邮还是高邮,运河的水还是日夜不息地在东大街向西不远的运河堤下流过。那些拖船、机帆船,还是日夜不息地"突突突"地从运河里驰过,上面载着木材、煤、沙石……运河的西边,就是高邮湖了。高邮湖是还那么浩浩渺渺,一眼望不到边。春夏秋冬,四季变化,早晨和黄昏,依然有日出日落,也还是正如您曾描述过的:"黄昏了。湖上的蓝天渐渐变成浅黄,橘黄,又渐渐变成紫色。这种紫色使人深深感动。我永远忘不了这样的紫色的长天。"

高邮的人事,还是那些人事,人们吃喝、娱乐、生产、生活,都津津有味地活着。这也是您所希望的,您最喜欢这些"人间小儿女"了(近年有人用这个书名出您的书,您不介意吧),您最喜欢生之滋味了,您最喜欢这些平凡的普通人的喜怒哀乐了。用您自己的话说,是他们的"辛劳、笃实、轻甜、微苦"。

不过,这些年关于您也有一些不和谐的现象。比如,把对您的研究无限拔高,好像您无所不知似的;也有为争研究您的"头牌",争风吃醋,为一些小事计较,弄出些没意思的事来;也有一些疯子、傻子说是喜欢您的作品,将您的像在家挂着,逢年过节烧香磕头;也有人说您的作品能治病,将他的抑郁症给治好了;也有的把您的书用上诸如《好好吃饭》《人生很短,做一个有趣的人》《今天应该快活》《人生不过一碗温暖红尘》《活着,就得有点滋味儿》,以及上面说的《人间小儿女》等书名,估计您也不大喜欢,或者会很生气的吧。

哈哈,这些不过是些小插曲,顶不得真的。只能说明是有多少人喜欢您。您听了也一笑了之吧。——噢,又忘了告诉您,还有一件事,是您去世后,因为众多的读者喜欢您,竟无形中形成了一个汪迷群体(连邵燕祥先生都说他也是汪迷),产生了一个词:"汪迷"。这可不是汪国真迷哦,汪明荃迷哦,而是实实在在的汪曾祺迷哦。都是真真实实喜欢您的哦,他们竟有人将我命名为"天下第一汪迷",说是"头号汪迷"。我自己可没这样说过(我也只是喜欢您,您去世后,二十年来不断写过一些文章,出过关于您的两本书),不过贴标签是大众喜欢的,我也没有办法。高邮为使汪迷们有个交流的场所,在网上专门开办了"汪迷部落"公众号(这个您又不知道了,对您可是新生事物哦),每天都在更新您的文章和关于您的文章。读者可热闹了,您要是见到,又要笑话了。

好了,一唠起来就没完。要说的话其实有好几篓子呢。毕竟您走了已经有二十三年了,碎碎的日子积下来的话也不少,说起来也没个头绪,不过也是想到哪儿说到哪儿吧。再热闹的倾谈也有散的时候，正如《红楼梦》第 54 回中王熙凤说的："聋子放炮仗，散了吧。"

今天就聊到这儿吧。下次若还有机会，到时再接着聊也不迟。

苏北

2020 年 3 月 31 日，清明前五日

"她的全身,都散发着一种青春气息"
——重读《受戒》

一

前一阵子要到高邮参加汪曾祺文学活动,重读了他的许多小说,当然包括著名的《受戒》。汪曾祺的写作真是好玩(他真是新时期极少数具有强烈个人风格的作家),他的许多小说,从青年到老年,都反复写,有的写了好几遍,像《异秉》,像《求雨》,年轻时在昆明写过,到了晚年,在北京,又重写。他的重写,都是在没有底稿的情况下(他早年的作品,有许多丢失了,有人叫他找找,他说找它干吗),凭记忆,进行重新创作。《受戒》虽然不是重写稿,但是熟悉汪曾祺作品的读者,都知道他年轻时,写过《翠子》和《河上》,仔细看看这两篇写于1940年左右的小说(那时汪曾祺才二十岁),就能对《受戒》的诞生多了一点小小的理解。

《河上》是写城里的一个少爷,得了神经衰弱症到乡下休养,住了一些时日,与一个叫三儿的女孩混熟了,产生了一点点的爱慕。这日少爷要进城里一趟,三儿对妈说"我下田去了",其实是将家里的船,偷偷地划跑了,去送少爷进城。船上的一路,这两个少男少女,既娇憨又天真：

"三儿，你再不理我，我要跳河了。"

"跳河，跳河，你跳河我就理你。"

他真的跳了。

三儿惊了一下，但记起他游水游得很好，便又安安稳稳地坐着，本来也并未生什么气，不过略有点不高兴，像小小的雾一样，叫风一吹早没有了，可是经他一说出生气，倒真不能不生气了，她装得不理他。他知道女孩子在这些事情上不必守信用。

这里所有的笔法都像极了沈从文或者废名。汪曾祺早期的创作，确实是深深地受了沈从文和废名的影响。抒情上若沈从文，笔法的某些方面，则神似废名的《竹林的故事》和《桃园》。这些基础少不得是受汪曾祺到后来的《受戒》故事的发生地庵赵庄的菩提庵躲避战火所带的一本《沈从文小说选》的影响的。这篇《河上》的记忆，也为后来的《受戒》留下了早期的种子。

而《翠子》，直接就是小英子。因为小英子原型是大英子，也是从庵赵庄回城之后，从乡下带回去的（1937年汪家为躲避战火，在这个小庙里住了半年）。进城之后，汪家直接请她到城里带还很小的汪曾祺的弟弟了。

这些美好的记忆，都在十六七岁少年汪曾祺的心中埋下了伏笔。

当然，说《受戒》的诞生，还有一个直接的推动力，就是他的老师沈从文要出小说集。汪先生集中读了一次沈先生的小说："我认为，他的小说，他的小说里的人物，特别是他笔下的那些农村的少女，三

三、夭夭、翠翠,是推动我产生小英子这样一个形象的一种很潜在的因素。"(汪曾祺《关于〈受戒〉》)

前几天读到余华在南京的一个演讲。他说:作家写作也需要天时、地利、人和。什么时候写什么样的题材、什么样的作品,是一件命中注定的事。

汪先生自己也说:要说明一个作者怎样孕育一篇作品,就像要说明一棵树是怎样开出花来的一样的困难。

《受戒》就这样被命中注定了。与《河上》和《翠子》比,已经是四十年后的事了。这中间都经历了些怎样的岁月。

二

6月间,连续去了多次高邮。《受戒》故事的发生地庵赵庄的菩提庵(现改为慧园寺),在一个星期内去了两趟,见到八十六岁的现任住持智隆。智隆,在家名赵久海,他先后出过两次家。第一次出家后还俗,改革开放之后(用智隆的话说,是小平同志"百花"之后,"百花齐放"他直接简略为"百花"),又一次出家,因此他结过婚,前后有五个孩子(他有两段婚姻)。第一次冒雨前往,他不在寺里,他的老伴倚着寺门,望着院内的一堆油菜秆发愁(菜籽还未打),自言自语道:这雨再下下去油菜就没有用了。我们问智隆去哪里了,她说到马棚做佛事去了。我们赶到马棚,果见四五个和尚,坐在一个临时搭的大棚之下,正给一户人家做一堂佛事。此时正中途休息,几个和尚围坐在一张大桌前聊天,我们说是来看看汪曾祺笔下《受戒》中的寺庙,请他给介绍介绍。他极其热情,找出纸笔,给我画出记忆中过去菩提寺的样子。第二次,随一个团去,智隆从外面赶回来,因天热,只穿一件老头衫,他的女儿见了,找出一件袈裟,给他披了,他乖乖地伸出胳膊,给女儿套。一套上僧衫,便立马有了一番出家人的气象了。

看到这个场景,则不免让我想起汪先生的《受戒》,想起那个大师兄仁山:

> 他在庵里从不穿袈裟,连海青直裰也免了。经常是披着件短僧衣,袒露着一个黄色的肚子。下面是光脚趿拉着一对僧鞋——新鞋他也是趿拉着。

这个十分简陋的乡村寺庙,真的看不出法相庄严的样子。它更多的是人间烟火。它现在的这个样子,绝不是为了迎合汪曾祺小说中的氛围,而是本来就是这个样子。小小寺庙的四周,是村庄和农田。正是夏天,天空又高又蓝,有白云在天空悠闲地舒卷,而田野中是金黄的成熟的小麦。田野一望无际,在碧蓝的天空映照下,到处闪着阳光的碎片,真真是一派苏北田园风光。

我在写作此文的间歇,高卧在床头将《受戒》又读了一遍,读得心中热热的,有一种冲动要到电脑前写点什么。好小说就有这样的魔力。我已读过多少遍《受戒》,可今天去读,依然那么兴致勃勃。我在二十岁时还在一个笔记本上抄下了《受戒》。我站起身来,抽下那几个笔记本,找出抄有《受戒》的那本,我一页一页翻去,有许多用红笔画的杠杠,且还是同《大淖记事》对照着抄下来的,以比较其异同。

汪曾祺的小说为什么这么好看?

我以为汪先生不仅仅给了我们一段生活、一个故事,他在小说中还注入了许多人情、风俗和常识(是常识,不是知识)。就以《受戒》

为例,他不仅仅是写了明子和小英子的这么一个简单的爱情故事(他们的爱情故事太淡化啦!),他在小说中,写了大量的苏北农村的田园风情,健康的劳动之美,写了寺院中的许多常识(比如如何烧戒疤),还有植物学、动物学,等等(汪曾祺所有作品中的杂学收集起来可以出一本书,希望有人研究这项工作)。我们在《受戒》的结尾,读到:"芦花才吐新穗。紫灰色的芦穗,发着银光,软软的,滑溜溜的,像一串丝线。有的地方结了蒲棒,通红的,像一支一支小蜡烛。青浮萍,紫浮萍。长脚蚊子,水蜘蛛。野菱角开着四瓣的小白花。惊起一只青桩(一种水鸟),擦着芦穗,扑鲁鲁鲁飞远了。"

这短短几行,就藏有我们不知道的许多常识。野菱角开白花,大约我们是知道的,但这花是四瓣,就不一定人人都知道了。

这个小说读过已几十年了,直到前几年,我才弄清楚"蒲棒"是怎么一回事。我从一个水乡,带回一枝蒲棒,放在车上,时间长了,忘记了。直到有一天,我车上不断飘出一些白色絮絮,我仔细研究,原来是这枝蒲棒"炸"了,从一个很小的缺口,不断飘出白絮。我索性将这根粗粗的"蜡烛"拿下车,用力去掼,却越掼越多,等全部掼完,一大堆的白絮,完全可以装满一个枕头!我这才对这根"蒲棒"的"魔力"有所认识。

而他写的那只"青桩"呢?到现在我们都搞不清楚(我相信有许多人搞不清楚)。那日在高邮,去游芦苇荡,见到许多鸟,一船的作家,不知道哪只鸟是青桩。湖中插了许多树棍,有水鸟栖于其上。有人说,那湖里的桩,栖在上面的青色的鸟就是"青桩"了,引得一船人大笑不止。

当然在《受戒》中,小和尚的爱情是主线。

小说中的那个少女小英子,一个在乡村天地里成长起来的女孩。她大胆,天真,无忧无虑,是城里的女孩所没有的。正是这些,感动了汪先生,也是推动他写出《受戒》的一个重要原因。汪先生在《关于〈受戒〉》一文中说:"小英子的一家,如我所写的那样。这一家,人特别地勤劳,房屋、用具特别地整齐干净,小英子眉眼的明秀,性格的开放爽朗、身体的姿态优美和健康,都使我留下难忘的印象。她的全身,都发散着一种青春的气息。"

小英子的成功塑造,使中国文学百花园中,又多了一位女性。她同《红楼梦》中的众少女、沈从文笔下的翠翠、鲁迅的祥林嫂和孙犁的小满儿……一同闪耀在中国小说之林中。

汪先生二十七岁在上海,曾写过一篇《短篇小说的本质》,其中他说:要在浩如烟海的短篇小说之中,为自己的篇什寻得一个位置。这可以说,是汪先生的一个文学宣言。没想几十年后,在新时期文学的大潮中,他果然为世界短篇小说之林,贡献了一篇佳作,也以此将自己写进了文学史之中。

2019 年 8 月 26 日写毕,天大热

梦见汪曾祺先生(外一篇)

五更头醒了一次,上了一个厕所。天气清寒,又上床靠了一会儿,没想又迷迷糊糊睡着了,梦见汪曾祺先生,那么清晰。

去了个地方,已经好几天了,也不知是个什么活动(最近年根上,我参加了几天写春联活动)。活动完了往回走,是三个人,另一个好像是龙冬。走到一个悬崖边,半边是山,半边是溪。这个山口已走了好几回。刚要转过一个山口,汪先生忽然一跳(他穿着米色风衣),一把就将悬崖壁上挂着的一个金黄的癞葡萄给拽了下来,抓在手上。那个癞葡萄极大,形状像一个农家忘了摘的(或留着做种的)大丝瓜一样,只是颜色是金黄的,洁净的金黄,泛着光。

汪先生挺得意,就将那个大癞葡萄在手中甩着。

我说:"你是前几次从这儿过就注意了吧?"

汪先生得意:"当然,我一直就留意它了。"

悬崖上非常光滑,只有癞葡萄的藤蔓扒着崖面贴着悬崖的缝隙攀爬,蔓和叶都枯黄了,只有这一个大癞葡萄挂在空空的崖壁上——金黄的一个大瓜。

我心里有点酸酸的,来回走了好几遍,自己观察生活的能力哪儿去了?

一个美,又给汪先生发现了。

边上站着的龙冬,一直在笑。

汪先生得意地甩着手中的那个金黄的瓜(癞葡萄),忽然脚下一滑,一个趔趄,一屁股摔了下来。摔倒了。

把我和龙冬吓了一跳,赶紧过去蹲下。汪先生躺在地上,几缕灰白的头发滑到额上,一只膀子斜托在地面。我说:"赶紧起来吧!我扶你起来。"

于是我单膝跪地,一手扶住他的腰,一手托住他的脖子,一用力(他还挺沉),给托起来一些,汪先生忽然大叫:

"啊哟啊哟……"

我们吓了一大跳,一看,是脖子那儿不知是扭了还是折了。这事大了。

我不敢动,龙冬也蹲在一边。

就这样扶着腰托着头,与汪先生那么近。汪先生身体很柔软,手绵软温热,身体没有一点老人味。心中仿佛觉得十分欢喜,这个老人很爱清洁。

就这样斜托着,不敢动,也不知道腰受伤到什么程度。

过了好一会儿,汪先生说:"再慢慢起来看。"

这一次我们更加小心,慢慢用力,终于汪先生坐了起来;再一会儿,站起来了。

他左右甩甩胳膊(那个大癞葡萄刚才跌跤时被甩了老远),又动动脖子。咦!没啥情况。他又撂撂腿,扭扭腰。一切正常。他又轻轻地蹦了两下。很轻松的,没事。

我们都挺高兴。

清晨梦见汪先生,恍恍惚惚的,但那么清晰。窗外正下着雪,昨晚就开始下了,起来拉开窗帘,远处屋顶上一片洁白。好大的一场雪。

今年是汪先生一百岁。他去世也整整二十三年了。

三个小汪迷

去年是汪曾祺先生一百周年诞辰,我参加了一些纪念活动。在活动现场,遇到三个小汪迷,挺有意思,似可一记。

在深圳龙岗的《汪曾祺别集》分享会上,有一个小读者。她直直地坐在第三排的中间,圆圆的脸上,戴一副眼镜。她的目光似常和我对视,于是我递过话筒,问她:你读过汪曾祺的什么作品?小姑娘站起来,不慌不急地说,我非常喜欢汪曾祺写的东西。他能把汉语写得那么美,充满了中国文化的魅力。就这两句话,出自一个女孩之口,我有点吃惊。我问她几年级了?她说六年级。之后她又说:"我要是能有这样一位父亲就好了。用现在流行语说,最好能有'一打'"。

台上台下都笑了起来。

她又说,我辅导邻居家初一的孩子作文时,看到过一本《我们家的老头儿汪曾祺》,也非常喜欢。

六年级给初一辅导作文?这个机灵的丫头让我们惊奇。

也是在深圳书城的活动上,分享已快结束,第一排的一个男生,跑到台上接过话筒,又跑回原地,这时他的脸已经像关公一样通红,他拿着话筒想说话,憋了半天,还是一句话没有说出来。我对他说,不急,慢慢说。他急着要掏手机,手机上可能记的有。可是他紧张得连手机也掏不出来,他就这样拿着话筒,结结巴巴,一句话也没有说出,只是重复地说:我太紧张了。这个瘦长的、并不高大的青年,他那么腼腆,简直害羞极了。他就那么拿着话筒站着,又不想放弃,他憋了半天,最后终于憋出一句话来:"汪曾祺那么温暖,他是怎么哄女孩子的?"

这个孩子刚到深圳两个月,他才 23 岁。他似乎失恋了。

在苏州大学,我做过一场《今天我们如何读汪曾祺》的报告。报告结束,有许多听众上来交流,一个苏大老师走上来合影,说,讲得太好了,我专门来听你这个讲座的,我喜欢汪曾祺几十年了,他的作品我都很熟悉。这时一个女生在边上,她说也要和我照个相,这个女生看起来很小,像大一的学生。照完相她对我说:我非常喜欢读汪先生的作品,中学时有一阵我情绪低落,我就看汪曾祺的书,他的《徙》给我印象太深了,我到现在都能背出其中的许多段落,她说,高雪死后,汪曾祺写道,说着她便背了起来:"墓草萋萋,落照昏黄,歌声犹在,斯人邈矣。"写得多美。她说。

她背诵这一段的时候,我脑子高速运转,想她背的这个,在《徙》这篇小说的什么地方,可是我这个"资深"汪迷,磕磕巴巴,也没能跟上她的节奏。

这个女生我忘了留她的手机或者微信,她长得十分清秀小巧。我知道她是扬州人。

2020 年 1 月 9 日晨记

辑二

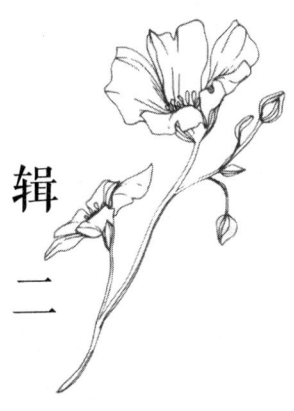

与周毅的点滴
——一个作者与编辑的通信

一

提笔写周毅，心中便有无尽的痛。我已经伤心了好久，把她慢慢忘记（藏心里），只是偶尔想起或者提起。

我和周毅认识在2004年，到她去世十五年间我们的联系从未断过。

拜互联网的强大，那些信件都还在。第一封信我是这样写的：

周毅：

你好！

你报北京站的记者吴娟转去了我的几篇习作。感谢你的支持。我现在《中国城乡金融报》（中国农业银行主办）安徽记者站工作。我原在北京总社工作几年，同吴娟是朋友。我业余写散文，写了多年。原来多在《新民晚报》用一些稿件。学习的是汪曾祺，我与汪先生相交久矣！非常崇敬他。现在认识你了，以后还望你多多关心、支持！

苏北匆匆
2004年12月10日

当天我就收到了她的回信：

苏北：

　　我们打算采用《刮鱼鳞的小姑娘》一篇。只是我意能短一些文章会更有神，阅读效果也更好。能否请你自己动手做一些删节？报纸还是偏爱精短的文章，再说，精练，也是汪先生的美学追求，对不对？

　　　　　　　　　　　　　　　　　　　　周毅
　　　　　　　　　　　　　　　　　　　　12.10

　　没想到这么快收到她的回信，我兴奋极了。因为过去我从没想到可以给《文汇报》写稿，更没想到还能在《文汇报》上发表作品。我在县里的时候，我们县编史办的一个同志，写了一篇关于高邮湖大闸蟹的散文（我们县在高邮湖边上），发表在《文汇报》上，成了我们县的一个美谈。发表的那篇文章的标题，也堂而皇之写进了我们县正在编纂的《县志》里去了。我最早上《文汇报》，是以"一个天长县的文学青年"的名义，在汪曾祺的一篇散文中，叫《对读者的感谢》，发表在1992年某月的《笔会》上，其中汪先生写到了我抄他小说的事情，说"一个天长县的文学青年将我的小说给抄了一遍"。当然，也只有我自己知道这个"文学青年"就是我。《笔会》的编辑当然也没有兴趣知道那个文学青年是谁。

　　这篇《刮鱼鳞的小姑娘》有近三千字，叫我自己删，我怎么删？我当即回复，说，自己删自己的稿了，即如打自己的孩子，不知从何下手,能否请她代劳一下,别人删下手会更狠些。她同意了。

《刮鱼鳞的小姑娘》2005年1月16日发出来,她给我发邮件说:"文章我删节了,用你的话说,是打了你的孩子,沿着你的话往前说,是为了它好。"

就这样我们算是认识了。我们的认识就这么直接,没有过门。这样的通信,仿佛是相识多年的老朋友间的通信。周毅就是这样,她没有那些虚辞,干脆而爽直。

这篇稿子发表后,调动了我的积极性,没过几天我又给她发过去三篇稿件,并且说"我投我的,你审你的"。我的意思是:你不要因此而为难。我尽管投,你也可以尽管"毙"。我的想法是:我不投,我怎么知道有可能呢?

没想到她立即给了我回复:

苏北:

我喜欢《梦》和《两个青年》两篇。不过还有一道审稿程序。谢谢你!

周毅

12.28

几次一接触,就让你感到她的麻利和那股脆崩劲。我不知道她何以能有如此快速的看稿能力并立即做出决断。之后的整个2005年,我给她投了许多稿件,有用的有退的。她也告诉我一些稿件发表之后读者的反馈。比如她对我说,"有读者说看了《刮鱼鳞的小姑娘》后心里很难受"。又比如,"前两天有个内蒙古的作者来编辑部做客,说起在版面让他注意的一些作者,其中问起你。说来让你高兴高兴"。她又接着说,"你的心情一直不错,每次收到你的信,也颇受感染"。

我们就这样建立了密切的邮件联系,她觉得我"心情不错",而我则觉得她很迷人。她对我们这样的普通作者,怎么会给予这么大的热情?

当然,对于不同的意见或者看法,她则非常直接,毫不含糊。有一次我给她发邮件:

周毅:

你好!近读《笔会》,让我特别提神的稿子不多。倒是有篇《书中雨大》,因题目好,还说得过去。像《家里养着蝴蝶》这样的稿子,是很文学的。可有些题材重大,只是事件,是不能入中学课本的,也对中学生的作文没有指导。我就经常把一些小文章剪回家给我的女儿做范文。这只是我个人的感受,不一定准确。《文汇报》是有品位的报纸,读者多厚望。

另,我留用的《两个青年》和《盛夏读书记》还可用吗?不好意思问啊,可你那儿稿子那么多,只得我自己问一下了。近好吧,问候。

苏北

她则干脆利落地给予回复,不绕一点弯子:

苏北:

　　抱歉,劳你亲自动问。《盛夏读书记》近日会安排,《两个青年》可能还要等一等,如果你不愿意等,也可另作安排,告诉我一声。

　　你有意见,话却说得含糊。对能否入学生课本,我们可能有不同看法。有些身边的事情,是不得不关心的,尽管关心的样子不好看、不完美,但也是人们努力生活的一个印记。人总要去努力,才有可能到达完美吧。

　　那天电话匆匆挂断,不礼貌之处,多包涵!祝好!

周毅

6.28

　　我自作多情,想对《笔会》说一点自己的意见。可能是不高明或者是根本没有说到要害处,她这番回复,算不算把我撑了回去?

　　还有一次给了她一篇写家乡美食的稿子《樱桃肉、烩鱼羹及其他》,其中开头写到我母亲,我用了一点小说笔法。

　　她很快给我回信说:

苏北:

　　谢谢你的新年问候,也谢谢你对我们版面文章的精读。有你这样的作者和读者,是一件很享受的事。只是要抱歉没有及时给你回信,年底这一段时间我们部门领导换任,人事上有些纷乱,没有静下心来。

　　可是,对你的这篇关于母亲的文字,我是有话要说的。

"母亲年轻时漂亮无比,用现在的话说是'惊艳'。在我的老家天长县的沂湖乡,七十岁以上的老人现在提起我的母亲,总会拍着大腿:'胡家那二丫头!那两条大辫子!'语言中极其复杂。"

这种话,我觉得不是儿子说的。儿子说出来,有轻薄感。

我觉得一个儿子,听到别人这样说自己的母亲,应该有上去打一架的感觉呢。

嘻,这是我和你两年来产生的第一个分歧。

新年好!

周毅

2006.1.9

这让我脸上火辣辣的,但我得说,我要感谢她!发出来后,这一段,她给删了。我写散文之前,曾写了多年的小说,我觉得小说的描写技巧对散文是有帮助的。孙犁、贾平凹和莫言等的散文中都有小说笔法,散文纯粹的抒情是要不得的。但有些描写对散文是一种冒犯,散文中描写的度也很重要。

二

跟她接触有两年了,我在《笔会》上也发表了十几篇散文。有一次给她寄了一点家乡的茶叶,她非常高兴,可她回信语言"犀利":

苏北:

收到你文章的同时,收到你的"太平猴魁",你让我如何取舍？要文章，还是要茶？要留都留下？要退都退给你？谢谢你常常让我感到一番美意，这倒不论是在茶叶里，还是在文章里，都能感到的。

不过，这次我决定，留下茶叶，退回文章！

不好意思了，在这年前的乱里再给你添一点乱！问好！

周毅

1.19

她就是这样与作者打交道的，有原则，但不冷漠（她还告诉我，办公室的同事嚷着要分享，一品太平猴魁的滋味）。我觉得她总是风风火火，好像走路都是。这个时候我还一面也没有见过她，不过是有机会的，不久我即见到她了。

有一回我去上海——实在记不得日子了，应该是2006年——到了我告诉她我在上海，她即刻对我说："正好我们有一个会，你来参加吧。"第二天我赶到会上，她已经细心地为我准备了席卡，表示我是正式的参会人员，给了我足够的自尊心。那个会是研讨《笔会》出的一本有关青春散文的合集，上海的许多专家和作者都参加了。我因为是一个普通的作者，也只有听的份儿。我记忆最深的是中午到楼顶餐厅吃饭，那么高的楼，又那么讲究，吃的仿佛是日式的午餐。因为我还有点陌生和羞怯，所以许多细节记不得了。但我见到了周毅，我觉得她漂漂亮亮，人就是我想象的那么干练（是四川人的爽利）。她的眼睛很大，还喜欢笑。那时她应该才三十多岁，算是青春年华。

这是我们第一次见面。

2006年8月10日，她忽然给我邮件，寻问有关汪曾祺逸文的事。

她说:"有一件事向你这个汪迷打听一下,我手边没有他的文集,不知他的散文卷中所收的散文早至哪个年代?我因为看《〈笔会〉六十年》,看到他40年代不少文章,都是好文章啊,不知道是不是收进去了?"

我感到十分惊喜,因为汪先生早说过:"我年轻时写的一些东西,早已经散失,有人劝我翻翻旧报纸找一找。那有什么意思呢?"他的意思是他根本不想找。我立即找出《汪曾祺全集》(1998年8月北师大版),把汪老40年代收在其中的散文抄录了给她。

果然,《文汇报》上的几篇,根本不在《汪曾祺全集》之内。它们是《花·果子·旅行》《街上的孩子》和《他的眼睛里有些东西,决非天空》。

周毅非常高兴,她给我回信说:"真的还有啊!要不要写一篇兴高采烈的文章来宣布一下?"

后来她果然写了一篇文章:《沉醉是一点也不粗暴的,沉醉极其自然——早期〈笔会〉上的一组汪曾祺逸文》,发表在《笔会》上。

我在写纪念汪曾祺去世十周年的文章时,以这个逸文为"引子"。在这篇题为《温暖而无边无际的包围》的文章开头我是这样写的:

> 《文汇报》发现汪曾祺1946年发表在《笔会》上的一组逸文,《笔会》的周毅发短信给我告诉此事,并说"苏北处在对汪先生一望无边的感情包围之中"。我回道:"呵呵,是啊!我感觉中总是和汪先生在一起。"

我将这个文章发给她看,她给我回信说,不对,不是《文汇报》发

现,而是周毅发现,并且将我的开头给重写了一遍:

> 《文汇报·笔会》的周毅女士发现汪曾祺1946年发表在《笔会》上的一组逸文,她发短信给我告诉此事,我说,这真让我惊喜。我对周毅说,这些年来,我总是处于对汪先生的一望无边的感情包围之中。是的,这种感觉是真实的⋯⋯

呵呵,这当然只是一个小插曲,但是也是有趣的,从中可以见出周毅的那股较真劲。

她真的是较真的。她若认为不是这样,便绝不会含糊。记得李娟的《我的阿勒泰》和《阿勒泰的角落》出版,在上海开了一个作品研讨会,周毅对李娟的发现和爱,那是另一个话题,这里不多去说。就这个研讨会,她肯定也张罗了不少事。研讨会之后,杨斌华、刘亮程、周毅和我去一个地方吃饭。在饭桌上,刘亮程说,周毅还比较随和(大意),我和杨斌华却几乎同时说:啊,她才较真呢。记住这个细节的唯一理由,就是我和杨斌华没有商量,但反应几乎是惊人的一致。这里的较真,绝对是褒义词,只是描述周毅的性情。

这样的细节,当然更多的是体现在工作上。我写过一篇《城市的气息》,发给她看,她应该是很喜欢的。她曾将文中的一句话,专门复制了给我发回来:

> 大自然是敏感而羞涩的,你态度亲切,它们就不发紧。

发回来的意思,就是她喜欢这句话。但她同时也感叹:"在工作上,我也做不了全主,有时候说了也白说。上午你发短信来,我还叹气,也是因为一篇文章的标题给改了,开头删了,一言难尽……"

她是说工作上的事。在工作中,有不同看法也正常。她的无奈,只能说明她做事太认真了。

另一回,她也是给我发了一点小小牢骚:"他把《水吼》中'表姐像一条虫'的句子全部删掉了,搞得我去和他争,说这是文眼啊,删掉这篇文章还有什么?还不把苏北气死?"

《水吼》也是我自己比较满意的一篇,其中写了一个表姐,我为了表达表姐的慢性子,以及女性的那种特有的柔软,用了"表姐像一条虫"。我仔细观察过虫子,虫子就是柔软和有耐性的,虫子从某种意义上说并不丑。世上的丑,也都是"我认为"之类的定式罢了。这里牢骚中的"他",是指刘绪源主编。刘主编当然人非常好,但在对文章的看法上,各人不尽相同,还有些是出于肩上的"责任",当然会更谨慎些,这是在情理之中的。

刘绪源主编过去对我也是多有关照,我内心对他是充满感激的。但在这篇文章的看法上,这一回,我站在周毅一边。也许我们只是从"唯美"的角度来看,和刘主编的出发点不同。

说这个只有一个意思:周毅是多么爱她的事业,在文学上又是多么用心。她若不爱,才懒得管他删不删呢!是吧?

三

2007 年我写了一篇中篇小说《秋雨一场接一场》,发在《上海文学》上。这个小说写得有点大胆,有一点性描写,和我的散文风清月白完全是两回事。我并没有告诉她我要在《上海文学》发表小说,可能她手头有这本杂志,我给她发篇散文过去,她回:"我想先看《秋雨一场接一场》。"

我告诉她:"这个你不能看。那是成人读物,'少儿不宜'。"

过几天她看完了,给我回了一个邮件:

苏北:

看完了你的成人读物,嘿嘿,还行。当时看你那心虚的样子,就怕你在散文中风清月白的斯文样在小说中露馅了。毕竟还是苏北,成人内容,可以有点傻,但还干净、自然。

祝好!

周毅

9.10

这篇小说后来被《小说月报》转载了。我小说写得很少,这篇小说没有费一点周折,投到《上海文学》就给发了。

大概是这一年的中秋,我给周毅寄了一盒月饼,并写了一个邮件,发了一篇题为《那年秋夜》的稿子过去。我邮件写得很"浪漫":

周毅:

我来啦!昨晚写了这个稿。这是一种美好的感觉。秋天到了,为秋天而作吧。

祝快乐。

苏北

9.12

她收到后,给我回复:

苏北:

月饼收到了,这个月饼很稀罕哦,月亮上来的,一定当今年的独家专有月饼吃哦。《那年秋夜》有点像小说,就算不是虚构的,我也由此有了一个发现,发现小说可以大胆(少儿不宜),而散文则是含蓄的、规避的。不规避,就过了散文的界了。

反正送一送吧,推荐为假日用稿。

另外,我真是碰到考试季了,昨天刚考完汉语水平测试,周五又要参加新闻记者资格考试,都是第一次试行的玩意儿,好多年没考过了,苦啊。

脑子不好用了,再聊!

周毅

到了第二年,2008年吧,是汶川地震的那一段日子,我每天被电视吸引,心被不断地感动着,我写了一文,发过去:

周毅:

这几天头晕晕乎乎的,一天看十多个小时的电视。今天突然想起,美丽的周毅的家乡在四川,啊呀,我怎么就糊涂了。还没有问候啊!家乡都好吗?这个迟到的问候!

这个《涌动的泪》给你一阅,也许调子不够高,可是感情是真实的。管他呢!先给你看看吧。盼复!

苏北

5.20

周毅给我回复：

对不起，苏北，近来不方便电话联系，有事请短信或电邮。

我不知道她有什么不方便，我又不敢去问。只是尽量克制自己吧。现在想来，我不能清楚她是何时查出身体有了毛病。我想大约就在这前后，可是那个时候我是一点也不知道呀！

具体日子记不清了，我听一个朋友说，周毅生病了，我便与她联系，要去看看她。她那时正在家休息，便勉强同意了。我到了她在郊区的家，两个人在她小区的一个小饭店，吃了一顿饭。

她上班之后，我依然给她写稿。有一次写了一个拜访黄裳先生的，给她看。她给我回："有鼻子有眼的，好看。黄的'不写'，和你的尴尬相，好看。你要不那么爱撒娇就好了。"文后还加了一个表情。

2009年我写了一本小书《一汪情深：回忆汪曾祺先生》，是我多年写汪文章的合集，我给她寄了一本，附信中可能提了她能不能给写点文字，给予鼓励，在之后的邮件中我又口内"缠绵"："你不是要给我写一文吗？"我自己没有"拎得清"，遭到她的一顿"抢白"：

苏北：

我什么时候说要写一文了？像你这么要挟着人写书评的做法，可不像是在汪先生的文字里浸泡这么多年的人啊。过两天《笔会》上有我一文，那是我要写的。出本书，至于这么显摆吗？呵呵，得罪。

周毅

6.25

她就是这样给我"直开"了一顿,我后来对她说:"我也不是跟任何人都讲这样的话啊,不过你也够凶的,一针见血,也不给人留情面。会讲的,比如说,我最近较忙啊,以后再说呀。唉,太直爽。好好好,我收回。"她倒是"轻描淡写"了:"莫非你经不起这厉害?不会吧!"

她对别人不知道是不是也这样?不得而知。也许她是"因人开方",给我的"独一份"。但我是多么喜欢她这样的"霸悍"啊。如今已经不能得了。

四

作为编辑,周毅无疑是优秀的。这不仅体现在她的眼光和自身的修养上,更重要的是她对这份职业的神圣态度,以及对作者的关心、对稿件的负责。她不搪塞,不敷衍。圆滑、世故这些词,在她身上更是毫无踪影。她每次关于稿件给我的回复,都有情有理,果断干脆,并且也给一点面子,照顾一下我的情绪。她给我回复的"金句",我可以摘录一些:

用的:

1. 咦,还以为告诉过你,《居京记趣》我选其中一则用,读书那一段,不影响你其他的发表。

2. 这篇写得不错,那个女孩的哭,能否写得再含蓄一些?

3. 这篇不错!我们用吧。就是不知道能不能一定赶得在那天(是指汪曾祺去世十五周年的日子)。

4. 这篇文章不错,有几处写得挺精彩。篇幅长,能不能缩到2000字左右?

5.这篇有些意思,也写得清爽。最后那封网上搜来的信,似乎有点画蛇添足感,读到那段采访的话,感觉文气已尽,文气正好。你看看,是不是删掉后面的话?

6.嗯,我看着也蛮"秋天了,人很舒服"。老一辈人做事,从爱出发,这是个大修养,也是大福报。前几天家人生病,没有工作,迟复为歉!只是题目还可斟酌,叫"这个人让人念念不忘",如何呢?或者你再想想。

7.这篇挺活的。嗯,让我先留一留。

8.好的,这么短短的,精神!

9.挺好!用!新年好!

10.好的,这篇用。

不用的:

1.不太好,太甜近腻了,你怎么越活越甜?呵呵,抱歉。

2.不好意思,文章是不错的,只是我们近来这一类稿子有点多……抱歉啦!

3.确实不合适,我们一般不发写活人的文章的,呵呵,说起来有点吓人。

4.看起来有点灰,我还不落忍了……不过,终究要灰一灰的,不用。

5.一二三,走!走好,还是跳好?呵呵,谢谢让我读诗,不用。

6.外婆走了啊,你这个女婿,有点儿子的感觉了。喜欢你娘子那个不喧哗的家族。只是,《笔会》没法用,请谅解。这么写家人,对报纸副刊来说,有点铺张。

7. 这文章写得太虚了,《笔会》没法用。

8. 这篇文章是蛮流畅,也看得出你很舒服(你的文章一直能感觉你很舒服,但是,《笔会》……未必舒服)。呵呵,请另投吧!

9. 抱歉,苏北,忘了回话了!这个,就留着自己看看吧,给周毅看看,再给哪个朋友看看,一笑,两笑,就收起来吧。

10. 太长,笔力就弱了。

11. 很抱歉,就像你看了刘晓蕾写《红楼》会拿她和闫红比一样,你闯进《红楼》这个话题,比较的人就不一样了,所以……这篇就请投另处吧。(我给了她几篇写读《红楼梦》的稿子)

12. 你这篇小稿子也蛮好的,只是我们急不出来了,还是另投吧,别耽误了春天的节令。谢谢。

13. 这篇就算了,不好意思。不是不好,是不太适合《笔会》。请谅解!

14. 这文章看看呢,好玩,要上《笔会》呢,怕不行。想想"笔会"上发的稿子,你怎么能用这样的闲话来跟它们同台?

15. 准备开始写读《红楼》系列了吗?看了,挺好的,是作家细读的方式。找个地方去发吧,可以激励你慢慢写下去的。只是《笔会》不打算再开读《红楼》的专栏了。请理解!天大热,人倦倦的,未及时回复,抱歉!

我还可以列出许多这样的话。我觉得这些话语应该成为年轻编辑学习的典范。当然这些必须建立在热爱编辑工作并对作者负责的基础之上。

五

2012年的某天,我给她寄了一点茶叶。她给我回信说:

苏北:

　　刚收到两大盒茶叶,我要是不领情,你会不会很灰啊?我也不能给你寄回去了,但真的请以后不要再寄,我现在喝茶很少,对现在茶叶包装宣传无所不用其极的辞令,还有些反感。

周毅
4.23

　　自此之后,我再也没有给她寄过茶了。也许我的敏感,我也观察到一点点细微的变化。她给我回信,口气也没有过去神气,也没有过去之神速了(她过去一般是一天或几天就回复的)。

　　后来我多少年见不到周毅,去过几次上海,联系她,都未见上。我心中还嘀咕:我还是小作者啊。等我回来了,她有时会来一个邮件:

苏北:

　　来过了?上周末赶上一摊事,既没有时间吃饭,也没有闲心看你的文章。今天想起赶快看了,发肯定不合适《笔会》,你若拿到别处去发,也请改正一个地方。李娟作品研讨会是哪一年,请查清楚,断断不是2002年。

先此祝好。

周毅

我哪里知道,她后来因身体原因,许多活动都不参加了,各种聚会更是少去。她的复旦的同学,有的到上海她都不见。她可能有她的想法:她是把她的美好永远留在朋友心中。我只有通过邮件,不时地同她联系。我无从知道疾病给她带来的变化。但她对工作依然是热情饱满。我有时在信中会写一些感激的话:

周毅好,我是非常之感激《笔会》,我对《笔会》的感情,主要来自你们。我虽然是业余写作,但我也可以说用了大半辈子。写作对自己有什么用呢?从实用主义来看,从我单位的工作来看,是一点用也没有。不但没有,还有副作用。但事情往反里说,热爱写作也是自己个人的事,再往大里说,也为社会做了点贡献。因为对你们的感激,我无处不在歌颂着《笔会》,写这些,只是自己心情的需要。在投稿中也给你们添了许多无效的劳动。这也没有办法,谁叫你们那么优秀呢。

苏北

她收到我的这些"甜言蜜语",都会很高兴:"到底是表扬话好听呢,还是你确实表扬得好,怎么话说得那么走心?呵呵。"

近些年的科技革命,使我们的生活方式出现了许多变化,人的联系方式也随之改变。先是短信,后是微信,因为快捷,大家也都使用。在稿件往来上,周毅有时也会发短信告诉我,后来多用微信了。手机不断更新换代,我也换过几个手机,有些短信也随淘汰的手机而丢失了。前年和去年,她给我的一些微信还在手机上。她人走后,她的手机号我一直存着,那信息,我也一直保留着。

有一次我们联系,她忽然说:"我要把你交给另外一个编辑。"我当即回绝:"不用不用。"她没再坚持,而是感叹了一声:

"我这个身体呀!"

这是唯一的一次她向我这样感叹。我现在想来,心痛不已。应该是怎样的情况,她才会对我这么叹息一声。可那时,我哪里知道,她的身体已经那么差。

去年3月,我与她联系。她说:

苏北:

　　新年好。文章看了,还是老话题呀。似乎没有增加新内容。我现在不做《笔会》主编了。舒明休假了,等他回来我给他看看?

我一听,心里一惊。但我想的是她可能更想放下担子,她又认真,文字工作又马虎不得。之后我给她发短信说,我要给她打个电话,说说话,也问问她,是不是可以到我们皖南来走走,散散心,换换空气。

她给我回:

　　对不起,这一阵子闭关止语。谢谢你的好意,现在出不了门。

3月底,她给我推了她一个同事的微信,说:"以后你就和他联系吧。我和他及舒明都说好了。"她又说,"你的这个稿子也给他看了。上次那个稿子,舒明说已经安排了。"

我那时真是糊涂,她就这样把一件事一件事安排好了,后来告别人间。也不能怪我没想到,我怎么可能往这个地方想呢?

周毅走后,我看到张新颖教授的文章,她在给张新颖的微信里说:"以此存照,以此辞世。"起因是她去年5月在《笔会》发表了《这无畏的行旅——读黄永玉"无愁河·八年"札记》,张新颖教授给她发信息,说:"写得好,这么有力气。"

周毅就忽然来了上面一句,弄得张教授无以回复。

唉!我呀,哪里知道这些事情!否则,我就是不打招呼,也要见见她去!

我其实在同样的时间,去年5月6日读了她这篇文章。我给她发信息说:"写得真好!"并说,"我们六安的石斛据说不错,我要给你寄点。"

她没有说话,只是给我发了三个双手合十的表情。之后我没有立即去办,而是出差了。过了十几天,她忽然发信息给我:"苏北,你给我寄了石斛吗?如果寄到单位还要同事转;如果没寄,请寄到我家里。"并给了我地址。

她可是从来没有对我这样直接说过什么事,我立即找朋友代为买了两盒,寄了过去。周毅收到后,给我发来很长的短信:

谢谢苏北!我这一两年东吃西吃,对石斛还比较接受,而周围卖的石斛,只见包装,不知究竟,所以你那天说有可靠的,我就没客气了。谢谢你！精美的包装把我吓坏了，我以为你到批发的地方可以买到简装的。啊呀，你让我把这个盒子如何处理？刚才学习了里面的小册子，原来霍山石斛是石斛中的上品，领教了。这两盒你花多少钱？好让我有一个常识。盒子扔了好可惜呀！我给你寄回去好不好？

她就是这么一个认真而又执着的人。我不知道她已经处在半工作状态。现在想，要是平时，她忙得那样，哪有工夫跟我瞎扯半天？而且这石斛也不值多少钱。现在多是人工培植的，野生的倒是有，要贵一些，可人家告诉我，野生的和培育的，功能上没有多少差别，只是人们的心理作用而已。而且，我想，她若喜欢，日子长着呢，以后还可以寄些的。至于盒子，要它干吗？丢了得了！

过了几天，她真给我将盒子寄了回来，并给我寄了点心和围巾。她给我发信息说：

哈，这就是可笑的周毅做的可笑的事。点心和手帕（围巾）是儿子刚从日本带回来的，给你夫人。谢谢你，给你添麻烦了！

这就是"可笑的周毅"！我现在读这些文字，心痛不已。我真是要哭，我伤心至极，可是我已多少年不见她了，我哪里了解这些实情？

6月，我去了一趟汪曾祺的故乡高邮。他们的电视台给我这个汪迷拍了个专题片，我将视频转给周毅，说："给你看看，笑笑。"

她给我回："好的，笑笑。"

看完之后，她晚上给我回：

苏北呀！你长大了。要不看这个视频，我脑子里的你还是少样呢。片子中看到两张《笔会》剪报。（在"少样"的后面，还加了个捂脸的表情。）

语言里面充满了绵绵深情。那会儿，我可一点没能理解她的心情，我还扬扬得意，给她回："老啦！老啦！"

在这个片子中，我提供了两张我写的有关汪曾祺的《笔会》剪报。她看到了，还特地对我说，可见她对《笔会》念念不忘。

去年7月，一个朋友给我发来一张照片，是藏区的一个小书店，有我的《忆·读汪曾祺》，我看边上有两本周毅的《沿着无愁河到凤凰》，就把照片转推给了她。过了一会儿，她给我发来：

"耶！西藏哪里？"

"一个小书店。"

"拉萨，还是别处？"

"不知道，回头问问。"

后来我有事，就忘了问。第二天她又发短信给我：

"问了没有啊？"

我立即问了一下，告诉她：

"青海西宁，藏族文化街。"

她回：

"也是好的。"并且发了个卖萌的表情。

现在我重读这些文字，忽然想到，周毅那时候是不是躺在病床上了?只有生病了,才有这样的空闲。她这个人,在工作状态,以她的工作热情和节奏,哪有工夫跟你这样去聊?

7月底,她在微信朋友圈转发了一幅书法,是吕思勉的一首诗:

> 静思世事与棋同,
> 负局支持苦到终。
> 一着偶差千劫定,
> 输赢毕竟太匆匆。

我那一阵也正在练习写字,于是便写在一张宣纸上,拍了发给她。过了几分钟,她给我发过来一朵小花,还竖了个大拇指。今天我回头看这首诗,感觉心中冰凉。我想她发这首诗,一定也是有心迹的。

去年中秋节上午,我给她发了一行用毛笔写的字:

> 祝亲爱的周毅全家中秋快乐!

到晚上9点,她给我发回来一个符号:双手合十。

中秋节(是阳历的9月13日)到10月22日,只一个多月,你就离开你热爱的这个世界了。那个双手合十的符号,永远留在了我的手机上。

就这样我再也见不到你了,再也得不到你的片言只语了。

六

到去年3月,她还对我投过去的稿子提出意见。我要是知道她身体这样，我是绝对不会再给她投稿子了。可是，工作是她的生命，做一点事情，表示还活着。她就是这样的一个人，有什么办法？

她去世后，我到上海为她送行。直到那个时候，我都不敢相信，周毅会死吗？她才五十岁，又那么年轻有才华。可手机上那么多人在说，在议论，难道会是假的？更何况明天我会见到她，一个冰冷的周毅，一个没有了温度的周毅。

我真是伤心极了。因为我觉得她真是一个与我关系密切的人。有十多年了，我几乎时时与她联系，虽然见面不多，可她的音容、表情等等，我似乎都非常熟悉和明白。她对我说话，虽还客气，但已经没有多少虚套和假意。

我上面也说了，她对我至少说过两次："苏北，我要把你交给其他编辑，我这个身体会耽误你的稿子。"我哪里知道她的身体这么差。对于她的生命，那稿子又算什么？我只是觉得她不能按时办公，因为身体，单位网开一面，上班可以自由些，我哪里知道她与疾病的苦斗。我多年见不到她，我哪里知道，她是不愿面对，我并不能想象她生病后的样子。我对她的记忆，还停留在她生病前的那副生龙活虎、风风火火的快乐模样。

唉，她就这么死了，无声无息。我在心痛的时候，人们都忙着自己的工作，开会、出差、学习、培训……而我却沉浸在难以自拔的悲痛之中。她的一切，都在眼前，挥之不去。

唉，周毅，你是真的离开了吗？你会死吗？这让我想起了黄永玉在佛罗伦萨听到汪曾祺去世后的反应：

"呵呵，汪曾祺也会死？"

是啊，人在极端的时候，往往会生出一些莫名其妙的想法，我现

在对周毅,感觉也如黄先生一样:

"呵呵,周毅,你也会死吗?"

说出这话,我只是心痛。我也是一种自嘲式自我解脱罢了。

10月26日,我查了一下从我住的宾馆到龙华殡仪馆的距离,近十公里。我多年没能见到你了。你不知已给病魔折磨成什么样子。你本来个性就强,也从来不愿麻烦别人。我想,爱你的人一定会非常爱你,而平常的人,也还要正常过日子,也只有惋惜惋惜罢了。

我到殡仪馆时,已9点钟。找到银河厅,一切已经布置就绪。外面一个电子屏上写着:

9:30—12:00,周毅

已有许多人,许多花篮、花圈和挽联,你的照片也在其中。你睡在那里,睡在松柏丛中,可是我已看不出你的面容。

看到黄永玉的挽联:"周毅小友安息。"

看到《笔会》同事与你告别:"笔会啦,再会啊。"

看到你爸爸妈妈的送别:"痛别爱女。"

……

大厅里回响着舒缓的音乐,大屏幕上滚动着歌词:

乘着歌声的翅膀,

亲爱的随我前往。

到那恒河的岸旁,

最美丽的好地方。

……

　　周毅，你真走了。你太累了。你安息吧。你就是一个喜欢操劳的人。有人告诉我，连告别的音乐都是你自己选的，就是回旋在我耳边的这个：《乘着歌声的翅膀》（门德尔松作曲、海涅的诗歌）。

　　老天你不公道啊！

2019 年 4 月 23 日

在泗洪与王蒙先生的一顿午餐

"许辉文学馆"在他的老家江苏泗洪开馆,我们一行前去祝贺。王蒙先生为许辉文学馆题写了馆名并亲赴泗洪参加开馆仪式,因而我有机会与王蒙先生一道游湖,并聆听了他的讲座。

与王蒙先生见过多次面,在鲁院听他讲课,讲李商隐的诗,极生动;在北戴河疗养,每天吃饭,在餐厅和院中都能见到他,但终归是三言两语,没甚印象。这次一桌吃饭,难免不扯一些话题,听老先生神侃,不无趣味。

之前在开馆活动中,我给了他一张报纸,是刊有我短文《考王蒙》的香港《大公报》。我写了他在鲁院上课时讲到《红楼梦》,最后互动环节,我提了一个问题:金钏儿和薛宝钗,年龄相差不了几岁,可在称呼周瑞家的时,一个叫"周大娘",一个却叫"周姐姐",为什么呢?

我是成心的,找这么个的问题,想考考他老先生对《红楼梦》的熟悉程度。王蒙将我的纸条念了一遍,说,金钏儿怎么能和薛宝钗比呢?宝钗和金钏儿地位不同,一个是主子,一个是奴才,在封建社会,长幼尊卑有序,是有严格的规定的。之后他说:"我其实回答不上来,所以东扯西拉的,只能这样了。"

我特别喜欢他最后一句话的坦诚,于是写了此短文。这次我带给他,也是想让他看看,我们读者是喜欢他的。

王蒙先生站在文学馆的展厅,看了看剪报,收了起来。

后来游湖,在一条船上,大家在细雨中呼喊,兴奋了一阵,就安静下来。我走过去,蹲在王蒙身边,说:"我同邓友梅聊天,邓说到'反右'时,一天你骑自行车在大街上遇见邓,还专门下车,与邓聊了一会儿,你还提醒邓,说:'最近风声紧,你嘴上没有把门的,说话要注意一点。'没想没过多久,你倒先被打成了右派,有这个事吗?"

王蒙说:"不可能!我被打成右派,肯定在他后面。我划右派都到什么时候啦?!是后期了,是后期扫尾的时候,补划的右派。他肯定记错了。"

刚坐上饭桌,说到上午他在泗洪中学的演讲,他说:"我是写了个提纲的,可是坐下来,却找不到了,不知道塞哪里去了。我身上口袋多,外套就六个,里里外外十几个口袋。找遍了,也没有!后来我忽然想:我还在乎这一个!于是就坦然放下。"

王蒙先生一口气讲下来,讲了六个问题,面前没有一张纸。

呵呵,老先生要不是自己报料,我们还真没看出来他在台上找过稿子。以为脱稿,是他的一贯作风呢。他这样一讲,我倒想起来了,他在鲁院讲课时,面前是有几张纸片的。也是嘛!"手中有粮,心中不慌"。因为你若要引用几句时,也不一定没有卡壳的时候。这时你就会发现,手头有几张纸片,是多么重要了。

这顿午餐是令人难忘的。食材多为本地所产,原汁原味。大家吃得兴趣盎然。王蒙先生也很高兴,席间笑声不断。泗洪是水乡,洪泽湖在其境内,因此鱼虾甚多。说盱眙小龙虾有名,其实泗洪的小龙虾也很有名。说到小龙虾,许辉说,吃小龙虾有个顺口溜:牵着你的手,轻轻吻一口;掀起红盖头,深深吸一口;解开红肚兜……王蒙先生说:"我不吃这个东西,'掀起红盖头,深深吸一口',把人引到邪路上去,产生不健康的想法……不许吃小龙虾!"

大家都笑了起来。

坐边上他的夫人说:"螃蟹啊,虾啊,他都不吃。"

王蒙笑说:"吃这些东西的智力超过我能达到的程度。"

说到小说创作,在座有人说,他刚写的《杏语》,太多长句、排比,让人接不上气来。王蒙笑说:"说长句是身体好的表现。这一口气在逻辑上、思维上、精力上要跟得上啊!"

他接着在桌上说了几个长句的笑话。说领导做报告,谈计划生育,说"凡已实行的和尚未实行的,都要实行计划生育……",领导断错了句,念成"凡已实行的和尚,未实行的,都要实行计划生育……"。说到武汉建了几个大桥,有长江大桥、二桥、三桥,有人开玩笑了,说长江管委会开会,主持人念道:"武汉市长,江大桥;武汉市长,江二桥;武汉市长,江三桥……"

当然这都是语言游戏。作家是语言的魔术师。一个作家,对语言必须是有兴趣的、敏感的。

上面说了,泗洪是水乡。洪泽湖在其境内,所以所吃菜肴多与水乡物产有涉。菜单如下:

煮鲫鱼。红烧的,很大的鲫鱼。此鲫鱼非水乡实难见到。这样的鲫鱼要在很大的水面中生长。烧得好,肉极细嫩,是很好吃的。

芹菜炒肚子(加少量胡萝卜丝),极清淡爽口。

清炒瓠子丝。

炒绿豆饼(与青蒜、红辣椒同炒)。

小葱拌豆腐(加皮蛋和榨菜同拌)。

丝瓜烧老豆腐(虎皮豆腐)。

大煮干丝(这是淮扬名菜)。

涨鸡蛋(得是草鸡蛋,多放小葱,圆葱)。

扁豆烧肉(五花肉)。

黄豆烧猪脚。

红烧黄牛肉(加大量胡萝卜)。

乌鸡汤(香,极鲜)。

主食:车轮饼(一种死面饼,形似车轮,嚼之极有咬劲)。

小菜:咸鸭蛋(油极多,如汪曾祺先生所说高邮之鸭蛋,筷子一插:"吱——"油冒出来了)。

这是一次美好的午餐。因不能忘也,所以记下。

2017 年 1 月 12 日,新年第一文也

刘震云的两件往事

一、当年我家吃面条

刘震云在我家一次奇特的吃面经历,是一件有趣的往事。

三十年前,刘震云北大毕业分配到农民日报社,刚开始发表小说。他写的一个短篇小说《乡村变奏》在《青年文学》发表,小说极短。我那时还在县里猫着,读到这期《青年文学》,感到这篇小说极为"机灵",因为文后作者简介署有"农民日报社"字样,我于是就写了一封短信,对他的这篇小说发表意见,于是就建立了通讯联系。刚好不久后刘震云到天长采访,他不认识这个县里的任何人,便打电话给我。刘震云打的是我单位的值班电话,我那天恰好不在单位,我们单位的同事还不错,居然骑自行车到我家里,告诉我,北京有一个记者找我,住在县宾馆。

我那时正蹲在灶台旁喝粥,听说北京来的记者找我。因我北京也没有一个熟人,只跟这个叫刘震云的通过几封信,便估计肯定是他。于是骑上自行车飞奔到县宾馆,在登记簿子上一查,见到"刘震云"登记的签名,和他写给我的信一样的字迹。我于是找进房间,见一个人正独自盘腿坐在床的中间,一打问,果真是刘震云。于是我们这两个从未谋面的人聊了起来。那时人还比较单纯,不浮躁,于是聊的话题也多,人也真诚实在。聊着聊着,时间过了12点,我以为刘震云是北京来的记者,过一会儿县里肯定会来人通知他吃饭,弄不好刘震云也留我,还能跟着吃一回县里的饭,可是过了12点,眼看要1点了,还没有人过来请。那时记者还不像后来让人"头皮发麻",也许是县里没太重视,也许是县里没有发现。于是我对震云说:"干脆请你到我家去吃吧?"刘震云看看快1点了,也没有人过来,于是说:"那好吧。"便跟了我出来,上了我骑的自行车,由我驭着,穿过县城熙熙攘攘的大街,来到我家在县城西门的一个独院里。

我们家没有任何准备,只有我父亲一人在家,锅里一锅清水。已1点多钟,买菜现做也来不及,于是便下面条。三个男人,下了一锅的面条,放了许多的酱油和蒜花,就在院子中心摆下桌子,三个男人坐定,"呼啦呼啦"吸面条。正吸到劲头上,不知从何处飞来一只大苍蝇,"嗡嗡嗡"地在头顶上转。这是一只颜色纯正、非常健硕的标准"大绿头",看来"吃"得很好,样子像一只小苍鹰,飞的声音非常响。它像一架直升机,在头顶上做着各式动作:俯冲、拉起、盘旋,我和我父亲同时起来轰它,根本不起作用,我父亲又找来苍蝇拍子,在空中乱舞,可这家伙,太敏捷了,你根本近不了它的身。

于是我们便不再管它,三个人埋头抓紧吸面条,偶尔它冲下来,大家齐动手去"轰"。季节似乎是个大夏天,面条吸得急了,三人满脸流汗,可不管不顾,任由头顶上"嗡嗡嗡"着,三人埋着头吸。院子里有两棵高大的泡桐树,绿荫一地;墙边上的鸡冠花和野茉莉长得正旺,有几只鸡在远处啄食,不时发出"咕咕咕"的声音,和这头顶上的"嗡嗡嗡"声相互应答。

我的父亲幽默,吸完面,为了缓和一下气氛,他对刘震云说:"可能这个家伙也知道你是北京来的记者,赶过来看看热闹呢!"

刘震云慢悠悠地也说了一句:"它想要采访也没门的!"

事情过去多年了。事后我想来,这只苍蝇它从哪里来的呢?反正不会是厨房里的产物。因为厨房,你不管如何去养,也不可能养出这么大的一个"尤物"。那时家庭都还没有卫生间,也不可能是家庭的。唯一的来源就是不远处的一个公共垃圾堆,邻里左右家的垃圾都是送到那里的。估计是一只迷了路的、误闯到这里的家伙。

那会儿人都还年轻,也单纯,没觉得有多么尴尬和难堪。事后想想,反觉有趣。

但这确实是一次令人难忘的午餐。

二、他对我说:"想怎么写就怎么写,想写什么就写什么。"

后来的1989年我有机会去到北京鲁迅文学院进修,正好那时莫言、刘震云和余华他们的研究生班也刚开学不久,刘震云的家又住在与鲁院一墙之隔的农民日报社院内,我就有机会常去他家坐坐。震云为人低调幽默,见谁都叫老师。有多次听他晚饭后与同学聊天,也是盘在同学床上,大家你言我语,震云总是标准的河南普通话,"老师长老师短"的。可他与我从来没有称呼过"老师"之类。

我有时去他家,他们一家子正在吃饭。我若没有吃,让我吃,我也是坐下就吃。我记得他家有一个小桌子,很矮。他一家三口就围着那张小桌。那时他女儿还小,震云有时抱在怀里带到楼下院子里玩，我去正好遇见，我们就站在院子里说话。那时他的《塔铺》《新兵连》和《单位》已陆续发表，风头正健。

记得学习期间，我写了一个短篇《狗报》，我拿给震云看，他读后说还可以，就写信为我推荐。推荐给当时《北京文学》的编辑兴安。兴安看后认为还行，就发在了当年的《北京文学》第九期上，那可算我那时的一个重要作品了，那时能上《北京文学》，对我们基层作者来说，也是非常荣耀的事情。

1990年我借调到湖北黄冈编一本小刊物《金潮》。结束借调后我到北京住了十多天。一天我到震云家去，震云已在他家的对面借了一间房，整个一间房是空的。只在屋子正中间放了一张桌子写作。我那时写不出东西，一副苦歪歪的样子。震云那时已经是全国家喻户晓的了。我只记得他对我说："不要有太多顾虑，放开来写。想怎么写就怎么写，想写什么就写什么。"

我牢牢地记住这句话。可是我那时两手空空，没有什么东西可写。我怎么能理解他的这句话？但这句话，我记了许多年，永远不会忘记的。

我后来离开北京，与震云失去联系多年。我曾几次通过人找他，可都没能联系上。去年我得到组织关心，居然安排我到北京开作代会。我去之前有两大理想：一个见一下莫言，一个一定要找到我"失散多年的兄弟"刘震云。两大理想在会上全部实现。我给莫言送一本书，书上写了一段话。第二天我问莫言："写得是否唐突？"莫言连连摆手"没有没有"，并且在我的另一册书上题了一句话："苏北有奇文。"（他是针对我前一天写给他的一段话的。）可是刘震云，我找了两天，苦苦地在会场寻找，总是不见，问人。有人说："刚才还见的呢。"刚才好像走了。终于在第三天,我走进会场,刚找到自己的座位,一转面,哈,刘震云一个人坐在那儿呢!我立即起身过去,带上我的一本书,走上前:"震云,我是陈立新啊!我找你几天了。这次来开会,就是为了找你呢!"震云立即站起来,仔细一听,终于想起来了:"啊,你是陈立新啊。"我给了他书,聊了几句。这时一个军队小代表凑了过来,问我:"他是谁?"

我说:"《一句顶一万句》啊!"

小姑娘立即明白,赶紧走过去要与震云合影。这时又来了几个人。震云看人多了,吃不消,赶紧坐下来。震云于是对我说:"加个微信吧。这回见到了,加个微信,以后联系就方便了。"

这回刘震云上中央电视台的《朗读者》栏目,提到当年他给《安徽文学》投稿,拿到70块钱稿费,立马请女朋友吃饭,充满了深情,使我想到以上的交往。其实,刘震云的《塔铺》当时也是投给《安徽文学》的,《安徽文学》已经发排,不知通过什么人又转到了《人民文学》(可能是交到了崔道怡手里)。《人民文学》又要发,刘震云于是找到当时的责编苗振亚老师。苗老师宅心仁慈,《安徽文学》于是便撤稿,让刘震云拿到《人民文学》去发。可以说,《塔铺》是刘震云第一篇引起全国反响的作品,也可以说是刘震云的成名作。如果当年发在《安徽文学》上,全国转载引起反响,《安徽文学》就是刘震云成名作的初发者。可是我们《安徽文学》就是大气,一切为了作者,用极大的宽厚关心爱护作者,这也是《安徽文学》的光荣传统。

2017 年 3 月 19 日

你的美丽和优雅无法抵挡

出差途中，接到建平兄的电话。建平在电话中吞吞吐吐："我不知道怎么对你说……我也不知道该不该告诉你……但是我觉得还是要告诉你……是龙冬家的事……央珍去世了……"

建平的吞吞吐吐，我就警觉了起来。我的心中立即有一种不祥的感觉。一定是和我关系非常密切的事，我的心提了起来，身上的每一块肌肉都感到紧张。

我无语……愕然……这是怎么了？

电话中半天没有声音。我不敢相信。

就在前几天，我整理皮箱，无意中翻出几张打印纸，是央珍的一篇文章，题目叫《甜甜的忧伤》。是写我们两年前一起到汪曾祺先生墓上的事。央珍写道："北京的5月，我带上了四束金灿灿的非洲菊，要和汪先生的长子汪朗，还有他的学生龙冬和苏北，去西郊福田公墓看望先生和师母……"我也不知道这篇打印稿怎么会在我的皮箱里。当时我也只是看看，又放了回去。

今年 8 月,我到北京开会,我们还见过面。那天几个朋友约在一起吃饭。我见到央珍,便对龙冬说:"龙冬就不抱了。抱抱央珍吧。"央珍走上来,我轻轻抱了一下。央珍笑眯眯的,高挑挺拔,还是那么好看。

放下电话我就琢磨怎么给龙冬打电话。我思索了半天,还是直接把电话打了过去。可是半天没有人接电话。过了一会儿,我又给龙冬发了短信,告诉他我要过去一趟。过了好一会儿,龙冬回了,叫我不要专门跑一趟。我是坚持要去的。

放下电话,我便联系我们共同的朋友玉亮兄,相约一起过去。

早晨匆忙赶 8 点 14 分的 G264 次高铁,到北京为央珍送行。赶到龙冬家附近已近下午 5 点了。我和汪朗、汪朝、建新、杨早、航满、建平约好,一起往龙冬家去。

北四环的这个藏研中心,我是来过多次的,也不记得有多少回了。可是以这么一个方式来,我是无论如何也想不到的。到龙冬家门口,门外的一个台子上燃着藏香,正袅袅地冒着轻烟。我们正犹豫走得对不对,一个男子从外面过来,说:"是找龙冬家吧?"

我们说是,就轻轻走进屋去。屋里安静极了,几间房子安静极了。龙冬走了出来,和我们一一握手,就引着我们走进一个房间。这里是央珍临时的灵堂。一个高台子上,放着央珍的遗像,面前点着藏香,几个盏子里燃着酥油。按照藏人的方式,献哈达,鞠躬。汪朗大哥和汪朝大姐一一献了哈达之后,我走过去,对着央珍的遗像鞠了一躬,说:

"央珍,央珍……"

才叫了两声,我的声音就哽咽了,泪水马上涌了出来。

你这是怎么啦,央珍?有什么过不去的坎,你要这样决绝?还指望七八十岁的时候,你满头白发,那时候大家都没有什么事了,能常在一起玩玩、聊聊天。你哈哈大笑,一如你喜欢的汪师母一样,满头银发,坐在沙发上,一副安闲的样子,为一件快乐的事,哈哈大笑。央珍,央珍,你这个傻女子,你这是为什么,为什么……

记得二十多年前,我每每从地铁建国门站的东北口出来,第一眼见到的是长安街上的车水马龙(长安街上永远车来车往,永无止息。每每见此,我心中就会涌起一股热流:北京多好啊,年轻多好啊)。之后就会看到那高大的、白色的、方方正正的社科院大楼矗立在那里,沿着大楼往后有许多老北京的四合院。我沿着一条胡同走进去,那马路上的汽车摩擦马路的"轧轧"的声音立即就消失了,再沿着那低矮的、密密的、有老式门楼的胡同穿行。乱七八糟的都是生活的气息——这条叫"东总布胡同"的地方过去曾住过许多了不起的人,林徽因也曾在此居住。有许多人物可能都寻着这条胡同走过,包括金岳霖先生和沈从文先生。——再沿着胡同往深处走,右手一个大杂院,院内也是横七竖八地乱搭乱建着,可是院中一个二层小楼,显出曾经阔气过的迹象。怎么可能四合院中凭空建着一座楼呢?那些乱建的临时棚屋,也许过去就是人家的花园呢!这是一个西洋式的小楼。可是现在已经不成样子,它被分割成两户,分别从两边进出。南头侧开了个小门,进去一层是个很小的开间,之后一个楼梯拐上二层,有两间铺着地板的居室,这就是龙冬和央珍的家。

我每次到他们家的门口,就会大声地说:"马乞那盖——"我也不知道这是什么语言。或许就是我自己创造的,代表我自己发明的一种藏语,用以问候龙冬、央珍这对夫妇。当然有时我也会老远就喊:"龙冬!龙冬!央珍!央珍!"这时就有一个高挑而清秀的藏族女子走出来开门,之后她会说:"大熊,苏北来了!"那时的央珍是多么年轻。她总是优雅而从容,不紧不慢,说话也轻言慢语。我总是觉得央珍太文雅了,文雅到我从来没有听过她骂人(倒是龙冬整天快乐地骂骂咧咧的)。有时为了一句话,央珍会笑起来。她的笑都是那么轻柔而妩媚。

我和龙冬可谓死党了。我们二十几岁就认识了。几十年来,我们从未断过联系,而且几十年来我们没有红过脸、生过气。和龙冬在一起,总是那么快乐。因为龙冬总是快乐的。我们真是君子之交,因为文学,因为我们气息相投。原来龙冬是个光棍,他二十多岁援藏。从西藏回来,带回来一个女朋友央珍。这样我就认识了一个西藏的女子,也是我认识的唯一一个西藏的女子。

原来西藏的女子也这么安静,原来西藏的女子也这么有才华。这些,我都是通过央珍而认识的。

我去过龙冬家多少次?在那里吃过多少次的饭?和央珍见过多少次?真是无法计算了。我们还一起去过许多次汪先生家。汪先生和师母那么喜欢她。我曾写过,汪先生第一次见到央珍,一副羡慕的样子,对龙冬不断叨咕:"怎么找了一个藏族的老婆?怎么找了一个藏族的老婆?"每次我们在汪先生家聊天吃饭,将要离开时,汪师母都会小声问央珍:"要不要去一下?"用手一指卫生间。弄得我有时很抱不平:怎么也不问问我要不要去一下?仿佛我们这些男士是可以随地大小便的!

央珍的创作严谨而认真。她从来不急躁,不知道这是不是与她的信仰有关。她留下了短篇小说《卍字的边缘》和长篇小说《无性别的神》。她获过全国少数民族文学奖和"骏马奖",并有作品翻译到国外。《无性别的神》被改编成二十集电视连续剧。她曾给过我一本《无性别的神》,我因对西藏文化不熟悉,没有去看。现在我要找出来,我要仔细看一看……

央珍啊,从今以后,怎么也见不到你了。我从北京回来,我的爱人反复念叨:"央珍还给过我几盒藏香呢,我到现在还记得呢。"我爱人又说,"唉!这个人再也见不到了。"

2017 年 10 月 20 日

谈赠书

我是喜欢赠书的。

竟其半生,写了几本书。虽成就不大,然自己跟自己比,确实尽力了。自己一个顽童,一点基础没有,全靠后天用功,人生去头掐尾,就没有多少日子。刚刚学会一点写作的本领,哟,到了"知天命"的年龄,年龄相当管人,先是牙不行,再是眼不行,之后鬓角白。刚开始还硬撑些日子,久之则不灵。再装嫩就"酸"了,而且手头"本钱"有限,只有认命。因此我对自己的书,没有那么挑剔,写出的文字,还都满意。因为你就那样,"能"也"能"不到哪里去。不存在以后写得更好,也就没有等写出好书再送人的妄想。

我还有一个想法:对待书,要有平常心,流传到哪里是哪里。

说这个话是有所指的。有的人,不愿赠书给人家。不愿赠,无非有两条:一个比较自负,你若喜欢我,你就自己去买我书;一个是认为这个人不值得赠。当然还有一种,看人赠书,对我有用就赠,没用不赠。文坛也如官场,也是势利眼,别以为文坛清水衙门,就不势利。

我对"矫情"是侧目的,有的人把自己看得很大,看得很重,放不下。其实人就是人,当然不能动不动就自轻自贱;但过度自负,自己很累,把自己搞得压力很大。其实人要认识到:你再伟大,也是一块移动的肉;再"能",也不过百年。说这个话,当然也是有关赠书,有的人不愿赠给别人书,是把自己看得太重。

我赠书也分几种。一种是"投名状",想认识人家,想叫人家了解你,送一本书吧,他若翻翻,就知道你是什么样的一个人。这里面,有送官员的,这当然有"巴结"的成分,作为人,生老病死,在我们这个以人情为重的社会,没有人不求人的。有的是一般熟人,找人办个事,带一本书吧,也是一个说话的由头。当然更多的是文友,你赠我一本,我送你一本,礼尚往来。看与不看,都没有要求。也有的是送给名人的,无非一个"大名片",有"高攀"人家的意思。也有极少的,是真喜欢我的东西,我送给他们,心中是极高兴的。还有更少数的,是全中国到处写信,找人要书的,这样的人,我遇到过一两个,不给。

我们写作,刚开始,都是自己印书,或者是自费出版,所印之书,大部分都拖了回来。20世纪90年代,我们几个文友,印了一册小说集《江南江北》,当时不懂,一下子印了五千册,结果拖回来,放在其中一位的家里。他堆在一张旧床上,久而久之,床压变形了。他的妈妈说:"床压坏了。你们还要不要?不要我叫收垃圾的来卖废纸了!"

后来我也自印过书,用一"土狼工作室"之名,无非是好玩。这一回学乖了,只印五百或者一千,主要用途是送人。其实更主要的,是想把已发表过的作品集中起来,这样一个好查找,再一个集中起来看,会从整体上看清自己的写作,大概是个什么状态。

几十年写下来,慢慢也有了一点点的影响。写散文主要靠积累,没有一篇散文获奖了,全国知名,都是要靠大量的作品,日积月累,一点点地给人家记住的。随着作品发表的面越来越宽,慢慢地也养了自己的"气",大约知道自己的写作在什么位置,自信心也有了一些,书慢慢也好出了,市场上能见到,网上、书店也能买到了。

但这时书反少了,出版社一般给个几本,多则十来本。这时要送人书,大多靠自己去买。我每出一本书,一般都会自购二百册。自己要留一点,还要送人一些。

我送出去的书多矣!送书这么多年,也有一些故事。关于送书的故事,贾平凹说过的一个最好玩:赠书给某某,过了些日子,在旧书摊忽见此书在一堆旧书里,于是买得,又写上"请某某再正",寄出。我送出去的书,特别是送给一些名人的,也有一些在网上,书中赫然写着我当年赠与某某的签名。我见到并不惊讶,一个是名人书多,大多别人赠送;一个大都市居不易,室小书多,书与人争地盘,只有弃书一途。倒是香港的古剑,为人坦荡,我曾赠过他两册书并写一信,如今都在网上拍卖。他卖之前早有声明,大意是:"我已老了,这些书在我这里,日后必为纸浆。不如趁我在世,让它回到社会,归到真正喜欢它的人手中,这才是一本书的真正命运。"古剑的这种做法,我也认可。书嘛,还是让它流转起来,让更多的人读到,这才是最好的。

我之喜欢赠书,可能也受了一点汪曾祺的影响。汪先生是喜欢送书给人的。有一种说法,说汪曾祺如果用字画和书比,他宁愿送字画也不送书。这个说法似可成立,因为对于汪先生来说,他是不卖字画的。纸、墨汁和颜料,是不值钱的;更何况宣纸大多是人送的。而他的书,则是要从出版社买的,虽是八折或更低,但数量一多,还是一笔钱。汪曾祺的书,他在世时,印数并不多,漓江出版社的《汪曾祺自选集》,才印了三千册。他怕出版社赔钱,还挺不好意思。就这样,他还自购了二百本。他新时期的第二本小说集《晚饭花集》，这么多年过去家里还有，前几年他的家人送了我一本。三十年时光过去了，我拿到的这本书还是崭新的。

也有说师母施松卿比汪先生更喜欢送书给人。往往有青年来访，临走时，汪先生不说，师母会说："老汪的这本书你有吗？没有给你一本。"老太太要送，老头儿奈何？

其实汪先生是喜欢送书的。有的人他并不认识，是朋友委托，列个名单给他，他都会老老实实给题个签，寄出去。他的家乡高邮，有许多"父母官"有他的书，都是别人代求的。汪老头还有送重了的。他的《晚饭花集》曾寄给过香港古剑，古剑到访北京，汪先生又送一册。这样的事情还不止一桩。

老一辈的，也不尽是这样。各人有各人性情。黄裳似不太喜赠书，或者说赠书是要看人的。有一回我与朋友到他府上拜访，他明知道我去，之前是联系了的。可是他当我面，送给朋友一本，对我似不见。可能是他同我还不是太熟，没到那个份上。但我想，若是汪先生，定不会的。在汪先生的朋友中，范用先生是喜欢送书的，他还喜欢自印书，自己设计，这可能与他是出版人有关系。他曾送给我一册自印小书《我爱穆源》，盈盈手掌大小。黄永玉喜不喜欢赠书，我不清楚。我曾将他的两本书带到上海（他人在上海搞展览），请他题签，他龙飞凤舞地写了几个字。看那性情，似是喜欢赠书的。

2017 年 3 月 29 日

我其实不懂阿左林

我怎么能够懂得阿左林呢？我没有去过西班牙，我不了解那里的政治、经济、地理、历史和文化。他的生活我也不能了解。拿到这个题目，我心中并无把握，但是我愿意说一说。在这个年代的普通人中，我知道阿左林可能略早一些。因为在这个年代，阿左林可以说已经没有人知道了。

我不敢说是汪曾祺让我们想起阿左林的。但他确是在谈创作时多次提到阿左林，提到阿左林对他的影响。那个时候我们并不能看到《塞万提斯的未婚妻》或者是《西班牙小景》这样的一本书。这个名字存在我心中有三十年了吧。

几年前，一位朋友给我发来从网上下载的《西班牙小景》的电子版，我才得以见到这位真佛。我翻翻看看——这不是一本让你日夜不息、心潮起伏的书——它平静而舒缓，你可以随便看看，看几行丢下也行。

这时我才知道汪曾祺为什么会喜欢阿左林的，他们的气质和人生态度是何其相似。或者说，是阿左林影响了早期的汪曾祺的审美观,使汪曾祺成为这个样子。

汪曾祺是何时遇见阿左林的？可以肯定是在昆明,那么是在1939年到1948年间,我想应该是在他大一或者大二的时候。会是听沈从文先生说的吗？也说不定。也许就是沈从文找给他的。不是还有个废名吗？废名不是同样也受了阿左林的影响吗？沈从文在教各体文习作时,不是会找很多和这个学生的气质或者文风接近的书给学生看吗？这里面有没有这本书？（1987年台湾的出版社要汪先生的小传,他自己曾写道:"大学时期受阿左林及弗金尼·沃尔芙的影响。"）汪先生离开我们二十年,现在是没有办法去问一问这个情况了。

前两年我在上海,终于买到三联书店新版的《塞万提斯的未婚妻》这本书。我买了几本,送了朋友,也在不同的地方放上这本书,一个是方便,一个是纪念。

感谢戴望舒这位诗人。他的语言这么好,不知是阿左林写得好,还戴望舒翻译得好,总之是好极了。我曾在书的扉页上记下:喜欢阿左林的淡定、从容、简洁（或者说简单）,一个西班牙人,他懂得中国的白描,也许白描不仅仅是中国人的发明。或者如莫言所说,艺术作品只有反映了人类的基本情感,才能感动世界各地的读者。我读了书中的《安命》和《节日》,真是感动无比。不,不是感动,而是宁静,是宁静无比。

我没有办法比喻这样一个作家。他都是这样的短文（我不知道他有没有长文）,他的写作,更像个画家或者诗人。或者说,他是个风俗画家,是一个信教徒,是一个内心柔软而有光的人。

我没有办法评述一些作家。我总的一个感觉是:当代有许多作家语言不够清晰,他们写了那么多的作品,而他们还不能领会语言。他们每写一个长篇,那些同样不能领会语言之美的评论家蜂拥而上,说一些好像别人不懂,只有他们懂的道理,占满了许多的大大小小的报刊。而阿左林们,总是在一些不显眼的、边边拐拐的地方。新时期写作已经三十多年,但革命化的语体还在我们许多作家的身上。其实不仅仅是语体,思维也是古怪的。是人性的不够开阔吗?

汪曾祺写过《阿左林是古怪的》,但他这个"古怪"使我们读来是多么开心。我想他的人格是健康的,人性也是健康的。

2017 年 2 月 22 日

看吴雪写字

"雪"字,是个洁净的字。吴雪,一个干净的名字,有点高远清莹的感觉。"雪"字属中性,男女都适合。汪曾祺先生曾写过一个短篇小说《徙》,里面有个人物:高雪,这是个女性。起这个名字,汪先生是赋予一个美丽的寄托的。当然我们从"雪"字,还可以想到《湖心亭看雪》或者"快雪时晴"之类的。

本来写看吴雪写字,却弄成了"训诂"了。还是言归正传吧。

认识吴雪不少年了,看他写字的回数却不多。十几年前在黄山看过一回,之后又见过几次,近一回就是不久前在一朋友处了。

吴雪是个好人,吴雪是个温和儒雅的人。他出生在安徽的蒙城,过去属阜阳,现在归了亳州。是亳州,不是毫州,比"毫"字少一横的,就是曹操曾运兵的那个地方(曹操运兵道)。

阜阳,或者亳州,地域上是属于中原了,南中原。这是我的命名,相对于北中原。不知道是否真有这个说法。

中原人性彪悍,好酒,义气。吴雪不抽烟,我就没见过他抽烟。好酒,吴雪是有点酒量的。我与他喝过几回酒,现在通行的那种二两的量酒器,喝个两三壶应该是没有问题的。近年来感觉他喝得少了,可能也是他有意控制了。

吴雪虽出生北地,可他长相并不如传统印象中的北地人一般。他面白,个高,应该说是个很英俊的男人。他的脸上总是笑模笑样的,我想这可能也是他有好人缘的原因——爹妈给了个善面孔。当然此为戏言。其实重要的是他的品质,他的人品。他人前不说是非,人后也不说是非。他多是与人为善的,正直,朴素。当然也有相当的智慧。

我愿意写写他,是因为不久前喝了一次酒。酒后我送他回去,在车上,我议论了一通文坛的事情。我坐前排,他坐后排。他说,都是名人,许多事情都应该知道怎么办,不用人去说的。这不是他的原话,大意如此。他的这句话,真使我醍醐灌顶,有豁然开朗之感。用现在时髦的话说:脑洞大开。是呀!说文人相亲,说文人相轻,说文人扎堆互相切磋提高,说文人扎堆自负清高。这是常情,也是各地都有的。吴雪在文艺界工作多年,又在领导岗位上。他的这句话,真是让人大有启发。都是名人,应该知道怎么做的。你的境界,你的修养,有些事情,应该知道怎么做的,不用人去说,去议论。其实我的理解是,不能说,也说不得的。多一些包容,多一些理解,多看一些长处,就可以了。

这真是一个人的智慧,也是生活中的智慧,是多年工作、学习总结出来的智慧。他这样一说,使我也开阔了许多。我虽不在文坛,但写作多年,一些人事也进入我的耳内,我有自己的感受和评价。他的这句"金言",使我明白:为什么要去臧否别人?为什么要用你的价值标准要求别人?或者说,为什么要苛求别人?他是名人,他应有自己的原则、标准。或者说,他是名人,也是人。人的许多不足、缺点,名人也有,甚至更多。——你是名人了,你应该知道怎么去做的。

这真是个大智慧。

在朋友那里,吴雪也写了一些字。我多年前看过他写字,印象不深。当然,还在许多场合见过他的字。总的印象是,他的字当然我是极喜欢的。每每看到他的字,都要品咂半天。但心中有个小小的感觉,感觉他的字太刚劲了(不是有锥画沙和细如悬针之说嘛)。是刚劲有余,而"阴柔"不足。柔、拙,也是一种美,是一种"曾经沧海"的美。可近些年,看他的字,变了。在刚劲之外,多了些妩媚,多了些柔美,多了些趣味。这一回,亲眼看他写字,真是舒服极了。感受到看他写字是一种享受,一种美。——原来写字是不用那么急的,原来写字也是可以像喝茶、聊天一般轻松、自在的。——这边一点,那边一捺,那么从容。他有时像小径散步,有时又像狂奔疾走。他写"吴"字,那么点点点,一横勾,再一斜横,又是点点。一个"吴"字出来了。那么清秀简洁,又是那么快乐。他有时一粗横,仿佛是经过锤子狂打的木桩,又像是竖切的岩石。那个力量,自在其中。写字对于他来说,真是一件快乐的事情。

我搜百度,网上有对他字的评价,说他"以帖为师,师古不泥,风格天真烂漫,笔法洒脱率真"。这个我还真是同意。特别是"天真烂漫,洒脱率真"这八个字,也道出了我心中的感受。我还要加上八个字:"线条柔美,简洁活泼"。但对他的字,我心中也自有一丝私意:觉得他的有些字的笔法粗细,反差似太强烈了些。

怎么说呢?

我虽不善书法,也不懂字。但长这么大,也见过一些古代的法帖，或者现当代的文人字。我私下想，那些流传下来的著名碑帖，原不是作为"书法"给人学习的，大多是应运而生的。前不久看一些杂书，看到于右任的字，还看到了一幅李鸿章的字，还有我家乡的状元戴兰芬的字。他们的字横竖撇捺的反差并不是很大，有都是会有一些的。字嘛，就是一个线条的艺术，徐钝疾挫，刚柔并纳，粗细长短，等等。但我想，大凡字，是以自然为上。反差过大，就有"表演"成分，就有"书法"嫌疑。我们要的不是书法，是写字，是平平凡凡、平平常常、平平淡淡的写字。

我这个天大的外行，对于一个写了几十年字的人指手画脚，真是佛头着粪，吃了豹子胆之后，还不知道自己吃几碗干饭。实在是：可恶！可恶！

一通胡说，有所冒犯。也顾不得了！

不知吴雪兄能容忍否？

2018年10月1日，国庆日有感，一挥。明日赴天长

杨重光教授的幽默

2019年1月29日,戊戌年腊月二十四,朋友老马约我到二环路外的植物园边上的杨重光教授家去玩。杨先生是画家,在国外生活多年,现与夫人张老师定居合肥。杨教授家貌似是一个别墅区,一个大院子,里面两幢独幢别墅。摇响门铃(是真的一个铜铃),张老师来开门,叫我直接到后面,因为杨教授与我的一帮朋友正在后面聊天。

第一次见到杨教授,他六十多点,灰白头发,留一撮灰白胡子,衣着随便。

在杨教授家坐了一个多小时,真是如沐春风。大家谈笑自如,毫无拘束。十来个人围坐在倚门搭建的一个阳光房里,但那天并无阳光,室外倒是阴霾得很。可"房"内春意盎然,屋角的两处,三角梅红花正放,布满了四周的各种绿色植物高高低低,各自绽放;人坐其中,如临花园。平时杨教授和张老师各自忙活。张老师主要是种花,杨教授主要是涂鸦。偌大的院子植满了各色花木,我只认识了一株木香。汪曾祺先生有诗云:"木香花湿雨沉沉。"我是要在一个微雨的春天再来看的。还有一株蔷薇,好像叫什么什么蔷薇,不记得了。想必花盛时也极美,我也希望能够再看到它。

临走前大家到院内各处走走看看。门口的一丛迷迭香,剪成球状,长得很高,似一株小树。中庭的那株蜡梅,花期正好,在这个腊月阴天的黄昏里,似乎也正对景。这种昏暗清冷,才应该有暗香浮动。院中的几棵树,也是冬天的样子,颇有些剪影的清姿,唯那两株香樟,还绿叶满枝,一片欣欣然。院内有曲径,有草坪,各处也都有一些精心的调动,可杂乱欹侧,体现出一种天然的样子。转到后院一幢小楼,那里是杨教授的工作室。楼上楼下都还是粉灰墙面,没有一点装修,可上下都堆满了杨先生的画作。我粗粗浏览一过,当然是现代派,或者抽象派,或者随心所欲,或者遵从内心。俱为大块的油彩涂抹在画布之上。

那天老马给我看了微信中杨先生涂鸦的许多照片。他到处找地方,那些要拆毁的工厂、农村即将改造的民房,得到消息,杨先生即会驱车前往,之后一番"大快朵颐",那真是随心所欲之作,也是痛快淋漓之作。杨先生说"生之有涯",人生如白驹过隙,"一匹马从眼前瞬间跑过,消失了,这就是人的一生"。不知什么是有意义和无意义,只是把精力发泄了,人才痛快。

在院内跑来跑去有两只狗:一只黑色,叫小煤球;一只灰白色,耳边有些棕色,肚子圆鼓鼓的。

"刚来时就这么大,"杨教授说起那只小煤球时,用手比画了一下,"现在已这么老了。我都不敢同它对视,不忍看它。它也有一把胡子,同我的一样灰白。"杨教授说。

小煤球刚来时虽然很小,可它长得很快。稍大一些,开始发情了,外面就有好几条母狗围着狂吠。张老师就找来一个杀劁猪匠,想给它绝育,那个劁猪匠把它"五花大绑",吊在树上,之后也不打麻醉,直接把两个蛋蛋,用劁猪刀给骟了。张老师过去一看,一下子愤怒了,骂了一句粗话,"她一辈子没有骂过这样的话,我就不重复了"。那时两只睾丸已经掉在地上,都是血。

那个劁猪匠听到骂声,一下子呆了,就呆在了那里,直直地站着。这时张老师也愣住了,也有点后悔,就说:"你走吧,多少钱?"

那个人不走,说:"我要在这儿看着,看它有没有危险。"

骟了之后,小煤球性情大变。就开始长胖,很快就像个球了。

有人问:它多少岁了?

"十三年了。"杨教授说,"它也长了一把胡子,胡子跟我一样花白,我都不忍看它。岁数很大了。一转眼老成了这个样子。"

有人提出到花园照个相,于是都往外走。杨教授边走边说,不喜欢过年,过去父母在,过年就回到父母身边。现在父母都不在了,最不想过年。最喜欢涂鸦,一涂鸦就高兴。大家站好,由张老师给照。张老师半蹲着,右手的小指弯曲着。杨教授于是调侃说:"你这个手……像……"他用手比画了一下,我以为他要说像鸡爪,他脸上顽皮的表情或者就是这个意思,可是他顿了一顿,却说:"像……像……像个孔雀……"

我听了这话就笑。他走过来,有些神秘地说:

"这个停顿很危险……"

在杨教授家待半个下午,愉快至极。我觉得杨教授夫妇的生活,简单而快乐。

回来的路上,我顺嘴给诌了两句:

无事看老妻弄花,

有闲则到处涂鸦。

以此来描述杨教授的生活。

2019 年 1 月 30 日,即兴而作

说说宋小词

见过几次宋小词,都是在《芳草》组织的笔会上,她长得像《牡丹亭》里的巧嘴丫头春香,一双眼睛骨碌骨碌的;又像是《西游记》的大神哪吒,踏个风火轮到处乱窜。我说的这个意思,你是懂的,她反正不是温柔淑女型的。有一次她与湖北另一个女作家唐诗云一道参加《芳草》的"美丽乡愁"组稿会,唐诗云长得好看,款款一淑女,就像是《红楼梦》里十二钗之一钗。而会上的活动,宋小词和唐诗云总在一起,形影不离,你说那个感觉吧,你们自己说吧。晚饭桌上,我借着酒劲,歪诌了一副对子:

端庄雅致唐诗云
机灵俏皮宋小词

也不工整,但把两人名字嵌上,意思是到了。

宋小词本名宋春芳,一个典型的村里小姑娘的名字。据说她刚开始写小说,投稿时给自己起的笔名是"宋词",投到《芳草》杂志,给主编刘醒龙看到,发稿时觉得"宋词"作为笔名有点那个,便随手一改。添了个"小"字:宋小词。这一下倒好了,一个作家宋小词诞生了。这个故事是我顺耳听来的,不知真假。但不管是真是假,都可算作是一段佳话。

虽然认识了,但我对宋小词的创作一无所知。笔会回来不久,一次无事,在手机上乱翻微信,见到宋小词推送的《当代》公众号,是她的中篇小说《直立行走》,我上下翻翻看了几段,一下子就给吸引住了,这么长的东西,我怎么可能在手机上看完呢?于是便给小词发信息,让她发我邮箱里来。转眼在邮箱里见到了,我即刻打印出来,躺在沙发上,一页一页去读。

读完第一个感觉:不简单。再有一个感觉:准确。人物拿捏准确,语言朴素准确,且还生动。这个小说看完,我想想看还有什么不足的地方。想了半天,没有。我们对一个小说的认识,我想,第一位就应该是准确,在字里行间,要处处充斥着"准确"二字。

这个小说读完了,我现在觉得宋小词就像一个公主了,我说的,像一个公主了。

这个小说读完之后,我发短信给她:"还有没有?再来一个。"果然,她又发来了一个《血盆经》。

《血盆经》读完,依然一个字:好!

《血盆经》相对于《直立行走》,完全是两种气象。一个直面现实,城市题材;一个婉转温润,写的是乡下,当然依然是现实题材。我读《血盆经》,恍惚中是在读民国时期的一篇小说。让我无理地想起萧红笔下的《呼兰河传》,当然它们是不相干的。但是文学就是这么神奇,它为你提供的意象,也是一句话两句话说不清楚的。

此后一段日子,我逢人便说小词。说到上海,偏偏给说到了郑纳新和戴欣倍两位面前。他们就笑。笑什么?呵呵!宋小词的中篇小说集《直立行走》,正是由他们东方出版中心刚刚推出的。于是我又读到了《天使的颜色》和《滚滚红尘》两个中篇。

宋小词当然是写当下的。她的小说多直面人生,现实感很强。她不专门写故事,但她小说中有故事。宋小词的小说真是在"说",而不是"写"。她很少描写,对话也很节约。她就那么舒缓地,或者急切地说下去。她说得很有张力。当然是口语,当然是短句。宋小词的小说让人记挂,一般来说,你看了几页,就放不下,就会念着这个人物:后来怎么样了呢?过了很久,你都会拾起这个小说再看,不像有的小说,放下就放下了,你看一半丢下也无所谓。

宋小词基本是本色写作。她的小说中主人公也多为女性(当然也有例外,如《血盆经》)。她的题材多是都市的,但她的都市都一头连着乡村。她写爱情,但她不专门写爱情,她只是写人物关系中的爱情,《直立行走》可算是较多写恋情的,但她那里的恋爱充满了无奈和荒谬。

在读完《天使的颜色》,我在文后批道:一个非常现实的题材,一个最平凡而真实的题材,一个人们生活中许多人都会遇到的事情,最普通的情感和最现实的处境,宋小词把握得很好,而且她给这个最普通的故事起了个最浪漫的题目:《天使的颜色》。这也可以说是这篇小说的"眼",使这个最常见的、普通人世间千千万万人会遇到的贫困与生存、疾病与求医的故事有了文学的意义。天使究竟是什么颜色呢?是红色的吗?是金色的吗?还是蓝色的、黑色的或白色的?

《滚滚向前》又是另一番气象。这是一个篇幅较大的中篇,宋小词就那么说下来,说得很动情,很温软,真是一番"滚滚向前"的样子。杨依依是一个很生动的人物,有主见,有担当,又十分可爱活泼。宋小词说《滚滚向前》是早期作品,现在都羞于提起,我倒觉得不必。我无端觉得,杨依依身上有作者本人的人格理想,杨依依的个性无形中显露出了作者的个性人格。我读完全篇,眼睛都湿润了,我为杨依依加油,我为杨依依鼓劲。杨依依,好样的!你是一个有心性又勇敢的女子,你一定会成功的。——读了一篇小说,能写下上面这么一段话来,而且是不知不觉的,你能说小说没有力量吗?

宋小词的小说其实名字起得都挺好。《直立行走》富有象征意义,只有动物才是爬行,小说把武汉土著周午马(为什么起这么一个名字?)为了从鸽子笼一样的窝棚里爬出来,过上人一样的"直立行走"的生活,有点卑微(在杨双福面前还有点高傲,有点泼皮无赖),有点可怜,有点无奈的社会底层人的人生状态刻画得淋漓尽致。

在宋小词的小说里看不出多少技巧。她的小说没有这个那个"主义",要说有,就是现实主义。她应该说是很扎实的。叙述扎实,人物扎实。她是写人的。巴金先生似曾说过:无技巧为最高技巧。宋小词看似无技巧,但她还是经过一番努力的。

宋小词出生在湖北松滋市一个叫涴水的小镇。那里有个大湖叫涴水。我想那里的鱼一定很多。宋小词天资聪慧(她反应很快),从小受到了良好的文学教育。她们家世代从医,到了父辈弃医从教。她父亲是乡里少有的大专生,一辈子从事教育工作,母亲虽然文化不高,但会唱戏,在当地是响当当的文艺骨干,这些都影响了宋小词的少年。她很小就开始阅读了,当然是从童话开始的。她阅读过很多古典名著,《聊斋志异》《三言二拍》什么的,当然也读《红楼梦》,八九岁时学林黛玉把家里橘园的柑橘花捡了装布袋里埋起来,还被父亲打了一顿。十六岁出门上学,用整整一个学期,一字不落地把《红楼梦》完整地读了一遍,读完都感到人有变化了,变得多愁而敏感,细腻而好疑,孤高而自大,其实此时文学的种子早已埋入了她的心头,成年之后当她开始学习文学创作时,她又读了许多世界名著和当代作家的作品,为她的创作奠定了较好的基础。2005年她的中篇小说处女作《晚妆》首发于《芳草》杂志,由此拉开了她的文学创作之路,十多年来宋小词已发表了两个长篇小说和二十多个中篇小说,收入东方出版中心《直立行走》一书中的中篇《直立行走》,获《当代》2016年文学拉力赛中篇小说总冠军。

宋小词在她的小说中塑造了一系列的人物,他们大都很鲜活。读过了,就记住了他们。仿佛生活中真有其人似的。我愿意向宋小词书中的这些人物致敬,他们是:周午马、杨双福、何旺子、起亮、南音、杨依依……

当然,还包括《血盆经》中的菊香婶子。她虽然着墨不多,但活灵活现,很是生动。

2017 年 12 月 10 日

文艺绿的张秀云
——序《一袖新月一袖风》

说水边的女子有灵性,其实山里的女子也有灵性;说江南的女子有灵性,其实淮北的女子亦有灵性。

张秀云出生在淮北大平原,出生在宿州的砀山县农村。她照样有灵性,而且灵性十足。这是我最近看她的散文集《一袖新月一袖风》得出的结论。

看来好女子是不论出身的。

"夫人善于自见,而文非一体,鲜能备善,是以各以所长,相轻所短。"这是曹丕在《典论·论文》中所说。

人往往是这样的。都喜欢以自己的所长相轻别人的所短。但是话也可以反过来说,以自己的短处比别人的长处,那就是羡慕、惭愧和自卑。

我实在是不敢同她这些文章相比较的。她的这些短文我写不出来,我相信有许多人写不出来。这就好,这就多了一份新鲜的散文样本。

我陆续将张秀云的散文读完。这是一个漫长的过程,因为读她的散文不能着急,每天也只是读两三篇。读她的散文你很高兴,你会非常有兴趣地去读,因为她写得很好。你会觉得这样的阅读是一种学习。

我在《凤仙情》《赠之以芍药》《文艺芭蕉绿》《韭菜花开》《凌霄凌霄》《唯美杜鹃》《花椒》等散文后面都加了注。有的仅一个字:"好!"有的稍多,比如在《丝瓜心》的文后,则注上:"写得真好。慧心,慧心。"而在《豌豆》的末尾,则写上:"一个坐在淮河大堤上看豌豆花的姑娘。"在《凌霄凌霄》的文后呢,却写了一段:"写得好。她的每一篇文字都写得好。文字清秀且瑰逸,语言绵密而淡雅。见解亦别致。"

张秀云曾对我说过,她特别迷恋唐诗宋词,喜欢听古典音乐、听戏,喜欢植物。这是她的底色。她的散文里有诗的精神,有些词句令人讶异。她比喻妇女采花椒被刺着了,是"指头开花",这是巧思呢。她说她喜欢凌霄花,初见惊艳又忐忑,如古寺中的小和尚初见乡下少女。她特别不喜欢松柏,经她一说,我也顿觉松柏刻板、古旧,没有生气,人们还故意拔高它,无端令人生厌。她比喻为小叔子拉了掉河里的嫂嫂,要砍断胳膊才安心。她对芭蕉开花前极尽赞美,可花谢结出果实,即如拖儿带女的妇女,因此她永远喜欢芭蕉开花前的"文艺绿"。阅读这些文字,我必须用笔圈圈点点,因为比喻新奇生动,令人欣喜。

张秀云写的这些植物、花草、昆虫、诗词和风土人情,看多了,也发现了她的一些基本方法。她是将童年经验、生活记忆、人文知识、诗词典赋和情致趣味,糅合在一起,写得闲,写得静,写得从容。

原来看周作人的散文,周先生曾说过一个笑话:

一个仆人送主人赶考,见主人老不出来,问乙仆道,一篇文章有多少字?答说,三四百字吧。甲仆着急道,难道我们相公肚里没有这些字?乙仆道,你别急,他肚里有是有,就只是一时拼凑不起来罢了。

我读张秀云散文,她不仅肚子里有,而且化得开,写得自然,娓娓道来,毫无做作之感。

这样的文章,写一两篇可以。写一本书,就不容易了。

张秀云酷爱诗词,在这本书里,有一辑是她专门赏析古诗词。原来我们读诗词,都不能体会其精神。记得我读中学时,有一段时间非常迷恋李清照,将她的《如梦令·昨夜雨疏风骤》《如梦令·常记溪亭日暮》和《声声慢·寻寻觅觅》又抄又背,可是那时年轻,只能见着字面之美。后来几十年不读古典文学,对古典文学很是隔阂。只到近两年读了叶嘉莹先生的两本书:《人间词话七讲》和《迦陵谈词》,才心有戚戚,原来那些著名诗句,内中蕴含着那么丰富的深意,藏着无尽的人生之痛。张秀云选择的这些诗词,比如李煜的、苏武的、鱼玄机的、刘禹锡的和陆游的,等等,她在阅读和赏析时,并不是浅显、生硬地解读,而是浸润了自己许多的人生感受和生命经验。这一方面可能是源于她天然的、较好的文学修养和感受能力;另一方面,也可能与她女性的敏感的天性有关。在文本中她能自如地引申和发挥,而且肌理缜密,入情入理,饶有兴致,使我十分愿意读下去。对于我,也是一种学习呢。

  我对这本书的阅读是长期的。等它印出来,我还会时不时地翻一翻的。因为读这本书是愉快的,亦是我自愿的。

  好,我就不在这里饶舌了。从现在开始,你自己看吧。

2016 年 8 月 2 日

"如果要是没有猜错的话,我站反了吧!"

语言有无限的可能。

经常与朋友讨论语言,觉得现代人语言贫乏,套词废话连篇。昨天看到作家张楚发的微信朋友圈,说:"雪在认真地下着。"我一下子高兴了起来。看看!我们过去只会说"雪在静静地下着"。其实"认真"二字我们每天都在使用,可用在这里,是多么准确。你仔细看看,再仔细想想,可不是吗?你看看,雪在下的时候,是不是下得很认真。

多年前我的朋友若齐发短信给我,约我出去玩玩,他发来一条:"光天化日,有何想法?"那一天正是一个大晴天,极好的天和云。看看,这是不是光天化日?其实"光天化日"原本可能就是本意。而我们长期使用中,用扭了,用脏了,只会说:"光天化日之下,你竟敢强抢妇女?"

我的中学同学朋友圈里,每天都热闹非常,每人仿佛都有无穷的话要说似的。昨天张同学的一条,让我大喜。我们有个女同学晓燕,小时候长得极好看,圆圆的脸,雪白干净,特别喜欢笑,笑点极低,给人一种特别简单单纯的感觉。但现在也五十多了,已做了奶奶。晓燕姓陈,我们有时又叫她小陈奶奶。另一男同学老汪是老牌大学生,极聪明,有辩才。可他一见同学说晓燕就高兴得要死,人也变得更聪明了。张同学于是说:"老汪一遇到涉及小陈奶奶的话题就兴奋得老眼昏花了!"我一看到,高兴极了。"老眼昏花"何时这样用过?但用在这里极具通感,真是妙极了!

多年前我写过一个短文,说两个女同事在电梯里聊天,一个说你皮肤真好,真是肤如凝脂。正好一个男同事也在电梯里,他插上嘴就说:"什么肤如凝脂?不就是皮肤像猪油似的吗?"看看,煞不煞风景?

喜欢看周云鹏的小品。有一回他上台,背对观众站着,开口就说:"如果要是没有猜错的话,我站反了吧!"这叫啥事,但我们都懂。他又转过身来说:"如果要是没有猜错的话,下面坐的都是观众吧?"整个一个神经病,但有趣,出人意料。

我们生活中真是有许多有趣的语言。一个作家就要每时每刻注意语言的学习。好的语言都在人民嘴中。

有时我们觉得我们的语言是那么贫乏,好像是所说的语言都被古人说过了,用完了。其实不然,只要人类存在,生活还在继续,语言就永远是鲜活的,是有其绵绵不尽的无限可能的。

2017 年 2 月 8 日

辑三
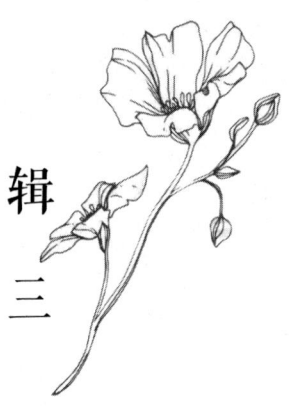

我是怎么迷上《红楼梦》的

——读《红》小札之一

许多人都知道我喜欢汪曾祺，是一个"汪迷"。其实我对《红楼梦》的喜欢，一点也不逊色。也可以说，我也是一个地地道道的"红迷"。

我是怎样迷上《红楼梦》的呢？说来还真是有些趣味。

我十八岁爱上文学（之前一点不爱），先看了一些中国现代散文，主要是冰心、朱自清、秦牧、碧野、杨朔等。后来我在一个白脸俊美青年指引下，读了十几本世界文学名著，主要是《复活》《猎人笔记》《包法利夫人》等。1983年我到地区电大学习，学习金融专业，这时我已十分地迷恋文学了。

在县里的时候，我有一个高明的朋友，叫陈源斌。后来大家都知道的，写《秋菊打官司》的那个人。他那时已经在《十月》《青春》等杂志发表过小说，之后便被推荐到中国作协文学讲习所学习。他到北京才两个月，就回到地区，参加当年的淮河笔会。笔会期间，他特地到我当时的电大班来玩。中午在我们食堂吃完饭，我送他去公交车站。在路上，他对我说："中国没有文学，只有一部《红楼梦》。"这个话是相当狂的,说这个话时他到北京才两个月。

我深深地记住了这句话。送走他我就折返到市内大钟楼的新华书店,买了一套《红楼梦》回来。可是,回来之后我那么用心去读,也没有吸引我的地方。根本看不下去。我硬着头皮,强迫自己看了几页,不得要领。于是我的蛮劲上来了,就回到街上,到新华书店又买了一套。

回来我就将新买的这套撕成了册页,开始抄写。电大嘛,主要靠听录音和看电视。那些讲金融的录音和电视大多呆板且枯燥无味,于是我就在课堂上抄《红楼梦》。把撕下的一页一页夹在书里,电视一放或者录音一讲,我就埋下头去,将折得很小的纸头一行一行地抄去。你别说,这样抄来抄去,抄了几十页,马上就有了神奇的效果。一是我对《红楼梦》这种叙述方式开始接受;二是我读出了其中的妙处。再过些日子,我竟入迷了(一天不抄就手痒),对《红楼梦》中所蕴含的高妙有了体认。

就这样,我吭哧吭哧,用了两个学期把《红楼梦》生生给抄了一遍,至此,我才真正迷上了《红楼梦》这本书,也开始认识到这是多么伟大的一部作品。

这之后,几十年,我读过不下四五遍的《红楼梦》,也陆陆续续抄过许多段落。也遇到过许多《红楼梦》的版本,包括"脂批"那种。可是我终没有成为一个红学专家。我对《红楼梦》的痴迷,始终停留在学习文学创作的层面上,喜欢词句,喜欢语言,喜欢人物的描写和刻画,对索隐啊、版本啊,无兴趣。因此,毕其一生,也只是一个"红迷",一个地地道道的民间的《红楼梦》迷。

这些年对《红楼梦》的阅读,我也有些感受,或者说得出的一个小小体会,就是任何好的东西,你若想真正喜欢上它,之前还是要费一番功夫的。好的东西,有时并不是一下子就能进入的(有人例外)。它不像坏的东西,不费力,凭本能就喜欢上它。正如我妈妈的口头禅:"学坏容易学好难。"我妈妈的这个话不是说读书,但在这里也能凑合着理解。

  我有时想,这辈子我是离不了《红楼梦》了。当我离开这个世界的时候,如果有仪式的话,最好手上抱着一套《红楼梦》,就像信奉基督的人,手里放上一本《圣经》一样,那是最值得安息的时刻。

贾宝玉的任性
——读《红》小札之二

但凡公子小姐，多少都会有些任性，否则就不叫公子小姐了。贾宝玉对女孩儿好，视女孩儿"为水做的"。但若是一味儿做个"没骨"的男人，也就没意思了。贾公的高明，是写出了一个有个性、又有情义的少年公子。刘再复先生一再说贾宝玉是"少年基督"，固然不错，可这个"基督"食人间烟火，又多有公子哥们的任性使蛮，这才有一个活泼泼的贾宝玉。

在《红楼梦》中，任性的人很多，老一辈的，像贾赦为几把破扇子把儿子贾琏"不知拿什么混打了一顿"，连脸上都"打破了两处"。而贾琏，也是任性的。他与鲍二家的胡搞，不巧被凤姐撞见，凤姐大闹，贾琏急了，从墙上取下剑来："一齐杀了，我偿了命，大家干净。"吓得凤姐拔腿飞跑，一直跑到贾母处，滚入怀里："老祖宗救我，琏二爷要杀我呢！"贾琏还拿着剑赶来，撒娇撒痴，口内还"涎言涎语"地乱说。凤姐呢，也是任性的，她动不动叫下人"当心腔子上有几个脑袋"。贾琏偷娶了尤二姐，她风闻后，叫来旺儿和兴儿审问。兴儿刚开始还想瞒："奶奶问的什么事，奴才同爷办坏了？"凤姐一声喝："打嘴巴！"旺儿过来就要打,凤姐又骂:"要他自己打,用着你吗?一会儿你们再各人打你那嘴巴子还不迟呢。"兴儿于是噼里啪啦打了几十个才得住手。连丫鬟也有任性的,头号任性者晴雯一高兴撕了好几把扇子不说,就一个司棋,也是惯使性子的。为吃个"炖得嫩嫩的"鸡蛋没吃着,带了一干小丫头子把厨房的东西全扔了出去,还"连说带骂"的,半天才被众人劝住,赶紧给炖了一个,却被她"全泼在了地下"。

这些个主子和奴才的任性,也各有趣味。但他们都不如贾宝玉任起性来可爱。《红楼梦》中,有许多宝玉任性的细节。且不说小时候茗烟大闹学堂,皆是倚仗宝玉的势,才敢与金荣大打出手——茗烟从小跟随宝玉,可谓宝玉的死党。第四十三回,宝玉去水仙庵祭金钏儿,茗烟不知,跪下祝道:"我茗烟跟二爷这几年,二爷的心事,我没有不知道的……"宝玉踢了他屁股一脚(这一脚很任性,这一脚又很友好)说:"休胡说,看人听见笑话。"仅这一小小举动,就凸显出宝玉的可爱来。——只这一件"倒像我的儿子"也只有宝玉这样任性的"富贵闲人"能说出口。贾芸是后街五嫂的儿子,父亲早亡,可人偏最是机灵,他想在贾府谋个差事,先找贾琏,又求凤姐,他大约是《红楼梦》里最懂得行贿的人,为谋在园内植树的差事,赊钱买冰麝行贿凤姐,又将采办的白海棠送与宝玉,以企靠近宝玉。第二十四回,宝玉从贾母处出来,见到贾琏回来,边上站着一个人,并不认识。贾琏告给是后街五嫂子的儿子,宝玉便说了句极为任性的话:"你倒比先前越发出挑了,倒像我的儿子。"没想这贾芸顺竿而上:"如若宝叔不嫌侄儿蠢笨,认作儿子,就是我的造化了。"(宝玉也才十二三岁,而他已十八岁了)宝玉的一句玩笑话,便被他给利用上,来套宝玉的近乎,倒是贾琏一句"认儿子不是好开交的呢",点破了贾芸的奸猾,可宝玉并无一丝察觉,仍然嘻嘻哈哈地说:"明儿你闲了,只管来找我玩。"足见出宝玉任性中的天真烂漫。

罗马城不是一天建成的。公子哥儿的任性,也不是一日养成的。薛姨妈搬来不久,一回冬天他在姨娘家吃了一点酒回来,先问晴雯早先东府送来的豆腐皮包子吃了没有?晴雯说,唉!正想吃,给李奶奶拿去给孙子吃去了。正要来喝茶,见早起泡的枫露茶也没了。问谁喝了,又说是李奶奶喝了。李奶奶仗着是宝玉的奶妈,自是拿大些的。宝玉借着酒劲,腾地火了,把茶盅子"咣啷"一摔,掼得粉碎,跳起来道:"她是你哪门子奶奶,你们这么孝敬她……"说着便要去找贾母,撵了他乳母。

贾宝玉的任性,确实惹了不少的祸。他喜欢女孩子,对女孩子好,这是事实。用他的名言是:"见了女儿就清爽,见了男子便觉得浊臭逼人。"但他仗着众人都宠他,有时未免又太自恋。他到王夫人这里来,就能滚到王夫人怀里"扳着王夫人的脖子说长说短",王夫人也是"满身满脸地摩挲抚弄";连到邢夫人这边,也受到同样的礼遇,"拉他上炕坐了",又是"百般摩挲抚弄"。正因为众人都宠着他,他才有如此的任性,猴到鸳鸯身上扭股糖似的说:"好姐姐,把你嘴上的胭脂赏我吃了罢。"又敢去惹贾环的相好彩霞:"好姐姐,你也理我一理儿。"(贾环是受不到这般的宠爱的,所以处处充满戾气)如此的溺爱,使他身上充满了公子哥儿的任性,才有了猛的一个窝心脚,将袭人给踢得吐了血。

这事说来也不能全怪宝玉。在这个春天的下午贾宝玉无所事事,心情不好。先是说宝钗像杨贵妃,被薛宝钗狠狠戗了一顿。之后挑逗金钏儿惹下大祸(此直接导致后来金钏儿之死)。在雨中看龄官痴痴画"蔷",以至于淋得湿透,像个"雨打鸡一般"自己还没觉察。待冒雨跑回怡红院,把个门拍得山响,没人应答。好不容易里面听到拍门,袭人慌忙跑去开,宝玉已气极了,口内说着:"下流东西,我素日担待你们……"抬腿就是一脚,正好踢在袭人肋上。这一脚踢狠了,踢得袭人当夜口吐鲜血。

这是贾宝玉任性之极致。

当然,贾宝玉并非有意去踢袭人。他气愤之中想踢的是小丫头们。但,难道小丫头们就是可以随便乱踢的不成?可见这个任性的公子哥儿,也是分人的。他虽平时对女孩子们好,但蛮横起来,也是不讲理的。

最难得的是同林黛玉拌嘴,盛怒之下将胸前的"通灵宝玉"给砸了,边摔还边说:"什么劳什子,我砸了你完事。"弄得黛玉也大哭不止,"一行啼哭,一行气凑",把那玉上的穗子死命给绞了,闹得不可开交,把贾母、王夫人都给引来了,气得贾母叨叨个不停地抱怨:"我这老冤家是哪世里的孽障,偏生遇见了这么两个不省事的小冤家……"说着说着,老太太自己也哭了。

把贾母气成这样,也只有贾宝玉这个"心头肉"才能干得出来。

贾宝玉虽然任性,但他任性得纯真,任性得可爱。他的任性不同于贾赦、贾琏们,更不同于薛蟠之流,那是有天壤之别的。甚至连这样的比较也是一种亵渎。刘再复先生说贾宝玉是"基督心灵"、是赤子之心、是"开天辟地创世纪第一个黎明的婴儿的眼睛",我完全同意,我十二分的同意。我以上所叙述的贾宝玉的任性,更是想说明贾宝玉的人格之精彩、之丰富、之复杂。说穿了,是赞美和歌颂。

清浊之间的贾宝玉
——读《红》小札之三

说贾宝玉是"少年基督"（刘再复语），可是他又生活在人间，因此他身上难免带有"烟火味"。我久读《红楼》，深深感受到他身上的清浊之气。

他真真是个可爱又好玩的孩子。

自第一次从冷子兴口里说出他的名字，也才七八岁的样子，到他正式出场，也才十三四岁，给人第一印象是风风火火，而且穿着极其华丽，反正是一副公子哥儿的样子，就是那句"这个妹妹好像在哪见过"，也是公子哥儿说的话。一个不大知晓内情的人，还以为他是在说玩笑话呢！当然，在之前，林黛玉并不想见他，因为从听来的情形看，黛玉对他的印象并不好——"不知是怎生个惫赖人物？"可第一眼下来，黛玉也是"何等眼熟"。明白人读到此处，心中也并不会起疑，因为是"木石前盟"呀。

我认定宝玉是个清新之人，起初是把他当个热闹人看的。黛玉初入贾府，宝玉因到庙里还愿，没有第一时间与黛玉相见，待到晚饭之后，贾母、王夫人与黛玉闲聊天，这时紧着一阵脚步声，早有小丫头子说"宝玉来了",此时一个少年公子已经立在面前了。这样的场景,就给了我一个痛痛快快、风风火火的印象。再到是奶奶批评他:"又是胡说,你又何曾见过她?"宝玉并不生气,而是乐呵呵的:"虽然未曾见过她,然我看着面善,心里就算是旧相识吧!"

你看,说得多好啊。这不是一个开朗、豁达之人吗?

而到薛宝钗来贾府时,则没有了这样的场景,甚至连提都没有提一下,倒是因为宝钗人缘好,反引起了黛玉的嫉妒,心中颇为不忿。而这时对宝玉的描写,则是还在"孩提之间",视姊妹兄弟皆一意,并无亲远,只是因为与黛玉同跟贾母住,因此比别的姊妹略亲一些。

我想,此时的宝玉正处于一种青春的萌动,既有小孩子的天真顽皮,又有青春的躁动不安。这从另外一些细节也能看出:跟黛玉和丫头子们解九连环,这些也还是小孩子的把戏;焦大骂街"爬灰的爬灰,养小叔子的养小叔子",宝玉不解,懵懵懂懂地问二嫂(凤姐)"什么是爬灰?",给凤姐立眉嗔目的一声断喝;在薛姨妈处闹着要吃酒,酒后回去,因奶娘李嬷嬷喝了他早起泡的枫露茶,又拿了他留给晴雯吃的豆腐皮包子回去给自己孙子吃了,气得宝玉一下子掼了手里的茶杯:"如今我又吃不着奶了,白白地养着祖宗做什么!撵了出去大家干净!"这又不是孩子话是什么?

但此时的宝玉,也有了一种强烈的青春的萌动。可以说,已经建立起了敏感而多情的性意识:给秦可卿送殡这一节,写得实在是妙。这一路应该是很悲伤的,而宝玉和秦钟呢? 在凤姐中途歇脚的一户人家,看上了人家的一个姑娘,便"调戏"人家。先是同秦钟交换眼色:"此卿大有意趣。"这是什么话? 是两个孩子之间的暗语。可眼神暧昧,一看就是不怀好意。临走时,宝玉又用眼睛找这个叫二丫头的女孩儿,"恨不得下车跟了她去",不得已只得以目相送。这里面已经有了十分强烈的性意识了。而到了铁槛寺停灵之时,凤姐受老尼净虚之托给人家退亲收贿,而宝玉和秦钟更不像话,直接就调戏一个叫智能的小尼姑:宝玉已知秦钟与智能心中有意,便有意调笑秦钟,对秦钟说:"让智能倒一杯茶来给我喝。"秦钟说:"你自己不会叫她倒?"宝玉倒会说话:"我叫她倒的是无情意的,不及你叫她倒的是有情意的。"看看,这还是一个孩子说的话吗?完全的挑逗之语!及至茶倒来,宝玉和秦钟两个同时抢着要,这时智能说话了:"一碗茶也争,我难道手里有蜜!"再看看,这个女孩是多么解得风情。至于后来秦钟与智能亲嘴扯裤胡闹,宝玉趁黑"捉奸",拿了他们的现行,那更是不像个话了。这一场送殡的场面,就是一出滑稽剧,也是一出黑色幽默,没见出一丝送殡的悲戚(偶尔表演一番),只见出活人的欲望和荒唐。

宝玉的成长,往简单里说,是在和秦可卿梦里"云雨"之后,醒了又与袭人实景试了一回,这一下算长大了。或者说,是略懂了男女之事了。当然,这也完全是我的武断之说,倘不能以此立论。

但若以此假说呢,是不是也可以说,宝玉从此情窦初开了。因为之后与黛玉就多有磕磕碰碰,那都是小儿女的气短情长;对宝钗,也生出"雪白的一段酥臂"的妄想。

从周瑞家的送宫花就可以看出,别的姑娘倒也罢了,送到林黛玉这儿,她上来一句:"是单送我的呢,还是别的姑娘都有?"周瑞家的实说了,黛玉便不高兴,无来由地来了一句:"别人不挑剩下的也不给我。"这竟是以后宝玉同她不断磕磕碰碰的起端了。这一番对话贾宝玉也在场,想必这对宝玉也是一个警示呢!言下之意告诉宝玉:以后小性子我是说来就来的,醋也是想吃就吃的。

事实也是如此。一部《红楼梦》,浓缩起来,也是一部林黛玉与贾宝玉好好恼恼、争争吵吵的故事。以我们平常人看来,多是林黛玉"挑事",无理取闹的多。究其原因,不外乎一个"情"字。在第二十回中林黛玉自己说得很清楚:"我为的是我的心。"贾宝玉回得也挺干脆:"我也为的是我的心。难道你就知道你的心,不知我的心不成?"

此话缘由,是宝玉到宝钗那儿去玩,黛玉吃醋"亏在那里绊住了",宝玉回道:"只许同你玩,替你解闷儿,不过偶尔去她那里一趟,就说这话。"林黛玉的刻薄劲上来了:"好没意思的话!去不去管我什么事,我又没叫你替我解闷儿。"说完抬腿走了。

宝玉少不得又要小心说好话,妹妹长妹妹短的,再掏一番心窝窝里的话,才能作罢。

对此,贾宝玉并不在乎,他也是惯于做小伏低的。不仅仅是对林黛玉,对所有女孩子,也多是这样的。当然,对林黛玉尤甚。之所以他愿意,原因也很简单:因为他爱她。

如这般的争吵,似乎布满了全书。然并不单调,而是十分地精彩,十分地好看。每一次的争吵,都合情合理,都吵到我们内心里去了,使我们的心尖颤动,为之叹息。

对贾宝玉的有些行为,我也是不能理解的,或者说,有些惘然。比如秦可卿死了,尤氏装病,贾珍悲伤过度,家中一切事务无人料理。这时宝玉走过去,轻轻拽拽珍大哥哥的衣襟,悄悄给他推荐一个人:王熙凤。此处我就不大能理解,宝玉从来是不关心家里这些"烂"事的,也才是十四五岁的光景,依他的为人性格,如何能揣度出大哥哥的心思？又怎么可能忽然想起凤姐,凭空给大哥哥推荐？虽然宝玉同可卿关系不错,她也是宝玉梦里的性指导老师,但宝玉能想到这一层,不大像。尤氏推荐、李纨推荐,都可理解,怎么会冒出个小孩子来关心此事？而且这也有悖宝玉的一贯风格,甚是让人费解。

我想这定然是曹公的武断决定,也或曹公另有考虑。

但后来的一些事情,又让我释怀了。宝玉如此推荐,果然让贾珍满心欢喜,认为是好主意,立即要拉了宝玉一同去向邢、王夫人求情,定要给帮这个忙。

而宝玉的态度呢,也是喜滋滋地跟了过来。此时贾珍因过于悲痛,连棍子都拄上了,见了邢、王夫人还"拃挣"着要跪下行礼,被宝玉一把搀扶住。待邢、王夫人同意凤姐过去帮衬几天(凤姐是巴不得的),贾珍喜得立即掏"对牌"(相当于现在的公章)要给凤姐,也是宝玉喜得忙抢过去,接了强递与凤姐。这个"强"字甚好,可见出宝玉的急切心情,似乎他比贾珍还巴不得凤姐过这边帮忙呢!

待到凤姐在东府上任行威之后,果然宝玉要和秦钟过这边来玩。秦钟还担心凤姐不高兴,而宝玉却痛快至极:"不相干,只管跟我来。她怎会腻我们。"你看看,看这话说的,也可见宝玉与凤姐是多么的知己。见到之后,果然不同,凤姐说:"好长的腿!"之后便叫上来坐。

下面的场面真是妙极了。通过宝玉的眼睛看凤姐是怎么干练地料理各色事务,之后说到正给宝玉收拾书房,宝玉想越快弄好才好呢,凤姐逗他:"你请请我才好,否则我就不给他们领工料。"宝玉便猴到凤姐身上:"好姐姐,给出牌子来,好让他们领东西去。"一副耍赖的小孩子相。这里的"猴"字极妙,让人"勾连"上之先宝玉为何要荐凤姐来料理了。

当然,再到后文送秦可卿停灵铁槛寺之时,宝玉与凤姐一路,姐弟亲热无比。最后连马也不骑了,爬入凤姐车内,姊弟俩有说有笑,十分亲昵,那又是后话了。

从这些小的细节,也足以看出宝玉和嫂嫂的亲密关系。如果这也算理由的话,就算宝玉为什么竭力向贾珍推荐凤姐的原因了。

贾宝玉生在这样一个富贵人家,这不是他所能选择的。白居易不是有诗云"富贵亦有苦,苦在心危忧。贫贱亦有乐,乐在身自由"么?这或者说,也是一个人的宿命,这是没有办法的事情。

贾母骂人
——读《红》小札之四

《红楼梦》里贾母是个慈祥的老太太。她也很有福气,富贵双全,而且儿孙满堂。贾母的行事风格也皆有老祖母的风范。她轻言慢语,风趣轻松,不让晚辈和下人有压力。虽言语不多,但都入情入理,自带威严。

她还特会聊天。所聊虽家长里短,但亲切自然,充满了生活味儿和人生的道理,而一切,皆不失长者风范和祖母的威仪。她称呼家庙里的住持张道士为"老神仙",称刘姥姥为"老亲家",说起王熙凤来则亲切地"这猴儿……"与薛姨妈聊天称其为"亲家母……"

在《红楼梦》整本书中,贾母总体说来,是从容、宽容、慈悲和济老扶贫的。只有一回,老太太急了眼,慈颜大怒。在第二十五回"魇魔法姊弟逢五鬼"中,赵姨娘请了马道婆作法加害王熙凤和宝玉姐弟俩,弄得姐弟俩要死要活,沸反盈天,赵姨娘在一旁说:"哥儿已是不中了,不如把哥儿的衣服穿好,让他早些回去,也免些苦,只管舍不得他,这一口气不断,他在那世里也受罪不安生。"

贾母听了,照赵姨娘脸上啐了一口唾沫,骂道:"烂了舌头的混账老婆。谁叫你来多嘴多舌的?！你怎么知道他在那世里受罪不安生？怎么见得不中用了？你愿他死了,有什么好处？你别做梦！他死了,我只和你们要命。素日都不是你们调唆着逼他写字念书,把胆子唬破了,见了他老子不像个避猫鼠儿？都不是你们这起淫妇调唆的！这会子逼死了,你们遂了心,我饶哪一个!"

贾政在边上听了,心里越发难过,喝退赵姨娘,一时又有人回道:"两口棺材都齐了,请老爷出去看。"贾母彻底急了:"是谁做了棺椁?"一迭声叫把做棺材的拉出去打死!

宝玉和熙凤,是贾母最上心的两个人。一个是心头肉,一个是欢喜宝贝。这两个要突然死了,贾母如何肯依？可以说,这是贾母的"核心利益",谁动了她的"核心利益",谁就绝不会饶了他。

赵姨娘确实太坏(当然她也有可悲之处),她是《红楼梦》中少有的几个坏人。或者也可以说,她和贾环两人,是曹雪芹笔下的唯二的两个坏人。

贾母这里骂得好！骂得解气！骂得过瘾！

我支持贾母。

2017 年 8 月 11 日

金钏儿跳井是几时？
——读《红》小札之五

金钏儿跳井是五月。农历五月，因为正是端午前后，但究竟是几号，书中没有写明。但阅读中，只要稍微仔细一点，还是能推出具体日子的。

五月初三是薛蟠的生日，这一点书中说得很清楚，在第二十九回中，贾公写道："至初三日，乃是薛蟠生日。"贾宝玉因和林黛玉吵架，没有去参加薛蟠的生日宴，我想可能不仅仅是因为吵了架，贾宝玉可能骨子里根本瞧不起这位姨兄弟。薛蟠虽然也有优点，蛮憨、直爽，但这位姨兄层次也太不堪了。然而，若说到此回宝、黛吵架，也是无厘头的。我们"红楼小组"，每次读到宝、黛吵架，其中一位叫袁姐的，就会插嘴说："被她搞死了！"她的意思是林黛玉太缠人了。我们这里土话叫"搅屎"。

仔细阅读《红楼梦》，发现宝、黛的每次矛盾、争吵，都没有什么实质的事情。贾公的高妙，在于写出了两个人的机心，而且每每都能说出一番令人信服的道理。宝、黛的争吵，如果用一般的眼光去看，也真的是无事找事，吃饱了撑的。不过话说回来，人心是最难搞的，也就是说，人的心思是最难猜的。《红楼梦》的了不起，正是写出了这种人的心思的幽微处。这也是读者阅读过程中的"敏感区域"。

也是，就不要说是恋爱中人了吧，就是在普通交往中，也多有猜心思的，或者说，心思无处不在。我的两个同学，因一位的孩子在另一位所在的城市工作，而那位同学粗心，一直没能关心他的儿子。这一位于是私下叽咕："我儿子在他那儿，一次没去看过我儿子，还同学呢！"被叽咕却浑然不觉。我对这位说："你对他说一下，让他去关心关心不就结了！"没想到这位却说："我说了还有什么意思？"

看看！这就是人的心思。而在《红楼梦》中，有一回就将此分析得明明白白。其实，贾宝玉心里早有了黛玉。"只是不好说出来，故每每或喜或怒，变尽法子暗中试探。那林黛玉偏生也是个有些痴病的，也每用假情试探。因你也将真心真意瞒了起来，只用假意，我也将真心真意瞒了起来，只用假意。"

是不是有点太费劲？太绕口了？

简单说来是这样——

宝玉认为：别人不知道我的心，就罢了。难道你也不知道？反老刺激我、奚落我，可见你心里没有我。

黛玉认为：你心里自然有我。我便是提"金玉"二字，你听到只当没听到。为什么我一提，你就急眼？可见还是很在乎的。

看看，人心就是这么复杂。正是因为人心不可捉摸，一个心才弄成了两个心，才有了不断的争吵和猜忌。

也正是这回的争吵，贾宝玉没心思去参加薛蟠的生日。他对薛宝钗解释："大哥哥好日子，偏我又生病，连个头也没磕。大哥哥不知情，好像我故意不去似的。大哥哥要提起，你帮我解释一下。"而薛宝钗的回复也干脆:"你便要去也不敢惊动,何况身上不好。弟兄们日日一处,要存这个心倒生分了。"

贾母为这对"冤家"的赌气吵闹,心中牵挂,说了这么一番话:"我这老冤家是哪世里的孽障,偏生遇见了这么两个不省事的小冤家,没有一天不叫我操心。真是俗语说的'不是冤家不聚头'。几时我闭了这眼,断了这口气。凭你这两个冤家闹上天,我眼不见心不烦,也就罢了。偏又不咽这口气。"

因为贾母心里放不下,就叫王熙凤去看看,也帮着说合说合。王熙凤去一看,两人却都好了。

这是宝、黛两人自我努力的结果,也是两人自我反思的结果。用贾宝玉的理论就是:若叫别人来劝,反倒觉得咱们生分,不如这会子,凭你怎么样,要打可以要骂可以,只千万不要不理我。

少不得贾宝玉又是一番哄劝,一番自叹自泣。他们的每一次争吵,其实也是一次感情的升温。在吵闹中两颗心逐渐靠在了一起。

好了之后又平安无事了。无事之中偏又滋事。早饭后宝玉无事,便在园内闲逛,从贾母那儿溜到王熙凤那儿,最后来到王夫人处。正是热天,人困得很。他母亲正在榻上睡觉,他见金钏儿一边给母亲捶腿一边打盹儿,便一拽金钏儿的耳坠,把金钏儿弄醒,之后两人就是一番玩笑。先是宝玉往金钏儿嘴里放了一颗薄荷糖,金钏儿闭着眼嚼了,之后宝玉便拉金钏儿手,说:"明日我和太太讨了你,咱们一处。"

从对谈中可见两人还是挺亲昵的。没想金钏儿高兴,嘴里忽然冒出一句:"我倒告你一个巧宗儿,你往东小院子里拿环哥儿同彩云去。"

就这不经意的一句话却惹了大祸。王夫人起身就是一个大嘴巴子,打得金钏儿眼冒金星,即刻要赶出金钏儿去。

王夫人为什么这么恼怒?她平日里不是挺慈悲的吗?

其实,从宝玉和金钏儿的对话中,是可以听出这些小儿女是已懂得男女私情的。金钏儿轻松地说出"东小院子"的事,说明在丫头之间早就晓得贾环与彩云的那些事。否则,金钏儿也不会脱口而出了。正是这暗处涌动的所谓"秘密",王夫人说不定也是知道一点的,只是不去管它罢了,没想经金钏儿这么一说,捅破了这一层窗户纸。这一下激怒了王夫人。这是王夫人最忌讳的事。可以说,贾宝玉是王夫人的"最核心利益"。王夫人虽然心地慈软,平时也吃斋念佛,但一下子动了她的"核心利益",人性恶的一面便彻底彰显了出来,所以才那么狠地打了金钏儿,并决意要撵她出去。

这样分析下来,发现金钏儿被打是五月初四,因为在此回的后文,说到了"原来明日是端阳节"。端阳是五月初五,被打是前一天,可不是初四了?

王夫人打了金钏儿,贾宝玉毕竟还是个孩子,他不能也无能力为金钏儿开脱,自己反倒一溜烟跑了。跑了之后他并没有感觉到问题的严重。他跑进大观园见到龄官画"蔷",自己淋了一身雨还不知,跑回怡红院因无人开门误踢了袭人。

第二天端阳节,大家过得也并不好。虽然王夫人置了酒席请薛姨妈一家吃饭,可这饭吃得寡味:宝钗淡淡的,宝玉没精打采,林黛玉懒懒的,凤姐也淡淡的,迎、探、惜三姊妹"见众人无意思,也都无意思"。因此宝玉回来长吁短叹,因晴雯给他换衣服,不小心跌坏了扇子,抱怨晴雯,弄得晴雯、袭人和宝玉三人好一番口舌。

五月初六,史湘云来。

先在贾母处说笑,说她像个男孩,说她话多饶舌,说她顽皮没心眼。贾宝玉是极喜欢这个妹妹的,之前在清虚观"张爷爷"给了他不少玩意儿,他看中了其中的一个赤金点翠的麒麟,想着回来给湘云,便揣在怀里。因此知道湘云来了,又赶到祖母这里,大家玩笑了一回。这时贾母说道:"吃了茶歇一歇,瞧瞧你的嫂子们去,园里也凉快,同你姐姐们去逛逛。"

于是湘云出来,瞧了凤姐,瞧了李纨,便到怡红院来找袭人,送了袭人一只戒指,便与袭人叙旧拉家常。这一回写得相当诡异,通过戒指写宝钗之好(袭人说先前已得了一个,湘云问谁给的,袭人说是宝钗。那一个本是湘云送宝钗的)。通过袭人请湘云做鞋,扯出黛玉的不是(铰了湘云做的扇套),以此来臧否黛玉。再有贾雨村来访,贾政要宝玉去见,宝玉当然一百个不情愿。湘云说了一通仕途经济的话,被宝玉当场给了颜色看,由此又引出袭人对宝钗和黛玉的议论。通过这些谈论,宝钗和黛玉的群众基础已了然可见了,为日后竞争宝二奶奶,宝钗上位,黛玉出局,暗露了端倪。

这一回给了我们太多的信息。宝玉和黛玉互表心迹终于说出口了!那心里面千滚万烫的话,如奔腾的黄河之水在壶口撞击,被宝玉一句"你放心",彻底倾泻了下来。这是天大的三个字,是惊雷一般的三个字。这一回把宝玉和黛玉素日来的争吵、猜忌、吃醋、怀疑、试探,通通给消解和冰释了。

"你放心。"

这三个字,对他们来说,说出口,真是太难了!

恰巧的是,他们的互表心迹,被不小心送扇子来的袭人碰到了。

袭人见到宝玉,宝玉竟痴了,拽住袭人说:"好妹妹,我的这心事,从来也不敢说,今儿我大胆说出来,死也甘心!我为你也弄了一身的病在这里,又不敢告诉人,只好掩着。只等你的病好了,只怕我的病才得好呢。睡里梦里也忘不了你!"听到宝玉魔怔般的这番话,袭人的震惊和恐惧可想而知。袭人彻底吓傻了。我这里所说的"恐惧",绝没有言过其实,对于袭人,她真是太惧怕黛玉是宝玉的"那一半"了。她是深知黛玉的刁钻、尖刻的性情的。她的内心深处当然不希望遇见这么一位主子。

袭人正自垂泪,这时,宝钗走了过来,袭人少不得要把惊悚和慌乱掩过去,扯谎说"两个雀儿打架,倒也好玩,我就看住了"。由此也转入另一重的议论,宝钗的一句"云丫头在做什么呢?"牵扯出湘云失恃失怙后的不幸,袭人后悔不该叫湘云做鞋,这时宝钗说"我替你做些",此举更得了袭人的好感,宝钗的分值又增了一层。

正在这时,一个老婆子走来惊呼:金钏儿投井死了。

这真是晴天一个霹雳。袭人兔死狐悲,滴下泪来。宝钗第一个念头,是赶紧来安慰她的姨娘。

王夫人见她来了,问道:"你可听到一桩奇事?"也正独自垂泪,薛宝钗倒好,为安慰姨母,竟说出:"在这里拘束惯了,出去能不疯玩?也许是失脚掉到井里去的。若果真是投井,也是她自己糊涂,也怪不得别人。"——亏得宝钗竟能说出这番掩耳盗铃之语。

王夫人为减轻自己的愧责,无非就是多给些银子,再送她两套下葬的衣服,这里却又要拉扯上黛玉,说正好有给黛玉做的做生日的衣服,可黛玉是个有心人,能不忌讳?这时的宝钗,真个是善解人意,主动为姨娘救急:"我那儿有现成的两套,拿来不就省事。"姨娘问:"你就不忌讳?"薛宝钗多坦然啊:"姨娘放心,我从不计较这些。"

这是多么懂事的一个孩子啊!

这不搞定王夫人,还要怎么着?宝钗总是能用这些小小的"因",来争取各方面的好感。她的群众基础建立,并非偶然,而是在润物无声、水到渠成中去实现的。

本文是为考证金钏儿投井的时日,怎么论起宝玉的姻缘了?

是了,现在就要谈到这个问题。在此章回的描述中,有两处细节要特别留意,一个是报信的老婆子说,"前儿不知为什么撵她出去",这里的前儿,也可认作是前天,也即是五月初四。又王夫人在与宝钗交谈中也说到"原是前儿她把我一件东西弄坏了,我一时生气,打了她几下,撵了她下去"。也是"前儿"。难道这"前儿"是一个概数吗?看来不像,那么金钏儿是初四被打,初五是端午节,跳井不就是初六了吗?

由于金钏儿跳井;忠顺王府里人来兴师问罪,讨要戏子琪官(蒋玉菡);贾环使坏,告歪嘴状,添油加醋说宝玉强奸金钏儿。这一连串的怪事,导致贾政大怒,气歪了嘴,才演绎出"手足眈眈小动唇舌,不肖种种大承笞挞",把宝玉打得个半死的惊心动魄的情节来。

2017 年 11 月 4 日

贾宝玉的眼神
——读《红》小札之六

《红楼梦》的好,有时在无言之中。第二十二回《听曲文宝玉悟禅机　制灯谜贾政悲谶语》中,贾宝玉的一个眼神,却惹出那么一大堆的麻烦。

这一回是薛宝钗十五岁生日,又正是在正月里。贾母是喜欢宝钗这个孩子的。她多次说过这孩子"稳重和平","细致妥当",一次在与薛姨妈聊天中,也说"从我们家四个女孩儿算起,全不如宝丫头"。于是宝钗生日,贾母便从自己的私房钱中拿出二十两银子来给她置办酒戏。

戏唱了好几出,从《西游记》《刘二当衣》唱到《鲁智深醉闹五台山》。从点戏文中也可看出各人性情,宝钗周全懂事,黛玉任性自我,贾宝玉就是无事乱忙。戏唱完了,贾母高兴,便叫过那个演小旦和小丑的小戏子,也才九、十岁的样子,贾母心疼,便给些果肉和银子,这时凤姐的一句玩笑话,却惹出事来。凤姐说:"这个孩子扮上像一个人,你们肯定猜不出来。"宝钗猜出了,她不说;宝玉也猜出了,也不说。就这个史湘云,没心没肺,脱口说:"像林妹妹模样儿。"她刚脱口,贾宝玉拼命给她使眼色,叫她不要讲,大家听了史湘云的话,又仔细瞅瞅,说果然像。

别人无妨,说完就散了。没想就这一个眼神,却惹恼了史湘云和林黛玉,弄得贾宝玉里外不是人。先是史湘云生气:"明儿一早就走。在这里做什么?——看人家的鼻子眼睛,什么意思!"她好像委屈大了,是什么激怒了她呢?她愤怒的理由是:你贾宝玉心里认为她比我史湘云重要,别人能取笑她,开她的玩笑,我却不能。她是主子小姐,我是丫头奴才,得罪了她,可怎么得了!

贾宝玉怎么解释也没有用,说了许多话:你错怪我了,林黛玉是个多心的人。别人都看出来了,都不讲,怕她生气,你却讲出来了,她不生你气吗?我是怕你得罪她,才给你使眼色的。这会子你倒错怪了我,我不委屈吗?要是别人,她得罪十个人,与我何干?我这是为你好。

我认为贾宝玉分析得挺有道理的,可史湘云并不买账,说:"你少用花言巧语哄我,我也不是你的林妹妹。"——看看!这里注意了。贾宝玉对林黛玉过于讨好,已引起别的姊妹们的不满;贾宝玉对林黛玉过分献殷勤,已是贾府里人人皆知的了,已惹得姊妹们吃醋了,这才是湘云愤怒之所在——贾宝玉急了:"我为你,倒为出不是来了!"并发誓,"我要是有外心,立即化成灰!"可史湘云真生气了,气的还是他对林黛玉过于好了:"你少给我赌这些恶誓、歪话、散话。你把这些都说给那些小性儿、行动爱恼的、会辖治你的人听去吧。"说着,一甩手,走了。看看,其中心意思还是吃醋,吃贾宝玉偏心的醋。贾宝玉没趣,又转头来找林黛玉,以为林黛玉能理解他,偏偏又碰了一鼻子的灰。

林黛玉更是气得不行:"我原是给你们取笑的,拿我比戏子取笑。"

贾宝玉解释:"我并没有取笑你。"

林黛玉说:"你还要比?你还要笑?你不比不笑,比人家比了笑了的还要厉害呢!"

这一席话,不知哪来的理,说得贾宝玉干瞪眼。

林黛玉进一步上纲上线:"你为什么和史湘云使眼色?你安的什么心?难道她拿我开玩笑,她就自轻自贱了?她是公侯小姐,我是贫民丫头,她和我玩笑,我若回了嘴,她不是自取其辱吗?你是不是这个意思?"

贾宝玉完全给她说傻了,只得呆呆地站在那里。林黛玉又继续发挥:"你这个好心,偏偏那个也不领你的情。你又拿我作情,说我小心眼,小性子,好生气。你又怕她得罪了我,恼了。——我恼了她,与你什么相干?她得罪了我,又与你什么相干?"

哈哈,彻底把贾宝玉给弄昏了。贾宝玉回到房里躺到床上,也只是瞪着眼呆呆的,不说话,终至想出戏文中的一句话"赤条条来去无牵挂",以致大哭了起来。这一会儿,贾宝玉真是伤心了。

贾宝玉的一个眼神,却惹出这么多麻烦。如果不往细里想,这都是哪儿跟哪儿呀?有那么复杂吗?可是女人的心思就是这么缜密。这个眼神惹出的麻烦,如果非要往深里追究的话,那就是:女人是这个世界最可爱的,女人又是这个世界最难搞懂的。

2018 年 1 月 13 日改定

林黛玉的小机灵
——读《红》小札之七

林黛玉除了爱哭、小心眼、好嫉妒，喜欢辖治贾宝玉外，她的聪明机灵，也是众姊妹中少有的。她反应很快，高兴的时候，不仅会说笑话，而且语多幽默。她的幽默，总是雅雅的、淡淡的，让你回忆起来，别有一种无穷的滋味。

刘姥姥第二次来大观园，被贾母和王熙凤留住了两宿。她的主要任务，是说一些村野的闲话给贾母听，让老人家高兴高兴。这天鸳鸯让她洗完澡，又给了她两件旧衣裳换上，便来到贾母跟前，唠些乡下的趣事。刘姥姥虽是村野老妪，可毕竟年老经事，她知道自己的价值所在，于是尽力搜罗村野趣事，当然也随口编一些，以此来逗"老神仙"开心。说到乡野的奇事，刘姥姥编了个大雪天，一个小姑娘——也才十七八岁，极标致，穿大红袄儿，白绫裙子——在窗外柴草堆里抽草。没想到这个故事，引出贾宝玉的遐想："为什么大雪天抽柴草，倘或冻出病来呢？"之后他一直追着刘姥姥问，刘姥姥接着编说是一个大户人家名叫茗玉的小姐一病死了，老爷太太思念，便给盖了祠堂，塑了像，日久成了精，时常变成人，于村道上闲逛。

紧接着姊妹们商量给史湘云还席、请老太太赏菊的事情。探春说要抓紧,天越来越冷了。宝玉说,索性等头场雪,请老太太赏雪,姊妹们也好作诗。这时候林黛玉说,不如弄一捆柴,雪下抽柴,岂不更有趣儿。一下把大家说笑了。贾宝玉只得瞅一眼,不吭声了。

在第二十八回,贾宝玉被薛宝钗"雪白的一段酥臂"迷住,呆了去了。本来贾宝玉是要看看薛宝钗右腕上的"红麝串子",却被她丰泽的肌肤给迷住了。林黛玉在边上看在眼里,并不吱声,只"蹬着门槛子,嘴里咬着手帕子笑"。薛宝钗关心她:"你又禁不得风吹,站在那风口干什么?"林黛玉回道:"何曾不在屋里,只听得天上一阵叫唤,出来看看,原来是只呆雁。"薛宝钗赶出来看:"在哪里?"林黛玉将手帕一甩,甩向宝玉的脸,嘴里"忒儿"一声,说:"我才出来,它就飞了。"

这里一个活灵活现的林黛玉立在了我们面前。她随机应变,把贾宝玉见了薛宝钗的"玉臂"的呆萌之态,用"呆雁"来比喻,真是又俏皮,又美妙。

贾宝玉被打,牵动了贾府上上下下人的心。贾宝玉与戏子琪官来往,惹怒了忠顺王,焙茗不知哪里来的信息,说是薛蟠吃醋,在外挑唆的。这实在是错怪了薛蟠。可是薛呆子臭名在外,连他妹妹薛宝钗都信。当然除了宝钗,薛姨妈、袭人等都深信不疑。母子都抱怨他,弄得薛呆子赌咒发誓、跳脚骂娘,最后竟说出,宝钗这个"金"要拣"玉"来配,她心里喜欢宝玉,当然护着他。把个薛宝钗气个半死,自个在床上偷偷哭了半宿,生生将眼睛哭成个桃子。

第二天薛宝钗早起到母亲这儿来,偏生半路上遇见林黛玉。林黛玉见薛宝钗无精打采,红肿着双眼,以为她是为宝玉哭成这样,马上醋性大发,便不咸不淡地说:"姐姐也自保重些儿,就是哭出两缸眼泪来,也医不好棒疮!"

看看,这尖酸的俏皮话,不但刻薄,还暗含着一股幸灾乐祸的样子,仿佛最后还稍带一个"哟"的尾音:就是哭出两缸泪来,也医不好棒疮哟。

当然,一般情况下,黛玉的俏皮话多为善意的。第三十七回《秋爽斋偶结海棠社》,起社时大家要起别号,众人七嘴八舌,纷纷起起别号来。探春说:"我最喜欢芭蕉,就叫我'蕉下客'吧。"大家都觉不错,有趣别致,林黛玉却来了一句:"你们快牵了她去,炖了脯子吃酒。"大家还不解何意,林黛玉笑起来说:"古人不是有'蕉叶覆鹿',她自称'蕉下客',不是一只鹿了?——快快做了鹿脯来吃。"

大家"噢"一声明白了,都笑了起来。这样的玩笑,有趣和善,还雅致得很,讲的人、听的人都很开心。

在《红楼梦》中,林黛玉这样谐谑俏皮的话,可以说是俯拾皆是,多得很。这个姑娘,除了爱哭,小心眼,爱嫉妒外,真的是冰雪聪明的。

2018 年 1 月 14 日改毕

薛宝钗其实人是不错的
——读《红》小札之八

薛宝钗其实是个不错的人。不要用道德高线要求这么一个姑娘家。她知书达理，安于本分，这难道还有什么错的？而且她最重要的是善解人意，会替人着想，会换位思考。这样的人，即使放在现在的单位、家庭里，也是讨同事尊敬、公婆喜欢的角色。

宝玉与金钏儿玩笑，当然也有轻薄的成分（比如往金钏儿嘴里放颗薄荷糖，金钏儿闭着眼，张嘴接了），但是没有想到能升级成那么大的祸事，惹得王夫人大怒（估计是金钏儿随口说了"到东小院捉环哥儿和彩云去"），非要赶走金钏儿，以致金钏儿含羞跳井。这个结果王夫人当然是无论如何也想不到的。我想，若知会是这样，王夫人是断断不会赶她出去的。人死了，王夫人当然感到自责，觉得这条人命是由她引起的，这是人之常情。

王夫人没有办法，唯有在金钱上多给白家一些补贴（金钏儿姓白）。也让金钏儿走得体面些，便想拿两套新衣裳给她妆裹，可手头一时没有。只有本准备给林黛玉做生日的两套，可王夫人又怕林黛玉心眼小，忌讳。这时薛宝钗说："我前儿倒做了两套，拿来岂不省事。"王夫人说:"难道你不忌讳?"薛宝钗倒是坦然:"姨娘放心,我从来不计较这些。"

我不认为薛宝钗这是要故意讨好王夫人。本来王夫人是她姨娘,也就是她妈妈的姐姐。对姨娘的亲,为姨娘分忧,我觉得是一个人的自然行为。肯定是无关乎心机的。

姊妹们结了海棠社,史湘云赶来凑热闹。不但作了诗,还一定要兴兴头头地做一回东。可是到晚上,她住到薛宝钗那儿。薛宝钗点她:"你做东,你哪里来的钱?"一语点醒梦中人。史湘云父母双亡,寄住在叔叔家里,婶婶对她并不好,自己也苦哈哈的,哪里还有钱做东?

这时薛宝钗帮她出主意了:"我家铺子里有个伙计家里养螃蟹,前日送了一些来,不如我和我哥哥说说,要几篓大螃蟹来,再弄几坛酒,请大家赏桂花吃螃蟹。这样既省钱又有趣,岂不好?"

薛宝钗说完,还补说:"你千万不要以为我小看你。你若多心,我就和你白好了。"

一番话说得史湘云敬佩不已,连连点头,说:"凭他怎么糊涂,连个好歹也不知,还成个什么人了?"从此对薛宝钗极是感服,佩服她想得周全。

薛宝钗这里难道是巴结史湘云?史湘云有什么可巴结的?这些想法和做法,是薛宝钗的本性。薛宝钗其实挺善良的。

对待她的情敌林黛玉,薛宝钗也做得不坏。她心里究竟喜欢不喜欢贾宝玉呢?说不喜欢,不尽然,还是有点喜欢的。贾宝玉毕竟是大众情人,而且他又那么多情,对女孩子又是呵护有加。大观园里,哪个女孩子不喜欢宝玉(只有一个:龄官)?但说是多么喜欢,薛宝钗并没有那么强烈。与林黛玉相比,她可以说,真的是无所谓的。在第二十八回有这么一句话"幸亏宝玉被一个林黛玉缠绵住了,心心念念只记挂着林黛玉"(她见元妃赐的东西和宝玉一样,心里也是没意思起来),这是颇能代表薛宝钗的真实内心的。

就是对林黛玉这样一个尖酸的人,薛宝钗也是宽容的。有时林黛玉刺她,薛宝玉也多是一笑。只有一次,贾宝玉无心说漏了嘴,说她胖,像杨贵妃。这一下激怒了薛宝钗。薛宝钗也是够厉害的,弄了几句:"我倒是像杨贵妃,只是没有一个好哥哥作得杨国忠的!"靛儿来找扇子,又借骂靛儿"你要仔细,我什么时候和你玩过"来语带双关暗敲宝玉。林黛玉见宝玉奚落宝钗,刚要得意,被薛宝钗也连带一顿挖苦,弄得林黛玉都无话可回。

这样的薛宝钗绝非常态,她多数的时候是温和的、厚道的。第四十二回,林黛玉因在前日猜酒令时说漏了嘴,说出了《牡丹亭》和《西厢记》里的词句,薛宝钗故意审她:"好个千金小姐!好个不出闺门的女孩儿!满嘴里都说的是什么?"刚开始林黛玉还要赖,待薛宝钗说出来,林黛玉脸蓦地红了,立即上来搂住薛宝钗"好姐姐、好姐姐"叫个不停,薛宝钗并没有揪住不放,而是掏心掏肺地告给林黛玉,自己小时候也看过。无非是告诉黛玉,我们是同类人,我不会告密的,尽管放心吧。第四十五回,林黛玉嗽疾复发,薛宝钗来看她,在一番开导后,为林黛玉分析病源,建议她不妨多吃点燕窝,并将自己家的燕窝着人送来。这一回的回目叫《金兰契互剖金兰语 风雨夕闷制风雨词》,其实就是薛宝钗和林黛玉的一次谈心会。薛宝钗将心比心,叹自己也是和黛玉一样的人,以此来安慰林黛玉:"我虽有个哥哥,你也是知道的,只有个母亲比你略强些。咱们也算同病相怜。"这一次长谈,总算是解开了林黛玉之心结,林黛玉坦言:"你素日待人,固然是极好的,然我是个多心的人,只当你心里藏奸……往日竟是我错了,实在误到如今。"这一段自我剖析,实在能说明林黛玉平日里确实是敌视薛宝钗的,而且处处防范她、刁难她。然而薛宝钗并没有将林黛玉设想为自己的敌人、自己的对手,多是用宽容之心看待她。就像在第四十二回,惜春奉贾母之命要画园子,薛宝钗给她代开材料单子,林黛玉玩笑她写上"水缸箱子"之类,是把自己的嫁妆单子也写上,薛宝钗不但不恼,还把林黛玉按在炕上,拧她的脸,逗她玩儿。林黛玉因想起前番的劝导,赶紧求饶:"好姐姐,饶了我吧。"薛宝钗放她起来,说:"怪不得老太太疼你,众人爱你伶俐,今儿我也怪疼你的了。过来,我替你把头发拢一拢。"黛玉转过身来,宝钗用手上去拢。这是一幅多么美好的《姊妹梳妆图》呀!

这也是薛宝钗亲和力之一种。她的亲和、平易,其实是随处可见的。

可举的例子还很多。贾宝玉被打,她悄悄地送来敷用的化瘀解毒的丸药来。袭人要给宝玉打几个装玩意儿的络子,想叫她的丫头莺儿来帮忙打,薛宝钗二话不说,回道:"只管叫她来做就是了,有什么使唤的去处。她天天也是闲着淘气。"轻轻松松地把人情给推了,让人不觉得在心理上欠了好大情似的。

薛宝钗的细心、周到,真的是无处不在的。她的善解人意,是真诚的。

如果有人非要说她这样做是别有用心的,那心理实在也是太阴暗了。这些对于薛宝钗其实都是自自然然的,本本分分的。她不会有其他的歪心思。

当然,在滴翠亭,她听到红玉和坠儿谈论贾芸送的定情之物(手帕)时,为怕生事,故意喊出:"颦儿,我看你往哪里藏!"以"金蝉脱壳",嫁祸于人;抄捡大观园时,她为力求自保,执意要立即搬出大观园去。这些小伎俩,也是她孤儿寡母、势单力薄,求安、求洁的一种方式罢了。要顶真算瑕疵,这当然也是。

2018 年 1 月 18 日改毕

袭人升职与大观园里的小道消息
——读《红》小札之九

《红楼梦》的妙,也在于许多无以言说的小道消息。从冷子兴演说荣国府,一路下来,八卦不断。第三十六回,袭人升职(从丫鬟到准姨娘),就韵味无穷,细细看下来,总给人点点惊喜,让人觉得蹊跷连连。

最先发端的是王夫人白白地叫人送了两个菜来——这两个菜来得莫名其妙,十分地无厘头——还指名说是送给袭人的。贾宝玉粗心,说:"可能今天菜多了,送来给大家吃的。"袭人疑惑:"巴巴地送两个菜来做什么?这就奇了?"薛宝钗正好在这儿:"这有什么奇的。给你的,你就吃了。"袭人还疑惑:从来没这样的事,倒叫人不好意思。这时薛宝钗开口了,开口之前还抿嘴一笑:"明儿叫你比这个更不好意思的还有呢。"说明薛宝钗早有预感。袭人听了这话,不吭声,便知内中肯定有因。因为薛宝钗做人厚道,从不奚落人的。袭人便不再提了。

这事还要说到两天前的宝玉被打。宝玉被打之后,王夫人疑惑:是谁告的状,致使贾政发狠,把宝玉打成这样?王夫人叫一个人过去，本只是想问问宝玉可好些了。袭人觉得王夫人找，还是自己去吧。去了之后，王夫人还怪："随便来个什么人就行了，巴巴你来，宝玉那谁管？"袭人说："还有其他丫头呢。"既来了，就谈几句吧。先问这会子可好些？可吃了什么？又给了两瓶子香露。之后便没话，袭人正要走，王夫人见身边没人，忽然问："我好像听到宝玉被打，环哥在老爷面前说了什么，你可听见？听见了告诉我，我不叫人知道就是了。"这时候就显出袭人的老道了。其实她是听说了的，可是主子之间的事，奴才最好不要插嘴，袭人反应很快，并不迟疑，就说："没有听到什么，我只听说是霸占了戏子的事。"王夫人仍是怀疑的，说："既为这个，还有别的缘故。"而此时袭人却岔开了话题："按说宝玉也该叫老爷管管了！"

这一节真是见出了袭人的大局观。她的妥帖，沉着、大方、有理有节、说话分寸拿捏、又低调又坚决等，已经不是一个丫头口里说出的话了，完全是个有主张的、能立事的主人的气派了。难怪后来王夫人议袭人之事，薛姨妈说"早该如此，她那一种行事大方，说话见人和气里头带着刚硬要强，这个实在难得"。这个评价，对于袭人确实是准确到位、十分中肯的。

袭人与王夫人的一席谈，彻底改变了她在王夫人心目中的形象。可以说，形象立马"高大"了起来。王夫人竟然说出感谢的话，并且竟下气地哀求袭人："你保全了他，就是保全了我"，"难为你成全了我娘儿两个声名体面"。

话说回来，袭人和王夫人其实也是一个利益共同体。有了宝玉的，其实也就是有了袭人的。宝玉坏了事，袭人也将"皮之不存，毛将焉附"的。所以，袭人对宝玉的担忧，也是出自内心的。她其实是真心爱宝玉的——宝玉十四五岁了,袭人为其绣肚兜还要绣出新奇的花样——所以她给王夫人掏心窝,虽讲得极其婉转,然道理明白,王夫人是认同的。

这是一次重要的会谈。第三十六回,王夫人直接找王熙凤下达了指令:"明儿挑一个好丫头送去老太太使。补袭人,把袭人的一份裁了。把我每月的月例二十两银子里,拿出二两银子一吊钱来给袭人。以后凡事有赵姨娘周姨娘的,也有袭人的……"凤姐笑推薛姨妈:"姨娘听见了,我素日说的话如何?"薛姨妈说:"早就该如此。"王夫人说:"你们哪里知道袭人那孩子的好处?比我的宝玉强十倍!宝玉果然有造化的,能够得她长长远远地服侍他一辈子,也就罢了。"说这番话王夫人是含泪的,可见王夫人有点小激动,爱子之切也显露无遗。

至此,袭人算是正式上岗:准姨娘了。工资也和赵、周两位姨娘一个等级了。

大观园里消息灵通人士多,很快这个消息便传遍了贾府上下。第一个跑来祝贺的是林黛玉和史湘云。因为黛玉和宝钗当时同在王夫人屋里,是此消息的直接获得者。俩人先把消息传递给了袭人,宝钗见着袭人,问:"她们没告诉你什么话?"宝钗稳重,先试探袭人口风,袭人说:"不过是玩话。"这时宝钗知道黛玉等已经说过,于是说:"这可不是玩话,我也正要告诉你呢。"

话音未落,有人来传话,王熙凤要见她。袭人前去,见了凤姐,又要她去见王夫人。这算是正式组织任命了。袭人回来,只是悄悄地告诉了宝玉,宝玉喜之不尽:"我可看你还老说回家去不?"

当然这个消息并没有完全公开(王夫人讲先不必声张,先混着,等过两三年再说),可很快还是下人便都知道了。怡红院里的几个丫头，首先敏感地感受到此事。袭人找碟子盛东西给湘云送去，却发现一个玛瑙碟子不见了，晴雯说是给探春送荔枝去没要回来，由此扯出宝玉给奶奶和妈妈送桂花的插枝，因为是秋纹送的，秋纹竟得到了王夫人赏的衣服。这一下给晴雯抓住了："都是别人给剩下的，你还高兴呢。"之后便夹枪带棒，说了一车轱辘的话："一样这屋里的人，难道谁又比谁高贵些……或者太太又看见我勤谨，一个月把太太的公费里的分二两银子来给我，也说不定……"看看，晴雯等已经完全知道了此事。其实晴雯刺袭人也不是这一回了，在著名的"撕扇子"那一回，晴雯就说过："明公正道，连个姑娘还没挣上去呢，哪里就称得上'我们'了。"这一回袭人终于是挣上了"姑娘"，可晴雯的反应还是这么强烈，所以说是"烈晴雯"，晴雯日后的命运也是她这个烈性子使然。性格决定命运，在晴雯这里，是得到了印证的。

不过，袭人在自觉和不自觉中，已经有了姨娘的款儿了。她对送海棠花来的婆子说："这银子赏那抬花来的小子们，这钱你们打酒吃罢。"她已经懂得了向下人们赏钱了。

要说消息的发布者究竟是谁人？难道是林黛玉和薛宝钗的上门道喜，使大观园的丫头们都知道了王夫人的谈话内容？王夫人不是要求先"浑着"吗？

曹公的高明就在于此。他并不写明消息的来源和渠道，他只是告诉你，每一个人都是如何反应的。这些小道消息是谁传的？怎么传的？都无从知晓。只知道大观园里的每个人，是带着自己的"秘密"，说自己的话，行自己的事罢了。

2018 年 1 月 21 日改毕

《红楼梦》的现代笔法
——读《红》小札之十

《红楼梦》不同于其他的古典小说,若看进去了,会发现很多奇妙的地方。正因为人心的微幽和敏感,才会读出《红楼梦》中许多小的微妙的地方。

第三十七回《秋爽斋偶结海棠社 蘅芜苑夜拟菊花题》里,就藏了很多的小机关,你不用心,那些细小的绝妙处,全漏过去了。我也是在诵读之后才领会的。

探春提议成立诗社,大家七嘴八舌,做东的,出题的,限韵的,大家说干就干,李纨说探春:"你提议的你明日先开一社。"探春说:"明日不如今日,就现在,你出题好了。"这时李纨说了:"方才我来时,看见他们抬进两盆白海棠来,倒是好花。你何不就咏起它来?"

这里李纨提到的海棠花,就是前文贾芸用不文不白的文字写给贾宝玉的一封信里提到的:"父亲大人万福金安……前因买办花草……因忽见有白海棠一种,不可多得,故变尽方法,只弄得两盆……大人若视男是亲男一般,便留下赏玩……"这些贾门旁支的穷孩子,为攀附豪门,贾宝玉一句玩笑话"你倒像我的儿了……"他倒是当了真,竟真做起了儿子来。贾宝玉对送信的婆子说:"难为他想着,你把花送到我屋里去就是了。"贾宝玉心中惦记着到探春这起诗社,根本没心思理这茬子事。

没想这就被曹公写结海棠诗社用上了。送这个花时,在半路上,被李纨撞见了。撞见了的过程他不写,却从后面的言谈中,让李纨不经意中说将出来,这种写法,妙不妙?高明不高明?自然不自然?当然不用说了,只一个字:妙!

当然,下面还有。本章回下半段转来写袭人、晴雯、秋纹和麝月的日常工作,中间穿插斗嘴、争吵的过程。俗话说,三个女人一台戏。这四个美丽而又年轻旺盛的花朵般的生命,每个都是那么聪慧和机敏。因此,语言之尖刻,话锋之犀利,反应之灵机,由曹公写来,真是春色荡漾,活色生香。一个个鲜活的生命在大观园里成长着。她们美丽、健康、充满着生气,同时她们又是那么脆弱和易于流逝。

在描写这四个女孩子的工作时,曹公又不经意般带了海棠花和玛瑙碟子来。玛瑙碟子下面再说,先说海棠之事。从宝玉看送来的帖子,随翠墨慌慌张张而去开始,就见后门上的婆子送来了两盆海棠花,袭人问清缘故,便命她们摆好,又问现在门外可有好使的小子,正好宝玉准备给湘云送点子东西。送什么东西呢?是红菱和鸡头,还有桂花糖蒸新栗粉糕,并留话:"这是咱们这园里新结的果子,宝二爷送来与姑娘尝尝。"这些袭人都安排一个叫宋妈的婆子去办了。

这时要说玛瑙碟子了。袭人正是找碟子盛东西送湘云时,发现橱子上的一个缠丝白玛瑙碟子不见了,便问晴雯、秋纹和麝月,三人正一处做针线,见问,都你看看我我看看你,想不起来了。过好半天,晴雯才想起来：给三姑娘送荔枝去了，还没拿回来。

这里就暗藏着机关了。不细看便又会滑过去。这又要回到本回的开头，曾以探春的一封信为发端，邀大家一起成立诗社。可在文中，探春又写道，因前日雨后新霁，月色皎好，深感清景难逢，不忍安睡，就在门外院中徘徊至深夜，不想被风露所欺，冻病了，"昨蒙亲劳抚嘱，复又数遣侍儿问切，兼以鲜荔并真卿墨迹见赐……"看看！鲜荔枝在这里呢！就暗藏的小小的这么一句话，你不留神，一错眼，就过去了。如果你没有记住这个细节，那么即使读到下文，也以为平常。殊不知作者费了心思，以此很小的一个细节来勾连下文的。于是袭人接话说道："家常送东西的家伙也多，巴巴的拿这个去。"晴雯说："我何尝不也这样说。他说这个碟子配上鲜荔枝才好看。我送去，三姑娘见了也说好看，叫连碟子放着，就没带来。"这里起码有两个信息：一个是这户人家讲究，送个果子，还要一个适合的碟子配才好看；再一个，是这个缠丝白玛瑙碟子比较金贵，是文物级的东西，否则袭人不会说，家常送东西巴巴地拿这个去。

由这个碟子又扯到橘子上的一对连珠瓶还没有收回来。那是宝玉叫折了桂枝（开了满头满脸花的）送给妈妈和奶奶，就用的这个瓶灌了水插上花送去的。这个话题扯开，惹出一大串的麻烦，那也是此回最精彩的部分。当然，这又是另一个话题了。需要另说了。

这里说的是曹公的"勾连"笔法，虽是一些细枝末节之处。因我素有"沈屯子进城"之患，怕一些新朋友看漏过去。这里稍着点拨，也许是多情了。

不记得是契诃夫还是托翁说过：你要是在小说的开头墙上挂着一支枪，在小说的结尾处一定要开上一枪。这才是小说的正经写法。

曹雪芹当然要比他们两位早出生些年月,可是他早已经懂得此法,并且深谙其理。

2018 年 1 月 25 日

花袭人与栗子
——读《红》小札之十一

读《红楼梦》第十九回,是在丁酉年腊月十四,本城大雪初霁。雪后世界安静。阳光照在雪地上,有小鸟在林中穿插,叫声欢快。说明雪后初晴,小鸟们也比较快活。它们飞舞,觅食,衬托着这安静的世界和雪后的阳光。

这一回是元妃省亲了之后,大家一阵忙乱,都比较累了。袭人的妈妈便叫她请假回去,吃个年茶。袭人回去,宝玉无事,此时贾妃正好从宫里赐出一种叫"糖蒸酥酪"的吃食来,宝玉记得袭人喜欢吃,就招呼留着,给袭人回来再吃。

宝玉正是无聊之时,东府里请过去看戏。宝玉过去见都是些热闹非凡的戏,妖魔神鬼的,东府里是无忌讳的,也无所忌惮。宝玉看了一会儿,甚觉无聊,便找了茗烟,相约到城外去玩玩。去哪儿呢?宝玉忽然想起,可以到袭人姐姐家去玩玩。袭人家真是住得不远的,书上说"不过一半里路",是半里路呢?还是一里半?管他呢!反正是一会儿就到了。

在袭人家玩了一会儿,袭人一家见宝玉过来又惊又喜,袭人更是无可无不可。袭人的母亲和哥哥花自芳（这个名字好！）都忙着给宝玉铺炕、倒茶，而袭人则揽过一切，书中写袭人共用了四个"自己"：自己的坐褥、自己的脚炉、自己的手炉、自己的茶杯。由此也可见出袭人对宝玉是何等尽心。坐了一会儿，大家又看了一回宝玉的玉，特别是袭人的那几个妹子，真是开了眼了。这时袭人赶宝玉了，叫他赶快回去，以免家里找他。

宝玉走后，他的奶娘李嬷嬷来了。看见"酥酪"就要吃："这盖碗里是酥酪，怎不送与我去？我就吃了罢。"说着拿起勺子就吃了。小丫头子赶紧说："你快别动，这是留给袭人的，回来找不到，又要说我们了。"这一句话倒把李嬷嬷说气了："难道他看袭人比我还重？他是吃谁的奶长大的？别说这一碗牛奶，就是更贵重的，也该我吃的。"说着，又把小丫头都骂了一阵，气鼓鼓地走了。

这个李嬷嬷，有点子倚老卖老，她不像贾琏的奶母赵嬷嬷精明事故、说话周全，来托贾琏给他的"奶哥哥"找事做，话说得又软和又俏皮，贾琏和凤姐都受用。

晚上接回了袭人，宝玉叫把"糖蒸酥酪"拿来给她吃，小丫鬟说，给李奶奶吃掉了。宝玉一听，刚要发作，袭人赶紧笑着说道："原来是留的这个，多谢费心。前儿我吃的时候好吃，吃过了好肚子疼，足闹得吐了才好。她吃了倒好，搁在这里白糟蹋了。我只想风干栗子吃，你替我剥栗子，我去铺床。"一席话说得宝玉信以为真，就丢开酥酪去拿栗子去了。

这番话说得好，说得及时，又在理上。袭人四两拨千斤，把一个能惹出一车子话来的、又叫人生气的事情给轻轻地抹开了，还不着痕迹。其实袭人是不喜欢吃奶酪而想吃栗子吗？非也。后面不是说了吗,袭人"自己原不想栗子吃的,只因怕为酥酪又生事故,亦如茜雪之茶等事,是以假以栗子为由,混过宝玉不提就完了"。

"茜雪之茶"在第八回,宝玉留了豆腐皮的包子给晴雯吃,结果被李奶奶拿去给自己的孙子吃掉了,又喝了宝玉的枫露茶,宝玉这一下子真生气了,哐啷一下,把手里的茶杯砸了,说:"她是你哪门子的奶奶!你们这么孝敬她?不过小时候吃她几口奶,她就逞得比祖宗还大呢!如今我又不吃奶了,白白地养着这个祖宗干什么,撵出去,倒干净!"

"茜雪之茶"就是这么一回事。宝玉平时挺好的,对下人,像茗烟什么的,从不拿架子,说是主子,倒更像是小兄小弟似的。不知这个李嬷嬷是有点老背霉了,还倚老卖老不知趣,惹得宝玉不高兴了。

袭人是机灵的。她对宝玉的好是真好。她在贾府中,不过是一个丫头。可是她在整部书中,都占有非常重要的位置,作者于她的身上,着墨之多,恐怕是丫鬟中少有的。袭人之于宝玉当然非常之重要,就像平儿之于凤姐、鸳鸯之于贾母,是须臾也离不开的。

当然,她侍候的人,也是厉害的。是书中的男一号、一等小鲜肉、"天王"(薛蟠语)贾宝玉。这也是袭人虽是个丫头,却自始至终"在场"的原因。

2018 年 1 月 30 日

辑四

我的食羊小史

吃羊肉最好在北京吃。有大红门楼的名店当然好,胡同里的小馆子也不错。一只铜锅,清水;几份羊肉,一点蔬菜;甜蒜,麻酱,韭菜花;最后再来两块烧饼,足矣。

外地吃羊肉太复杂。在四川那成了麻辣火锅了。合肥吃涮羊肉,弄了很多的香油和蒜泥,很多人还喜欢这样吃,我见了真是无语。只有在心里默默遗憾:他们没有在北京生活过。

我这辈子,值得一点高兴的,是在北京生活了几年。而且在北京生活,一定要是青年的时候。青年精力旺盛,什么都不怕,我那时觉得同事中四十多岁的人都好老了。

那时在北京的生活有两个特点,一是一天在外的时间多,回家就一张床,倒头就睡;二是大多同事、熟人都是外地人,四川的、云南的、贵州的,甘肃青海的,东北那旮旯的,连新疆的、西藏的都有。每人操着自己家乡的口音,自说自话。再一个就是报社的工作,没有时间概念,没日没夜。时间长了,每个人都不愿意回家。有人并没有事,可也在办公室耗着。这就弄得和同事在一起的时间比家人多,一日三餐在外吃的多。日子一长,日久生情,朋友、同事之间好得能胜过兄弟。那时除了吃小炒京酱肉丝、蚝油生菜外,就是涮锅子。我工作的地方在公主坟,有一家羊肉馆,叫益寿福,似乎是一家老字号,生意比较好。我们正规涮肉,一般都是在这一家。有个大红的雕花门楼,进去一个大厅,一般来说都是食客如云,人声鼎沸。我们绕过人缝,进入包间坐下。有人开始点菜,其余的人都脱了大衣,挂在椅子背上。锅子上来,一会儿便热气腾腾,大家你追我赶,涮肉的涮肉,喝酒的喝酒(没有重要客人一般喝啤酒),没有半个钟点,十几盘肉下来,每人身上都热了,脸也红了。这时人稍从容,气氛一般也比较好,说些闲话,更多的是笑话。北京人爱侃,因此从头至尾,笑声不断。我的部门头儿李兄,那时三十来岁,长得膀大腰圆,相貌堂堂。他是老北京人,可能有点满族血统,能吃能喝,一般要三四盘羊肉,再来两大扎冰啤,才过瘾。他每天趿个鞋片,走路踢踢拉拉,拖着个沉重的身子。他三十好几,不结婚生子,喜欢俄罗斯音乐,喜欢去弄马。每年要好几次飞内蒙古的呼伦贝尔,去就是为了看马。他吃饱喝足,面带酡红。他长得真的是十分俊美,这时若用"腮凝新荔,鼻腻鹅脂"肯定不妥,但真实情况就是那样。他操着一口北京话,吸着烟(最普通的"天安门"牌),快活得满嘴"我×我×"……

吃完出来。北京的冬天饭馆都挂着门帘(是那种厚厚的挂毯),门也是两层——大门之外,做个套门,从两侧开门——我们掀开挂毯,走了出来。这时一股寒风迎面扑来。北京生冷的冬天就是这样。可这时心里快乐无比,身上满满的热量,被这冷风一吹,人真是舒服极了,嘴迎着寒风,可身上一点不冷。真有一种"把酒临风"的感觉(这只是感觉哈)。

现在人到中年,过去许多年记得的一句话,可并不能认识:"人生行乐耳,须富贵何时?"

现在对这句话已有所理解。想想这句话,用以形容我们那时酒足饭饱出门时的感觉,真真是再恰当不过了。

后来我离开了北京,但到北京出差还是多的。我们总部的培训中心在展览路,对面有家羊肉馆,叫百万庄园。我之所以提到它,是因为他家的羊肉真是极品。不知是羊身上的哪个部位,我只知道入口即化,极嫩,极香。价格贵得要死,一盘要九十八元。就那么大大的卷子,松松地放在一大盘里,看起来挺多。你夹起来往锅里一放,立即就熟。可那么一大卷,只剩下一点点。蘸上麻酱,那个香啊!我有一次请一个美女同事吃饭,她长得瘦弱俊美,可吃起来了得。我先一人要了两大盘,三下五除二,没了。我又要了两盘,两人边聊边吃。她原来在省里工作时和我同桌,整天趴在桌上睡觉,眯眯瞪瞪的(脸上老睡出印子),后来忽然一个机会,调入北京,人像突然醒了,一身的工作热情,马上显出职业女性的样子。可她脸小身壮,极有能量,吃起来玩命。最后两人吃了一千多块,我心那个疼啊,所以怎能忘记。

在北京工作,我还跑了全国的许多地方。说羊肉,当然是西北的好。20世纪90年代中期,我第一次到新疆,当地银行同志带我到南疆去,中途路过库车,库车的行长是汉族,可人热情得像个王爷,他非要带我去看原始森林,我看到了,就是一片胡杨林。之后到塔里木营业所去吃饭。我只记得下车一脚下去,鞋就没了。路面上全是浮土。进到营业所的院子,正在宰羊。羊刚宰一半,那个行长见了,用半汉半维的话说,"重来一只重来一只"。他是嫌这只羊岁数太大(不知他怎么看出来的),要一岁左右的羊才嫩。过了一会儿,果然重新拖来一只,宰羊不费事,一会儿就好。下锅白水煮,煮熟捞起,趁热吃,只要蘸一点点椒盐。

那顿羊肉极香。因为我是主客,主人肯定把最好的给了我。记得是边吃边跳——他们从街上找来个弹三弦的,给他些肉吃,之后他便卖命般地弹奏起来——几个维吾尔族大妈,都极胖,可跳起来灵动可爱,我借着酒劲,也上去乱舞了一通,抓着她们的手,一脚颠动,一边手从头上绕圈,还真有点有模有样的。这个记忆深刻,是因为只吃羊肉,没有别的菜。而且羊肉极热,香气绕梁。几块下来,便饱胀了。

有一次在青海,是个周末,当地朋友一定要叫我去一个叫互助的县,全称是互助土族自治县。车开了很久,有很多光秃秃的山。再往前,就见到森林了,也有一条大河,不知叫什么名字。沿着河岸开了很久,到了一个地方,原来是个农家乐的玩意儿,我们在那儿看看,还模仿当地风俗,假装结了一把婚。把一个年轻的姑娘背着跑了一圈。那个假新娘,见我人老实,最后竟偷偷地把自己的一个旧荷包塞给了我,弄得我挺激动。这个荷包,绣得很漂亮,现在还挂在我的书橱里。这一回让我长见识的,是宰羊。半上午没事,就在林中瞎转悠,忽就见到人家宰羊。宰羊对当地人,真不是一个事。整个过程一滴血没有,不像宰猪脏兮兮的,还嗷嗷叫。宰羊没有多大声音,我几乎没听到什么声音。一只羊整干净也只二三十分钟的光景。羊肉割成几大块,放在摊开的皮子上。那一整张羊皮真干净。那个宰羊的男子,一会儿把小刀衔在嘴里,一会儿又轻轻割上几下,非常从容和平静。他不像是在宰一个活物,而像是在整理一件东西,很有条理地整理一件东西。

十几年前到内蒙古,在新巴尔虎右旗的一个蒙古包里,吃羊肉喝酒。我拿了一个大块的扁骨,用手撕上面的肉吃。边吃边喝草原白(一种内蒙古产白酒)。坐在我边上的一位朋友,是当地人,他非常热心地教我如何剔肉,用小刀一点一点地剔肉吃。在内蒙古做客,骨头上的肉吃得越干净,越代表对主人的尊重。我跟他学,把一块骨头剔得干干净净,仿佛晾晾干就可以是一件装饰品了。

我喝了一点酒,头晕,就走出蒙古包,出来走走。蒙古包是搭在一个草滩上的。那个草滩非常大,我就沿草滩走。我走了很远,一直走到了天边(那时回望我们的那个蒙古包就只有很小的一点了)。我躺到了草地上,那么大的一片天。我耳边是风的声音。我看蓝天,看白云。听自己的心跳(酒后的心跳),听大地的声音——大地有一种遥远的、持续的轰鸣声,听身边一群卧着的花牛的反刍声和呼吸声(牛的呼吸非常粗重)。

我躺在草地上,躺了很久,第一次感到自己那么遥远。

当然,在已往的岁月里,我还多多少少在另一些地方,吃过无数次的羊肉,但都不能记下。我记下的这些,多是发生在我的青春岁月。说是写羊肉,其实是纪念我的青春。

我的青春已经过去。我怀念我的青春。

2018 年 1 月 31 日

舂米和腌菜

我小的时候,每年春节前,就是腊月里吧,都要被母亲逼着去一户人家"舂"一次米粉的。这里说"逼",一点也不夸张。我是没有办法,不去不行。那时小,不听话就得挨揍。

我们那地方,一到春节,家家户户都要"舂粉子面"。"粉子面"就是米粉。舂粉子面要去一个专门的地方,其实就是一个私人性质的加工厂。我去的那家在公园门口的老街上,门朝北,一间土屋。门是有门窝子的那种老门,一推吱吱作响,进门一间空屋子,地上翻着白土,凹凸不平。沿西墙一溜,算是作坊。一根横木,被两根麻绳高高地吊在房梁上,脚下一个大石,右脚下便是"碓"——一根粗方木被支架着(三分之一处有个支点和木轴),正前方就是"臼"。粗木的顶头"榫"了一个竖桩。一个男人,就站在那块大石上,上身趴在绳子吊着的横木上,右脚一下一下踩那方木的一头,方木蹶起,脚一收,顶头的木橛便砸在那石臼里,臼里的糯米便被反复捣砸,最终变成米粉。

这是一项辛苦的工作,单调、乏味。舂粉子面不知为何总是在夜间进行,而且这个季节,都是阴湿多雨,小雨不阴不阳、不紧不慢、淅淅沥沥,能连着下好几天,把个地上和空中弄得黏黏糊糊,人的身上都透出凉气。这个时候,井水都能浸得骨头缝疼,而我的母亲,不畏辛苦,量出几十斤糯米,在一个大木盆里淘洗,弄得满院子泼得都是水,之后把淘好的糯米放在那里"酥",要"酥"一夜带大半天,才能"酥"好。后面就是我的事了,责令我拎着,到那个人家排队,之后慢慢等到我家舂的时候,一直要到舂好,装在一个预先准备好的面袋子里,再扛回家,才算完事。

那一间碎砖的老屋里布满了烟味,男人们轮流去"舂",有的干脆打个赤膊,他们边干活边说些无聊的笑话,每人嘴里都叼着那劣质的烟草。烟草发出呛人的气味,可是他们很快乐,又浑身充满了力气。一整夜除了不时的笑声,就是那有规律的、单调的"嗵""嗵""嗵"……的声音。

我坐在边上,我才十一二岁。我没有什么话可讲。我心里面盘算着我集的铜板、邮票和香烟壳的数量,回忆白天跟我打架的那些狗东西。烟味充斥了我的鼻孔、眼睛和脑袋,我晕晕乎乎,快下半夜一点了,我的眼皮子黏在了一起。我就见一只老牛向我走来,先打了一个"喷嚏",之后就来舔我的脸,我一下子就被吓醒了,而那个满脸大胡子的汉子,正一边踩"碓",一边兴奋地向大家说着一头老牛成精的故事。

舂好的粉子面晒两天就可以吃了。母亲一般会在早晨搓一回汤圆。新粉的汤圆多为实心的,每个汤圆都有乒乓球大小,洁白,糯软。我起床后,一掀开锅,一股热气涌了满脸,之后就见那白白胖胖的汤圆浮在汤里。我一碗盛上六个,每个用筷子夹成四块,一块一块地蘸着白糖吃。那个糯啊,那个甜啊,最后喝下那原汁原味的汤,不一会儿就肚大腰圆了。

大年初一早上,母亲开始包带馅的汤圆。馅有猪油和豆沙的两种。豆沙是经过反复淘洗的(细腻无比),之后拌上猪油和白糖;而猪油馅的,干脆就是两块切成拇指大的生猪油。汤圆出锅后,饱满圆润,一个大碗才能装三个。我每每吃到这汤圆,就心花怒放,有一种难以言表的快乐和冲动。刚出锅的豆沙汤圆极烫,要小心,一口下去往往汤圆皮叮在嘴皮上,能把嘴皮烫破了。就要小口咬,细心地对付它。这样四个大汤圆一吃,那才叫个过年。之前所有的辛苦都一扫而光了。

腌菜也是辛苦的事,因为这些事都得是入冬的季节去做。每到秋尽冬来,农村便会有人挑了许多大白菜到城里来卖。母亲便要买上一担,这是每年必做的事,也是日常的工作。一个乡下人把一担大白菜挑进我家院子,家里马上就乱了套,一院子铺的都是菜。太阳好的话,晒上一天,将菜根上带的大泥块掼掉。下一步就是洗菜。这可不是一棵两棵,要腌上一大缸,这一担菜有上百斤。我的任务是到井上挑水;倒在一个大澡盆里,这时全家动员,开始洗菜。洗得满屋都是水,到处都是湿淋淋的,弄得连院子里的鸡都没地方待,缩头缩脑,探着爪子小心地走着。母亲穿着胶靴,忙前忙后,把洗好的菜晾在院子里早就拉好的绳子上,一院子的菜都滴着水。

洗菜真是痛苦。那个水冷哪!那个时候的水为什么那么冷?手伸进澡盆仿佛与伸进油锅是一个感觉,整个手都快要冻掉了。人人嘴里哈着白气,地上结着冰。我不知道为什么有这么坏的季节,又是在这样的季节里腌菜?而我母亲和姐姐,她们从不叫苦,把一双手洗得像刚出锅的大虾,还有说有笑地忙着。我则像个小偷,不断躲懒,可总是被母亲吆喝着挪东搬西的。

　　洗完晒完菜,天气似乎又好了。太阳出来了。这时刷干净家里的那口大缸,买回来好几斤粗盐。码一层菜,撒一层盐;码一层菜,撒一层盐。这样一层一层码好,满满一缸晒蔫掉了的大白菜就安安静静、整整齐齐地睡在缸里了,再实实地压上一块巨大的青石。一缸的翠和白,它们自己转化着,没有几个月,就是一缸的咸菜了。

2017 年 8 月 13 日

粉羹和鱼圆杂素汤

我的家乡天长，虽属安徽，但在高邮湖西岸，与扬州地缘相亲，因此在生活习惯和饮食上更接近苏北地区。从菜肴上来看，应该是淮扬菜系。小时候在家乡，并没有觉得家乡菜有什么好吃。不过那时也没有得比。走出家乡几十年，一年才回去那么几回，年纪也渐渐老去，因此对家乡有了更多的认识，特别是对家乡的菜肴，有了更多的体味。

我的家乡是有几道名菜的。说名菜，也只是当地有名。小邑名气不大，所以菜肴走得不远。我们引以为自豪的是这么几道：樱桃肉、烩鱼羹、秦楠老鹅和天长素鸡。

今年春节回乡，在小孩舅舅家吃饭。舅奶奶（小孩舅妈）做了一桌子菜，其中有两道可圈可点，特地记下。

鱼圆杂素汤。主料：鱼圆、皮肚、粉皮、蛋皮、木耳。加少量莴苣和胡萝卜。这个菜主要是鱼圆，但配料配得很细。蛋皮要摊，还要切成三角状。木耳最好是东北黑木耳。粉皮以我县杨村镇的为佳，皮肚更不易得。外地人不一定知道皮肚为何物？简单说就是猪皮过油

（油炸）之后晾干。我母亲一辈子烧菜都很好，年轻时还给人家"上锅"（做大厨）。她在桌上边吃边说："皮肚要在平时，到哪里去买呀！"说明平时是不多见的。

杂素汤上桌之后，还要撒上胡椒粉和青蒜叶。不厌其多。

这个菜的色彩很好看。红、绿、黑、黄、白。小孩舅妈说："放胡萝卜就是为了提色。这样也好看。"

看来人不仅要好吃的，也要好看的。

粉羹。这个菜的特点是几个"丁子"：粉丁子、茨菇丁子、蛋皮丁子和咸肉丁子。——所谓"丁子"，就是切成很小的方块。以粉丁为主，不然怎么叫粉羹了呢。

它的做法是：将油烧热，咸肉丁先炒，也可以说是咸肉丁先炸。咸肉在油里炸，把咸肉的香味炸出来（这很重要，主要是要肉香）。之后放水，再将粉丁子、茨菇丁子、蛋皮丁子倒入。放一点点盐（已有咸肉了），其他什么都不要放（可以放一点点的糖）。

粉羹，可以说是淮扬名菜，也是当地民间的一道名菜。在我们家乡，过去人家家里办事（红白事），办酒席，第一碗上的就是粉羹。

粉羹的特点是清爽，很丰富，看起来就比较有食欲。

吃粉羹要用勺子舀，这样才过瘾。

2017 年 2 月 24 日

高邮大肉圆（外二则）

高邮大肉圆很好吃，特点是嫩。肉圆极大，大若一个美式台球（不是斯诺克那种小的）。一个肉圆下去，非体力劳动者不能为；如我辈书生，一般都是两人分食一个。为何要做这么大呢？没有道理可讲，仿佛大肉圆就该这么大。

在高邮见薛师傅做大肉圆，仿佛一个工艺师在做一件工艺品。也是，美食也是一种工艺。薛师傅不是厨师，他做菜纯属业余爱好。就像有人喜欢钓鱼，有人喜欢遛鸟。薛老爷子喜欢做菜，尤喜做高邮大肉圆。

儿子来了客人，一般要提前一天跟老爷子说。第二天一早，薛师傅就上街。做菜首先是选材，要选前夹肉，在前夹肉中，选头三刀，第三刀最好。做大肉圆要用五花肉，肥瘦各占六四。肉必须人工在砧板上剁，机绞味减一等。切肉也有讲究：细切粗斩——斩细了肉的纤维会被破坏。

做大肉圆一定要加鸡蛋，再讲究些的鸡蛋清最好。一般一斤肉一个鸡蛋。鸡蛋打在碗里，用筷子去搅匀。搅蛋清要一个方向搅，不能来回去搅,否则"起毛"。搅到没有颗粒,手沾上去有一种黏手的感觉。将搅好的蛋清倒入斩好的肉中,加入生姜(切成米粒大小)、小米葱(当地一种极小的葱,山东大葱不行)、糖、味精和适量的盐同拌。拌时要多加水,这样才嫩。大肉圆就吃的一个嫩——"老得掉在地上都不散,那个肉圆有什么吃头"。

同行的汪朗,是汪曾祺先生的公子,也是一位美食家,著有《食之白话》和《叨嘴》,在做菜上也有一些手段。他见薛老先生在搅拌时不断地加水,甚为纳闷:"我加这么多水,肉圆就散了。"

"要嫩。不这么嫩,口感就不行。"薛老爷子拈起正在搅拌中的肉,又加了半勺水。

肉圆下锅。汤中将斩肉时削下来的肉皮放入同炖。肉皮很重要,是胶质,增加黏性。拌好的料抓在手里,"团"肉圆时要来回倒,不知"倒"了多少回,边"倒"还边蘸水——淀粉水,用红薯粉调的。不能用菱粉和土豆粉。粉水消(薄)稠要适中,消了不起作用,厚了也不行。蘸水的作用是让肉圆快速凝固。

肉圆先要用大火猛炖,之后文火慢煨。火不能低于两个小时,小火,不能歇,慢慢煨它。

"这个菜是费工夫。可是做菜不带感情去做是做不好的。"肉圆起锅时,薛老爷子手捧一碗盛满的肉圆。肉圆香气溢满厨房,我们口水都要流下。

赞曰:高邮大肉圆,名声播四方;攥起来硬,吃起来嫩。

雪花豆腐

雪花豆腐要用卤水豆腐做,即盐卤豆腐(石膏豆腐不行)。黄豆用小黄豆,那种大圆豆子不行。

卤水豆腐也只用心子那么一点点。豆腐不沾砧板,只在手心里切。下刀要稳,要快。只有这样才能达到一定的细度,才能吃出口感。切成麻将猴子大小,不能切碎了。在放大镜下看,要每块小豆腐都有棱角(没有棱角,就像面糊糊了),吃在嘴里要磕磕绊绊,才有感觉。

雪花豆腐要高汤。老鸡汤最好,肉汤或者鹅汤就不是这个味了。

吃雪花豆腐要小心。它不冒热气,可是吃起来烫得不得了。

雪花豆腐的特点是:嫩,鲜,热。

青菜汤

两棵小青菜,洗净。烧一锅清水。把青菜倒进去,不放盐。烧两滚,青菜变色了即可。

青菜汤,就得是清汤。放盐,把青菜本味破坏了。喝青菜汤,就喝的是它的本味,自然味。

也可以放一点点姜丝。

如若在外面不小心酒喝多了,回家弄两棵青菜,熬点汤,喝下去,马上就好。

2018 年 3 月 2 日

在萧县吃蝶拉猴子

蝶拉猴子,又叫知了猴子,或者出土前叫蝶拉猴子,出土后则叫知了猴子。萧县人自己也说不清楚。在酒店吃早餐,当地一位公安局的同志告诉我,叫蝶拉猴子,而接待我们的文化局朱局长则说叫"知了猴子"。不管当地怎么叫,总之就是我们所说的蝉蛹,即是蝉的幼虫。

萧县人爱吃蝉蛹,或者说蝶拉猴子。他们谈起来眉飞色舞,一桌人都相当高兴。朱局长是个"蝶拉猴子"迷,他每年都要买一两千个,用矿泉水瓶装起来,放在冰箱里,慢慢吃。他说,一个矿泉水瓶大约可以放一百个,压满,再灌满水,之后冻起来。吃时取出一瓶,化开,和新鲜的一样。朱局长说,这东西,高蛋白,低脂肪。他一个劲地劝我多吃,说:"绝对是绿色食品,对你的健康有好处。"

蝉蛹的吃法有多种,但最好是干煸:将每只略略压扁,之后用平锅,放少量色拉油,油烧至微热,将之倒入锅中,加盐,煸至微黄,起锅,装盘。端上餐桌,趁热夹起一个,入口慢嚼,绵、软、香、酥,四色兼具,可以说是天下至味。

蝉蛹的生长规律十分神奇。它的产卵过程就让你惊异不已。成蝉交配之后,母蝉就在树顶上,找那种嫩小的小树杈子,在末端将一根产卵器刺入嫩枝中,以切断树枝的营养,之后将卵产入嫩枝内。嫩枝被切断,营养供应不上,随之枯死,在风中很快折断飘落地上,一场小雨过后,藏在枝中的卵,孵化成幼虫就趁机钻入土中。

蝉的幼虫要在土中深藏三年,或者更长时间(据说它吃的是树根的汁液),才能重新钻出地面。朱局长说,要到每年的6月初,开始收麦子了,或者是麦子收得差不多了,梅雨季节快要到了,一场雨,土松了,这个家伙就钻了出来。农谚有:"打了场,垛好垛,地里猴子出来没的数。""没的数",就表示多得不得了的意思。

幼蝉(蛹)夜间钻出地面(当地人告诉我,它是凭着嗅觉,闻着一棵树,沿树根往上爬),爬着爬着就慢慢变了颜色。天一亮,太阳出来了,它的壳就变硬了,就飞得了。蛹变知了,必须在夜间,蜕了壳(蜕的壳是一味中药)的蛹就变成蝉了。

农民们与土地打交道,老祖宗需要多少代,才能琢磨出蝉蛹的生长规律。掌握了其规律,当地人便做起了人工养殖的生意。蝉农们知道哪根树枝上有卵,于是便有了"竹柳苗"和"金蝉卵枝"的出售,便形成了"金蝉农"这么一个群体。

我在萧县宾馆看电视,当地电视台不断有滚动广告播出:为解广大金蝉农的后顾之忧,本公司出售"金蝉卵枝",提供"知了猴子"种子竹柳苗……养殖蝶拉猴子,已经成为萧县一门独具特色的产业。

蝉农们将"金蝉卵枝"收购回去"种"在自家果园里,卵就在自家土地里发育成长,等几年过去,蛹们纷纷爬出地面,往树上爬。它们是多么希望爬到树的末梢,蝉蜕了,飞跑了,去完成一只蝉的一生。

可是蝉农们却要收获了。

蝉农们在树的半截腰上,裹一圈透明胶带,阻止蛹们往上爬。蛹爬到胶带上,就扒不住,一骨碌掉到地上,或者手电一照,也会掉下。蝉农们熟悉蛹的模样:它的眼睛是白的,它吸收的是树根的汁液,它没有肠子……

现在这东西已经很金贵了——它的生长周期那么长(比一头大牲口长得还要慢!)。在饭店里,要吃上它,至少要一块钱一个!炒一盘,也得几十块钱!

在萧县住了一晚,吃了几只干煸蝉蛹,听了这么个神奇故事。不记下它,真有点对不住这一方土地。

是啊!我们往往忽视对自己无知的事物的存在。不是有一个成语叫"金蝉脱壳"吗?"金蝉脱壳"是怎么回事?是如何形成的?

与我同行的一位女士,在听完蛹如何蜕变成蝉的美丽故事之后,非常惊奇。她的同情心上来了,说:"我以后再也不吃油炸蝉蛹了。"

在廊坊遇到一畦菜园

廊坊的早晨，廊坊早晨的阳光，廊坊早晨窗外透亮的……一抬头，咦，窗外一片菜园子，宽大的窗外，一畦菜园子。园子里，高高的豇豆用架子搭成一人高的长廊……一个人，那儿有一个人！我仔细看看，定睛看看，是一个人，走在豇豆角的长长的廊道里，他专注地，可以说是凝神地、极认真地盯住那一架青绿色：他要摘豇豆！他轻轻地走着（透过封闭的玻璃窗，仿佛在看玻璃缸里的东西，没有一点声音），微仰着头，走在豇豆的廊道里，过一会儿，他摘下一条。对！是一条。豇豆长长的，青青的。我透过这明亮的窗子，或者是因为刚刚拉开窗帘，眼睛初见这早晨的阳光……他的一只手里已抓了一把。豇豆角长长的，他抓了一把，而另一只手，还在寻找着，认真地、严肃地、从容地……寻找着，找到一个满意的，他即伸手摘下，放到另一只手中握着……我低头记下这些（我被这个早晨感动了），一抬头，他不见了，他已走出了豇豆绿色的走廊，走到一个用碎砖铺的甬道上了。也许他够了，够中午炒一盘的了。

昨天刚到这里，放下行李，伸头往窗外看看，就见窗下一畦青青绿绿的菜园(多少年来我住过多少旅馆啊,没见过窗外开菜园的),园里不知是何种蔬菜,都搭着高高的竹架子,竹头交叉的地方扎了一根红色的带子,一排排的红色蝴蝶结从眼前伸过去……

再仔细看看,眼前的这几排,是茄子,茄子长这么高,还搭了架子让它去长。在我们家乡,至少是高邮湖两岸,茄子是不用搭上架子让其生长的。我们那里的茄子都是矮矮的,可是也能结出紫色的大茄子……我仔细望望,在一架一架的碧绿的叶子中(茄子叶子较大,蠢蠢笨笨的),藏着一个一个紫色的茄子,因为叶子挡着,看不分明,可那光洁的紫色,还是那样的清晰,再不济的眼神也不会看不出来的啦。

……过了一会儿,那男人又回来了。这一回,他身上背了个喷雾器,手里拿着一个长长的喷杆。噢,他要给菜园里的蔬菜打药……他左手压着个什么,连压几下,右手举起喷杆,神情专注地对着叶片喷了起来……这让我想起汪曾祺的《果园杂记》:

喷了一夏天的波尔多液,我的所有的衬衫都变成浅蓝色的了。……这是个细致的活。把喷头绑在竹竿上,把药水压上去,喷在梨树叶子上、苹果树叶子上、葡萄叶子上。要喷得很均匀,不多,也不少。喷多了,药水的水珠糊成一片,挂不住,流了;喷少了,不管用。树叶的正面、反面都要喷到。

呵,喷雾器,久违了的、小小的喷雾器。我已有多少年没有见过你了?我早已把你给遗忘了。我以为这样的一种灭虫方式已经灭绝。没想到,今晨在这里偶然与你相见。

世界真是神奇。在廊坊,我才来到的第二天,在我所住的招待所的窗外,见到一畦菜地,一架豇豆和茄子,和一个侍弄这园子的男人……

2019 年 7 月 31 日晨一记

高邮有家"汪味馆"

在高邮"汪味馆"吃饭,饭后每人送了一小瓶纯手工制作的"咸菜茨菰"。茨菰切得薄薄的,与咸菜同炒,带回来用它就粥,却别有一番滋味。

汪曾祺在《故乡的食物》一文中写道:"一到下雪天,我们家就喝咸菜汤,……咸菜汤里有时加了茨菰片,那就是咸菜茨菰汤。"汪先生十九岁离开家乡,几十年没有吃到过家乡的茨菰,汪先生写作风格一贯平实,可是在这篇散文中,他还是忍不住抒发了一下:"我很想喝一碗咸菜茨菰汤。我想念家乡的雪。"

如今这个在高邮是极其寻常的食物,却因为汪曾祺的文字,成了一个"文化符号",走出了高邮,走进了许多读者的心中。

汪曾祺真是个奇怪的现象。他的身后一点也不寂寞,反而极为热闹。他的文字不仅广为流传,他的为人也为人们所津津乐道。二十多年来(汪先生去世二十多年啦),他的书不断出版,纪念他的文字就没有中断过。由于"汪迷"众多,竟竟相出现"我也喜欢汪曾祺""我也是汪迷"这样的时髦话。好像不喜欢汪曾祺,自己的"格"就不高似的。

在高邮，汪曾祺这只"活鱼"（汪先生曾自语，说自己是只"活鱼"），被"烹制"成各种味道的"美食"：汪曾祺故居、汪曾祺纪念馆、汪曾祺书房……连酒店的大堂、房间，都摆放着汪曾祺的照片和书籍。在他的纪念馆，将汪曾祺的菜单列了一大块展板，分为淮扬和京味两大类，达六十多个品种。因此开一家酒店，做"汪味菜谱"所列种种，也是顺理成章的事。

高邮"汪味馆"已经开了几年了，据说生意不错，近日又开了分店。分店开业时，恰好我人在高邮，有幸品尝了"汪味馆"的精美菜肴。

汪味馆的环境充满了汪氏气味。四层楼的走廊、包厢均悬挂了汪曾祺的书画和不同时期的照片，在每个包厢，陈列有汪曾祺各个版本的著作。在最大的包厢"珠湖人"厅，偌大的餐桌中央，摆放着汪曾祺新版书和汪研专著。那些书在满桌菜肴的包围下，同样飘着一种特殊的"气息"，仿佛那些书本身也是美味佳肴。

"汪味馆"的菜肴当然要体现"汪曾祺"特色。汪先生曾自诩"这道菜是本人首创，为任何菜谱所不载"的被他称为"嚼之声动十里"的"塞馅回锅油条"，肯定是少不了的。汪曾祺的拿手菜：杨花萝卜、朱砂豆腐、大煮干丝、干贝烧小萝卜等，当然也是不可少的。高邮湖的湖鲜，这里的"独门"食材：青虾、银鱼、螺蛳、虎头鲨、鲶鱼、麻鸭和高邮鸭蛋，等等，绝对是主打菜肴，比如，蒜苗烧鲶鱼、水晶虾仁、金丝鱼片和红烧昂刺鱼，则为汪味馆的"扛鼎"之作了。

沾高邮湖的光，湖鲜当为"汪味馆"的重头戏。但也还是有一些食材，不是说有就有的。比如酸菜黑鱼片，这个菜其实并不稀罕，稀罕在黑鱼必须是高邮湖野生的，每条重都在七八斤以上。这样的黑鱼现在不多见了。这种鱼,多是"打"来的。有一类钓者,专门从事这个"专业",用一只假青蛙,挂在钓钩上,在黑鱼经常出没的地方"打"。黑鱼都是有"地盘"的,而且是成双成对的。黑鱼在鱼类中是很凶猛的,它的"地盘"是不允许别的鱼"染指"的。"打"的人要会看水。在水草多的地方,要能分辨出哪一堆草是"草窝"——黑鱼的窝,于是便用假青蛙轻轻去"打"。黑鱼误以为真青蛙跳入草丛,上来一口(黑鱼吃食是很猛的),即把假饵吞食,一条极大的黑鱼便被钓上。不过现在野生黑鱼也并不好"打"了,有时一天也只能"打"一两条,也有空手而归的。因此,吃到这样的鱼,就显得尤为难得了。这样的野生的黑鱼,味道自是不同。所谓美味,也是要食材至上的。

比如红烧汪丫,也是要用野生的。一条都在二三两左右。野生的汪丫都很瘦,不像饲料喂的,都挺个大肚子。红烧汪丫在大火猛攻之后,一定要文火慢炖。中途不能断火,断火再热,鱼肉必老,吃汪丫吃的就是一个嫩。因此在上桌前,要一直小火保温。上桌之后,撺上一条,入口即化,鲜美无比,如果再用鱼汤拌饭,那简直是人间至味。在餐桌上,我就用汪丫"卤子"拌了两次饭。可以说,人间食事,没有比这更美妙的了。

高邮"汪味馆"吃了一回,感到汪曾祺已不仅是一个文学现象,他已走进了我们的日常生活。"汪味馆"生意的蒸蒸日上,就是一个范例。关于汪曾祺的趣闻逸事,也已成为文人茶余饭后的谈资。记得学者孙郁先生一次说过,可惜给汪曾祺的时间太少了——他六十岁以后才得以真正写作——否则,他就是当代的苏东坡呀!

是不是苏东坡咱不敢说,但汪曾祺在离世后的这二十余年,其影响力已远远超过生前,甚至有"爆棚"之势("全集"刚出版不久,就加印了一次),这是不争的事实。

2019 年 6 月 3 日

辑五

被女孩咬过的苹果

我十八岁参加工作,曾在一个古镇工作过几年。这个名叫半塔的古镇,历史上似乎是有一座古塔的,可惜叫雷给劈了。现在区政府设在镇子上,因此小镇就显得十分繁荣。商铺、机关、各种派驻机构……总之是人来人往,热闹得很。特别是逢节,更是人山人海,猪羊狗兔,各种小吃,买卖十分火热。我们的银行营业所就设在小镇的北头,迎街是一个二层小楼,后面一个大院子,住着职工们的家属。每人一个老婆,生他三四个孩子,因此院中就显得很有生气,妇人的呼叫,孩子的打闹。我就在办公楼二楼一间顶头的屋子里居住了下来,朝西的窗子外正好是这个院子,于是每天就能看到院子里活动的情景。

我的工作是出纳。出纳员就是每天面对着一大堆钱数来数去。银行说起来是高大上的行业,里面的人好像都西装革履,其实所干的事是极其琐碎的。比如我,就是每天面对着一大堆花花绿绿的票子,票子还不是我的。而且这样的行业,都有个师带徒的习惯,或者说有一个师带徒的过程。我刚干出纳,要求我跟一个女的学习点票子。

这个女的比我大不了多少,而且长得比较好看,我便很同意拜她为师。她主要教我如何点钞,单指单张,多指多张。说白了,单指单张就是一张一张地点,多指多张就是好几张一点,有三张的,有五张的。你别小看数钱,它也是一个行业的手艺,点好了照样出名。我的师傅就是县里的冠军。我们邻县还有一个省里的冠军。点出名了,还能当省里的"三八红旗手"呢!拿了奖金不说,就是工资还涨了两级。那个省冠军年龄较大,长得一般,之后找对象就好找得多了。据说刚开始找不到,后来找了个本县在外面当兵的,还是个连长以上的官。你说,这数钱有没有用?

师傅抓住我的手教我,如何压掌,如何划挠。压要压紧,划要划稳、划准。她一抓我的手,我立即面红耳赤。那时我还脸红,后来不红了。她对我说:"你还脸红,我还没红呢!"

说着她放下手,脸果然就红了。

下班之后,我就在顶头的宿舍里,猛读我带回来的那些书。我记得最初读了《前夜》和《父与子》,我读不下去,读几页就爬起来瞎转转,喝点水啊,抽根烟啊,总之是"磨洋工",这样一本书要猴年马月才能看完。我一气之下,发明了一种读书方法。那时我还练功(就是玩吊环,在地上鲤鱼打挺),我便将一根练功的功带钉在椅子上,每每坐下,先泡上一杯茶,之后将功带往腰上一扎,规定读了五十页才能站起来。这样一来,效果就好多了。有时下意识又想站起来,一抬屁股,椅子也跟上了,只好又坐下。

营业所的院子里有几棵高大的梧桐树,我来不久,即在一棵梧桐树上扣了吊环。有时我五十页读完,也感到累了,就走下楼在吊环上,跟自己玩命,翻上翻下,有时还想做个十字水平,当然那是不可能的。于是我便把自己倒挂在吊环上,看天上的云来云去。这样看云也比较奇特。你别说,换一个角度看风景,就有别样的感受。

那个夏天的法国梧桐的叶子很大。我有时中午也在那很大很密的树荫下读《包法利夫人》。那个夏天我有时会忽然陷入一种无聊的冥思之中,仿佛一种青春躁动般的冥思。那无边的幻想像那个夏天的云朵一般缥缈不定,变幻无常。

在这个镇上,我进行了我的第一场恋爱。我的师傅看我好学,执意要给我介绍对象,她说非要把镇上最美丽的少女介绍给我做老婆。于是在一个黄昏,她给我拿来一张照片,是一张不大的黑白照片。我刚开始不敢看,先揣在兜里,回到宿舍,再偷偷一个人看。照片的构图总体来说还是不错的,一个年轻的女子,坐在小船的一侧,照片的一角还飘着些杨柳枝,形成一种对称之美。我知道那是南京的玄武湖,可给我印象深的,是那一头长发。那是那个时代的一头长发,那个时代的长发特别黑亮,不知道是不是与那个时代的风气有点关联。

女孩是镇上拖拉机站站长的女儿,也算是镇上中层干部的子女。她高中毕业后被安排在镇食品站工作,也是好单位。在看完照片之后,我和师傅后来还专门到食品站去考察真人。当然我可能也是被考察对象。那个时候的恋爱就是这样的。介绍的人很有耐心,这可能也与小镇的风气有关,当然也可能与空气和水有某种神秘的关联。

我们去时假装是买鸡蛋,这也是那时的介绍人惯用的伎俩。既然作假也要跟真的一样,于是鸡蛋当然要真买一些。女孩叫什么我忘了。我们就叫她小琴吧。小琴的工作就是管鸡蛋。那可不是几十个、几百个鸡蛋,而是整整一屋子鸡蛋,一层一层码着,有一种能升降的铲车,铲着鸡蛋篓子一层一层去码,还是相当机械化的。我们去时小琴在假装拣蛋,就是将一篓子蛋用手过一遍,把有瘪子的坏蛋从好蛋中挑出。

见了之后小琴就站起来,拍拍两只手,其实手上也没有东西,于是脸跟着就红了起来。我师傅大方,很有经验,她圆场说:"我们来买点鸡蛋,小陈晚上读书累了煮煮吃,增加营养。"师傅说完也拍拍手,仿佛就要拣蛋的样子。

小琴说:"不用,我来。"于是就开始给我们拣。她拣那又大又红的。她拣一个,就砸一下,鸡蛋就砸一个瘪子。我们知道,这一下就是坏蛋了。坏蛋就便宜了,几乎不值什么钱。

后来我们就拎着坏蛋往回走,我显得很兴奋,因为小琴的脸实在很好看。她掼鸡蛋的样子,也十分娇美,仿佛这个动作是上帝专门为她设计的。

小琴对我印象怎么样我不清楚,估计也不坏,因为她后来还专门到我宿舍来玩过一次。如果对我印象不好,她肯定不来玩。这个是常识,我还是懂的。

那天她来是黄昏,应该是夏天,因为我记得蝉在死命地叫。我这个人非常讨厌蝉,我觉得这是一种很丑陋的昆虫,而且叫起来没完没了,是个很不懂得节制的家伙。

她来时穿得很单薄,夏天嘛。为了制造气氛,也为了表示诚意,她来之前我特地到街上买了几个苹果。她来之后坐在我床沿上,我则削了个苹果给她吃。她用手拿着,只咬了一小口,就又放下了,之后她一直没吃。我桌上放了几本世界名著,就是《父与子》和《包法利夫人》。我当然是故意放的,作为道具吧,总之和苹果一样,是为了配合气氛。

她只坐一会儿,我们并没有多说什么,我只感到自己头硕大无比,快要爆炸了一般。我平时不是这样,而且我这个人不好,就是嗅觉特别灵敏。她那种特有的气息就一直在我的房间。我晕头晕脑,并没有说出什么有趣的话来。

　　她走之后,我还处在晕头晕脑之中。于是我看看那只苹果,苹果都有点锈了,可也不太锈。我都没有用水冲一下,就把那只苹果吃掉了。她咬过的那个地方,我还特别注意了一下。虽然我的嗅觉特别好,可也没吃出什么特别的感觉。

　　但是,从此之后,一个残缺的苹果的记忆,留在了我的心上。它不是别的苹果(如流行歌曲《小苹果》),而是我自己的一个"苹果"。

2017 年 7 月 28 日

用樱花拼个名字

我仰望头顶一树的繁花。那花朵非常素洁,在校园路灯的映照下,发出银白色的圣洁的光芒。花下走着三三两两的学生。有女生指指点点,对着那花说话。我不能懂得她们说些什么,但我知道,她们的青春像这三月樱花一般的青春,映在这美丽的武汉大学的校园里。

人的记忆真是一个十分神奇和美好的东西。因为心中那一点点的记忆和怀念,二十年后的这个夜晚,我孑然来到这座校园,来寻找那一点点的记忆,恰巧遇到了这盛花的季节,和这美丽的樱花。

三十年前的 5 月和 9 月,我曾在这所美丽的大学住了两个月。也许因为青春,或者心中还没有花的记忆,一切都与焦虑和烦闷有关。因此从这条叫樱花大道的林荫路上,来回不知走了多少遍,可心中没有樱花的记忆。现在想来,大约季节是不对的。樱花的盛花期在阳历的 3 月,花期也只十天半月,我这匆匆的过客,或者是不谙世事的少年,又何以能懂得这美丽的花事?

也许命运眷顾我这样的呆子,这个 3 月我抵武汉,因心中那一点点的情结,我于晚上独自跑来这所大学,却巧遇了这个叫樱花的精灵。说来真是奇怪,这半生我东走西跑,并没能遇到过一回这番樱花的盛事。这个夜我可不是专门来寻花的,却巧遇了这美丽的花儿,难道冥冥中有什么蹊跷,独独安排我在这儿与她相遇?

我似乎是能寻找到一些旧迹的,虽然三十年的记忆已破碎不堪,校园的大门也已面目全非。人们在改变着自己的生活,学校亦不例外。于是这所具有怀旧气质的大学,也添了许多新的建筑。扩建是免不了的。于是那些山坡上的树,变成了一幢幢崭新的、颇有现代气息的楼房。怀旧的人总希望事物如他心中一般的旧貌,可是一切终不能是老样子。世事有时候像个孩子,怀旧如同父母,希望孩子永远是那个模样。殊不知孩子总是要成长的,并且会冒出青色的胡须或者成为一个妇人。好在这所曾叫"国立武汉大学"的名校,还是有相当的眼光和气度显出与众不同的大气和构想,毕竟这是一所以建筑专业出名的大学。我们不能仅凭想象,让这所古老而现代的名牌大学总是一派仿古建筑,也不能让所有的楼群都掩映在绿树丛中。

坦率地说,这许多年来,这所大学像一个情人,总是萦绕在我的梦中。这么多年我虽再也没有踏上这片土地,可只要与人谈起大学,我免不了会说,武大是中国最美丽的大学,具有浪漫情怀,是一个让人跌入这片处所,便想谈一次恋爱的地方。这所被自然山水环抱的高等学府,它除了有让青年吮吸蜜糖一样学习知识的环境,更注重塑造和培养人的气质。如若一个在这片天空呼吸了四年气息的学子,一生中不具有一点点的浪漫情怀,那真是不可想象!

我虽不敢以这所著名的高等学府而自豪,然因自己一点小小的秘密,心中对它仍怀着美好的记忆。我想走遍它的每一个角落,找到那曾经熟悉的地方,以复原自己破碎的记忆。这样的设想几乎是不可能的,于是便化繁为简,从最熟悉的地方开始。我直奔记忆中的桂园,想找原来通向东湖边的一个后门。

沿着记忆中的路往下走,记得那儿曾是一个下坡,在密密的杂树林子里,它弯曲而又突兀,是当年学生们抄近路而踩出来的一条小径。走出小径,立即热闹了起来,一片宿舍楼立于眼前,开水房与食堂穿插其间。我印象最深的是湖滨食堂,深的原因是食堂的凉拌皮蛋十分好吃。皮蛋与芹菜(芹菜切成寸段)同拌,淋上麻油和醋,配上一瓶"东湖"啤酒,实在是很妙的。

在食堂里吃饭,通过窗外的风都可以闻到湖水的气味。出食堂往下走不远就是后门,出了后门便是湖边了,眼前便是一片好大的水,极目处有点点山影。这就是东湖了。

我们多半是饭后来到湖边,坐在伸入湖中的一个水泥平台上聊天。湖水一阵阵的浪声,极有规律。眼前是漆黑的夜,或者天上还有些星星,巨大的天幕映照着湖水,人语窃窃;或有一只木船在远处水面,就见到船只划破水光的影子,船桨有些欸乃的碎声。

记得有一回,月亮特别亮,应该是近中秋了吧。我们买了啤酒和锅巴("东湖"啤酒和"太阳"牌锅巴),有人竟从食堂带了凉拌皮蛋,一行四五人,坐在平台上喝了起来。忽然有船过来,其中一人便喊:"船家,能不能载我们一程?"那船摇了过来,便有人站着交谈。大约给了几块钱,我们几个便上了船,一会儿船便来到湖心。远处漆黑一片,近处水光泛漾,天上一个极大的月亮,船舱之中清澈如明,仿佛月光专门为我们而照。大家喝着啤酒,真是扣舷而歌,忽有一种飘飘欲仙的感觉。三两女生,轻轻吟唱,声音仿佛自远处而来。其中一位,人十分乖巧，她来自江南，其清丽亦如江南景致。她会诗善文，记忆力极好，聪明智慧，实在过人，让人不得不心生怜爱。她并不喝酒，也劝我们少喝。可我竟如受了神灵的蛊惑，顾自喝了起来，斜卧船头，边喝边歌。那一回，我真的醉了。那是一种透明的醉，一种轻盈飘浮的醉，又仿佛心中有某一个愿望，为那个愿望而醉了。

可是这一回我竟不能如愿。我在那些树丛的路影下不知何往。我走向其中一条，倒是有些像那个曾经的下坡，只是原来那密密的杂树林似不见了。我用心指明着往前走，还真是找到了湖滨的食堂，可再往下走，那湖边原来简易的铁门已不在，砌了新的门楼，装上了现代化的门禁了。

我走到湖边站了站。湖边也是一派现代化的样子，也是人声鼎沸了，各处灯光闪耀着。这已不是我要的湖滨了，也不是我记忆中的那个遥远的湖滨了。

一切最终是要过去的。你想留住岁月的轮廓，而它能给你的，也只是片羽吉光。我回到了校园的樱花道上，远处也只是有三三两两的黑影晃动。我仰望着那高大的一棵棵树，繁花的洁白像梦一样薄而淡。一阵风来，在夜色下，那些梦一般的透明而薄的花瓣落在了半空，又袅袅曳曳飘落于地面。我捡起几片，托在手中，又仿佛托着一个轻盈的梦。

我忽然心中一动，何不用花瓣，拼出一个名字，那个不能说出口的名字？于是我蹲下，捡拾起那薄而透明的一片片，小心地、一瓣一瓣去组合。风不是很大，可一阵阵的，对这绢一般轻的生命来说，何以能承受？我刚拼了一个字，一阵小风来，吹乱了。我重新拼排起来，对于这样的工作，我是虔诚如婴儿的。我极有耐心，好不容易要拼好,又是一股小风,花瓣便散乱开来……

  我成功了。我很开心,尽管只一会儿。我望着那个名字。我用这个叫樱花的精灵,拼出一个心中的名字,这好像是一种冥冥中的安排。

  那个名字离我很近,又离我很远。我的眼中似含满了泪花。

2018 年 7 月 31 日

两只雀儿

在老家陪伴父母二十多天。自离开家乡到外面工作，几十年来，是第一次陪伴父母这么长时间。过去最多也就是三五天，还都是在春节期间。

起因是这次父亲体检，查出身体的一个指标不对，接着往下检查，医生却问："你家里还有什么人？你儿子呢？"问得他心里毛咕咕的。父亲说："在外面工作。怎么讲？你对我说。"医生说："等你儿子回来吧。"于是我母亲紧张了，打电话叫我回来看怎么回事。

我一到家就直奔医院，医生直接告诉我，可能是前列腺癌。根据片子看，十有八九，还要进行穿刺，之后进行病理切片，才能最终确定。

于是我便留在了家里，各种检查、灌肠、穿刺、等病理报告，又到外面大医院复诊了一次，来来去去，七搞八弄的，一待就是二十多天。终于还是确定了：腺癌。就这简单的两个字。

医院单子刚出来时，我对医生说不要告诉我父亲，只说还没有出来。父亲天天往医院跑，问结果何时能出来。左问没有右问没有。

父亲本来性子急，就同医生吵，回到家里也烦躁，冲我们乱吼。待复诊回来，从大医院直接拿到了结果，父亲反倒平静了。那一天他屋子里的灯一直亮着。我到院子里倒水洗脚，透过窗子玻璃，看见他清瘦的身影，在灯光下走来走去。那清瘦的影子，也在窗玻璃上晃来晃去。第二天早上吃早饭，他从屋子里出来，往餐桌上丢下一张纸，是给我看的。我拿起一看，是他写的几句顺口溜，或者说是一首诗：

精神不害怕，
运动正常化。
何去何从尔，
泰然天地大。

父亲今年八十三岁，身体还是不错的。用我妈的话说，能吃能睡，不疼不痒。他多年在基层工作，多与农民打交道，过去当公社书记，经常带领农民挑河修坝，总是走在前面，一次低血糖犯了，直接一头栽到塘里去了。因此他的性格，也多像中国的农民，豁达开朗，遇事想得开。

我和当医生的表弟为他研究治疗方案，各种建议也是五花八门——说治吧，八十多岁，动大手术，之后放疗化疗，生活还有什么质量？说不治吧，明明知道了这个病，不治，情理上说不过去。是大治还是小治，怎么样是合理的，心中十分纠结。

我老表毕竟是从业三十多年的医生了，他听了同学给他的各种建议，迅速归纳总结，对比优劣。而且老表还风趣，说："癌症这种病，三分之一是吓死了的，三分之一是治死了的，另外有三分之一，才是病死的。"最后老表拍板,还是保守治疗,打针吃药。

决心下下来了,心里也就踏实了,否则心一直悬着。父亲听了我们的方案,心里也挺高兴,之前他虽然说"精神不害怕,运动正常化",但治总归还是要治的,怎么治,不定下来,他也不踏实。现在听了我们这个方案,他认为可行,心也放下了。

问题解决了,他便催我回去上班。

初冬雾大。我想就迟一点走吧,早晨还赖在床上没有起来,就听父母在院子里对话。父亲说:"我到门口工地看看啊!门口正在修一个什么工程。"

母亲没听清,问:"你到哪块(哪里)去啊?"

"我到门口工地看看。"过去跑惯了的,喜欢到工地上去看。

他出去跑了一会儿。院子里安静了,就听到母亲在院子里走路的踢踢踏踏声。

不一会儿,父亲回来了,他对母亲说:"那边那棵树上,不知什么时候搭了个雀子窝,不知是斑鸠还是喜鹊。"

母亲说,怪道常听到"白果果"叫。我们此地叫斑鸠为"白果果"。

父亲说,是"白果果——果——",他模仿斑鸠的叫声。

母亲说:"还有一个声音,它能喊出至少三种声音。"母亲又补充说,"好玩呢。"

他们又说,那边院子里的树上竟有一个雀窝。我一听,心中好奇,就提着衣服跑出来看,哪里有雀窝?父亲一指天空,我就见到邻居的院内有一棵高大的树,在树的顶上有一个好大的雀窝。

我看了一下,又提着衣服回屋了。

就听父亲继续在院子里说:"过去树叶子挡着,看不见。现在叶子落光了,它露出来了。"

母亲说:"那个树上好像飞的是喜鹊,长尾巴,灰色的。有时两三个蹲在树杈子上。"

"那是个什么树啊?"母亲又问。

父亲说:"杨树吧。过去都是这种大叶杨。"

母亲说:"那个雀子好玩呢,抱窝,小雀子还没抱出来,它就飞跑掉了。"

……

我听父母在院子里大声谈论着,心中忽然一动,他们不也是两只老雀子,几十年来,互相陪伴。可是其中的一只,终是要先飞走的。

我坐在床上,继续听他们谈下去。我喜欢听他们这样的闲谈。

2018 年 12 月 2 日

"还有一个小小的秘密没能告诉你们"
—— 致岳父母的一封信

尊敬的岳父、岳母：

过两天就到清明节了，有报社约我给逝去的亲人写封信。我想了想，就写给你们吧。岳父岳母走了几年啦，我使劲想也没有想起来。别以为我把你们忘了，不是的，怎么可能呢？你们在我心里永远是最亲的人，只是岁月过去得匆匆，一年转眼就过去了。我在一个随手记的本子上查了半天，也没有查到，只找到这么几句：

"今天岳母来，要到医院查查，也不知道什么毛病，唉，就是清咳，头晕，浑身无力。是有了什么毛病？还是因为乡下日子寂寞，孤独难熬？"

这一则记于 2013 年 3 月 1 日。那一阵是我最纠结的时候，父亲在此住院，女儿毕业要找工作。因为这次在合肥看过之后，回到乡下，还是没有好转的迹象，又到县里医院去住了一阵。大约过了一年岳母就去世了。这样算来岳母已经去世六年了，而我的岳父，则更早了,恐怕快有十年了吧。

我的岳父岳母,一生过得简单,因为家庭成分高,赶上那么一个时代,你想想看吧。一生在动荡悒惶中度过,晚年才过上一点好日子。所以每年春节写门对子,岳父都要写上感谢小平同志,感谢改革开放。这绝对是真心的,像这种出生在地主和地主兼工商业者家庭的子女,在那个时代,日子是可想而知的。

我和妻子结婚时,日子已经好过多了,最起码是吃穿不愁。岳父整天乐呵呵的,岳母则轻言慢语,或不声不响,做点家务。

岳母是个慢性子,从小受了教育,在扬州财会学校读过会计,打得一手好算盘。虽然后来一辈子生活在小镇上,可言谈举止,并不恶俗。岳母长得干净白皙,话极少,满头银丝,性格安静。我与爱人结婚几十年,岳父母总是十分地体贴和理解我们,可以说十分地亲。温暖的爱总是像一团雾,你真去仔细想,却什么也想不起来。让我不能忘的只有几件细小记忆,却总是清晰地印在心中。记得女儿刚出生时,还在月子中,岳母和我、妻子、女儿,四个人睡一个房间,我睡地上。夜里女儿哭闹,都是在下半夜,妻子起来喂奶、换尿片,而我正是觉头上,从沉睡中被她们唤醒,心里老大不快,不但不起来帮忙,有时还乱发脾气。岳母可能是心疼女儿,有一次小声叽咕:"懒死了!"我听了心中很是生气,意思是:"你凭什么说我?"倒是妻子懂事,对她娘说:"你不要说他。"听到竟还有帮我腔的,我心中又高兴了起来。

后来我们到外面工作,先到北京,后又回到省里,岳父岳母更是牵挂着我们。岳父经常给我们写信,要我们在外面工作,要时刻注意,不要做违反原则的事,更不能做违法的事,之后就叫我们对女儿不要太凶,孩子胆小。又总是说家里一切都好,让我们放心,我们把工作做好了，你们就放心了。

每年春节回家，是我们最快乐的时光，仿佛又回到了童年时代，因为吃喝都是伸手的，一切由着我们，想干啥干啥，提个什么要求，岳父的口头禅是"可以耶"，要么就是"有耶，多得是，随便拿"。要是节假日回去，岳父上街一转，就是剁了老鹅又买鹅杂，之后放在几个盘子里，说，"吃，吃，尽吃"。有时晚上打个小牌，家里兄妹几个，一齐上阵，我小姨子、孩子舅舅和舅妈，打的看的，团团围在一起。岳父打牌技术高，却从不上阵，只是围在一边看"后胡"。我想他捧着茶杯，歪着头，在齐齐的子女身边看打牌，应该是最开心的时光。他总是悄悄地帮助我和我爱人，在后面偷着支着儿，希望我们能赢。他的儿子和媳妇有时不高兴，提出"抗议"，他则哈哈大声，说："不是我打的，是他们自己打的……"

后来岳父身体就不大好，我也不记得是从哪年开始的，岳父会经常到我这里来看病，主要是喘得厉害，病在肺上。我多次带他到肺科医院和安医附院看病，都快和医生成朋友了。记得有时做检查拍片子，要上楼下楼，他不能走（一走就喘），我就背着他来回去跑。他总是很不好意思。每次病好转之后，他都会极其快乐，坐在我家客厅的沙发上，都会说："女婿功劳大大的。"我每每听到这句话，就像工作中被领导表扬了一般，下次就更有干劲了。经过几年的治疗，岳父的肺部情况越来越差，抗药性更强了，有时几乎离不开氧气瓶。看好一次，回家了，没多久又复发了。记得最后一次，从我这儿离开没几天，又不行了，赶紧住到了县里医院。县里条件差，我没有办法，只有央求长期给岳父治疗的专家，请他同我一起到县里去一趟，给会个诊。到了县里，专家看岳父情况实在不好，人已经住到重症监护室了。岳父脸通红，因缺氧已憋得说不出话来。会诊结束，定出方案来，我还要回省里去。我临走时，岳父用了很大的力气，忽然说了一句："立新不能走。"这句话说得清晰无比，我想他是拼出全身的力气说了这么一句。可是我还是走了，岳母和妻子在一边说："他还要送医生啊，他还要上班啊。"岳父没有了声音。我则落荒而逃似的离开了医院。我知道这一次凶多吉少，果然没几天，岳父走了。

可是岳父的这句话，却像钉子一样钉到了我的心里。仿佛这是一句重托，我爽约了。在之后的日子里，我每每想起，都会心痛不已。

噢，还有一个小小的秘密没能告诉你们。其实也没人知道。只有我和那个妇女本人知道罢了。那天的医院，还来过一个急救的人。专家到里面给岳父会诊时，医生叫我们不要都进去，就在门外等。这时门口一阵乱，好多个人抬着一个人急急地上来，我见一个担架上躺着一个粗壮的男人，因为人多围着担架，也看不真，只见那个男人身上一串钥匙挂在一边，碰得担架乱响。那个男人被放在地下后，我出于好奇，就在边上听那些人东一句西一句的，拼凑起来大致明白了：这个男人是个小包工头，到年关了，工人要钱回家过年。可这个包工头是个老实人，上游公司一直没有打款给他，而下游的工人急了，拼命要钱。他等于被夹在三角债之中了。不知道里面还有什么弯子，反正这个男人一发急，就喝了一瓶农药。那时我还没见过包工头这么讲义气的。只说是包工头都坏，哪知道也有这样的。

我于是更好奇地在那里看，见那个男的，睡在担架上，人就撂在那儿，衣服掀着，肚子一起一伏的。一个医生说："赶紧交费去呀。"帮忙的人没有一个交费去。这个男人抬进来的时候，后面还跟一个女的。医生又问女的："你是他什么人？"有人帮答："老婆。"医生于是看看她，又转脸对她说："赶紧交钱去吧，先交三千元。"可那个妇女不动，说没钱。抬他来的那些人，之后都不知道又忙什么去了。这个妇女一直站着，之后就蹲在了门口。医生们于是又忙别的去了。我站在那儿，一边看看那个男人，男人肚子一起一伏，口中吐着白沫，像一条鱼一样张着嘴，大口大口喘气，不知是不是马上要死了；一边看看那个瘦瘦的妇女，妇女蹲在地上，一副无助的样子。医生也没有办法，医院说起来救死扶伤，但它也不是慈善机构。倒是有好心人催说："赶紧缴费去呀。"意思是缴了费好救人。我并不是什么高尚的人，但站在那儿实在看不下去。可能是被带了节奏，被现场感染了，思想斗争了好久，一咬牙，偷偷跑到楼梯外面，掏出钱来，数出一千块，回来悄悄塞给那个妇女，小声说："我家也有病人，我给你一千，你再想想办法，赶紧缴费，让医生好抢救。"那个妇女接过我的钱，攥在手心里，也没有说一个谢字。我也不要她谢，因为她当时已经是六神无主了。

给了她钱之后我就离开了，因为兵父这边又叫我过去。这个事情现在已经过去好多年了，说出来也没多大意思。不过说说也无妨。这么多年我也从来没提起过。现在忽然想起来，虽是题外话，也与你们唠唠吧。因为自己现在想起来还挺感动的，觉得自己挺了不起。不过说心里话，我还是有点私心，就是后来有一阵子，老关心家乡新闻，看看有没有电视寻人，找一位好心人什么的。可看了一阵子，没有，我也就放下了。

那个男人后来不知怎么样了，就一直没有过他的消息，也不知救过来没有。

苏北

2020年3月31日

张帐子

国庆假期回县里，住在父母老屋里，虽都有纱门，可是平房，人进进出出，还是有个别蚊子被带进来，潜伏在暗处，到你晚上睡觉时，便溜出来，嗡嗡嘤嘤往你脸上扑，被咬不说，还干扰得你没法入眠。我跟母亲抱怨："昨晚被蚊子咬个半死！平房不张帐子，以为纱门管用！"

母亲笑说："八月半蚊子死一半，九月半蚊子还像个金刚钻。"她又继续发挥，"马上不得吃了，到明年才有得吃呢！它不下死命吃个饱吗？晚上还是把帐子张起来吧，竹篙子现成的。"

久违张帐子的感觉了。母亲的一句话倒提醒了我，记得小时候，一入夏，大人就要忙着洗帐子——用一个大澡盆，放一大盆水，把帐子放进去，脱了鞋光脚去踩。帐子太大，手洗拽不动。孩子们最喜欢干这个活了，忙忙地跳进澡盆，用小小的脚在澡盆里跳。大人连连大声呵斥："慢点！慢点！看把水泼得！"可是孩子们并不理会。水不冷不热，小小的脚，光脚在水里踩，脚下是绵绵的纱，还是蛮快活的。

帐子洗好，在一个大太阳底下一晒，就好了。帐子被太阳一晒，脆脆的,一闻,喷香的,好像阳光本身有香味似的。

竹竿是现成的。每年冬天下帐子,都把竹竿收好。来年,用湿布抹一抹,就行了。大人们七手八脚,穿好帐管,爬上床,用细绳将四角一扎,不一会儿,便把帐子张好了。

一个冬天光着的床,忽然变出一个小小的空间来,孩子们兴奋,晚上便早早"拱"到帐子里了。小小的年纪,一个人躲在里面,想一点心事,心中仿佛便有了点忧伤。等到初中时,学校开始抓教育,我们也从疯玩的年纪稍稍懂了点事。在帐子里的床头放几本书,夜深人静时,在弱弱的灯光下看得津津有味。几个小时下来,心中仿佛集聚了无穷的能量,产生一种盲目膨胀的幸福感。

参加工作分配到外地。小小年纪,逃离了父母,还是感到了大大的自由,有一种解放了的感觉。先是集中到地区培训了半年,之后全部打散,分配到各县,绝大部分又从县里被分配到了小镇上。我们两男一女,一同被分配到一个叫半塔的小镇。我和一个朱姓的男生住到二楼顶头的大间里,女生小沈则在我们边上,门紧挨着我们的门,只隔一堵墙。我和小朱各占一半,床靠着床,而帐子的门反开,正好隔成了两个空间。那时我已喜好上文学。我们可以自由学习,各不相扰。小沈的两个大皮箱,当年还是我和小朱帮着拎上楼的。她整理东西,我们离开了。可是没有过一会儿,她又喊我们,原来是要我和小朱帮她张帐子。她床上摊的都是女人的衣服,那时我们还年轻,见到那些花花绿绿的衣服,心里跳跳的,有一种特别的感觉,动作都轻轻的,生怕碰到那些衣裳。四根竹竿扎上床腿,之后就要爬到床上,以便支起帐子来,我和小朱在她床上爬上爬下。我们长到十七八岁,还从来没有这样长时间待在女生宿舍,更没有能在人家床上爬来爬去,那种劳动的幸福感觉,使自己身体都变得轻盈,脸上更是泛上一层幸福的羞涩来。

晚上三个人一起到食堂吃饭,便显得十分地亲密了。记得小沈还为我洗过一次衣服,衣服白天在院子里晒干,晚上收回去,小沈给折得整整齐齐。她喊我来拿衣服,我进她房间,又是一股亲切而异样的气息。我透过她的帐子,见衣服整齐地叠在那里。她的枕边有一枚蝴蝶水晶发卡和一本厚厚的《安娜·卡列尼娜》。她将衣服托起,递给我。我捧着,像是捧着一件神圣的东西。我们一起同事了好几年,她就给我洗过这么一次衣服,所以我会深深地记得。

实习两个月之后,我被安排在出纳岗位,随一位叫朝霞的女同志学习出纳。朝霞二十来岁,长得小巧俏丽,人极聪明,爱笑。她教我点票子,单指单张,多指多张。她点得极快,而我笨手笨脚,她经常一把抓住我的手,这样,这样……她的手滚热,弄得我心痒痒的,很是不自在。

半年后,我被临时派到一个叫大余郢的乡划贷款,住在乡政府。去了没几天,一天中午下乡刚回来,正换脚上的泥鞋,听到门口有人喊我。我趿着鞋就往外跑,往大门外一望,就见朝霞和小沈两个推着自行车,站在门外,笑嘻嘻的,一头的汗。我一下子惊得跳起来:"你们怎么不说一声就跑来?"

她们推着自行车进来,说:"就不打电话!就吓你一跳!"

我把她们让进屋,倒茶给她们喝,她们说:"不喝了。主任让我们来,给你带了一顶新蚊帐,还命令我们俩给你张起来。主任说,小新在下面辛苦,大夏天的,可能还没有蚊帐,乡下蚊子又多,小新细皮嫩肉的,怎么受得了?"她们把"细皮嫩肉"故意侉着讲,模仿主任的口吻,说完"吱"的一声笑了。

朝霞一笑,满脸是酒窝,真叫人受不了。

找来了几根青竹竿,在院子里,要把竹节给削干净。院子里有几棵大树。一棵楝树,结得满是果子。一棵桑树,歪在那东北角的墙边。她们俩在树荫下,将竹竿收拾得干干净净。这时,朝霞叫小沈去拎一桶水,洗洗竹竿,我站起来要去。朝霞说:"你帮我把这一个竹节给削了,还是小沈去提水吧。"小沈拎个铁桶走了。这时朝霞往我身边凑凑,对我说:"过来,我对你说个话。"她一脸神秘的样子,我只得凑过去。朝霞说:"哎,小新,我问你,在下面寂寞不寂寞?"

我正没头脑,就没吭声了。正在这时,信用社会计路仓从大院外走来,没进门就大声说:"朝霞,中午在信用社吃饭,主任安排好了。下午你别走,正好再把我分户账打一遍,总是对不上总账。可能漏记账了,我打了几遍,对不上。换个人,可能一下子就找到了,不是说嘛,'换人如换刀'!"

朝霞脸上似笑非笑,做出不答应的样子:"你倒会抓差呢!我还赶回去有事呢。"

"算我求你了,好妹子。"路仓翘着小胡子,一脸的嬉笑。

朝霞丢下手里正抹的竹竿,说:"你把小新的蚊帐给张起来,我就给你核账。"

路仓假装委屈:"啊,这么大的活啊。我的蚊帐还没有人给张呢!罢了,罢了,我认了。看在你们的面子上,否则我才不给他张呢。他又不是没有手!"

正说着,小沈提水回来了,两只手轮流倒着,把一只鞋的鞋面都给打湿了,边走嘴里还边骂:"朝霞真会害人!你这个害人精!尽把苦给我吃,你看我这鞋!你看我这裤子!我还见人不!"

这时路仓反应倒快,一个大步上去,接了小沈手里的水桶,边拎桶往院里走,边气鼓鼓地说:"我又多干了一个活!"

朝霞和我,手里抓着竹竿,站在大树下,忍不住都笑了起来。

之后我们大家一齐上,捆腿的捆腿,套帐管的套帐管。不一刻,就张好了。

朝霞她们走后,晚上我睡在刚张好的新蚊帐里,望着密密的帐顶的花纹,想着白天的情景,心里甜滋滋的。想着想着,人也困了,就睡着了。

"儿子,来,把竹竿拿去!帐子给你翻出来了,晒晒张上!"母亲在院子里大声地喊。

我"哎"了一声,就走出去,准备张今天的帐子了。

被蚊子咬了几口,却勾起了一些陈年往事,让思绪倒转了一会儿。不过,回忆往事,也是蛮甜蜜的。

2018 年 10 月 5 日,国庆日

鸡跑了

年前回县里过年,一个朋友非邀请去他那里玩一下,那时还不知道疫情这个事。朋友在全椒乡下养龙虾。全椒也许许多人不晓得,但《儒林外史》许多人是知道的,写《儒林外史》的吴敬梓就是全椒人。吴生前无名,几百年后又是故居又是纪念馆。朋友在全椒一个叫章辉的乡村中学教英语,业余承包了一块荒地,从事龙虾养殖,已养了几年了。

去年也是冬天,几个朋友一起去过。一大片荒滩,下过一个高坡,在坡下一处空地,建了几间红砖瓦房,门前栽有几棵小树。场地很大,养了鸡和狗。房后一大片水面,水很浅,有几十亩,水边有已败了的芦苇和蒲草。芦花洁白,蒲棒通红。有许多蒲棒已经炸开,轻薄的蒲絮在空中漫飞。小龙虾是一个也见不到的,因为这个时节它们还很小。朋友找来一个带把的大网兜,叫我到浅水中去捞。我下死劲贴岸边捞了几回,除了一些淤泥和杂草,什么也没有。朋友眼尖,在那一堆烂泥中找出几粒活物,放到地上,竟也活蹦乱跳,那便是小龙虾的幼崽了。原来通红的小龙虾,小的时候,竟是这么小,只有米粒大小，周身透明。如果不是一乍一乍地乱动，外行人根本看不出来是活物。

朋友说，养了几年了，一直不太景气。有一年眼看丰收，结果一场大雨，塘水漫埂，龙虾跑了好多。幸好政府补贴了一些，否则就亏惨了。去年冬天我们去玩，借我们的"巧"手，一网下去就是好些，预示今年肯定丰收，果然今年收成极好。"你说，我能不再请你们过来？即使不谈感谢，也还要借你们带来好运，好明年更旺。"哈哈，原来他是这个原因。这家伙，还鬼精鬼精呢。

于是一到他家，就出门到塘边溜达。先沿着他围了的水面走上一圈。冬日乡村，虽是清冷，可日头正好，走在旷野上，人还是极舒服的。更何况塘埂上尽是巴根草，虽已枯黄，可极平整绵厚，仿佛老兄给我们铺了一层厚厚的迎宾地毯。头上天空明净，冬日的小风，清凉醒脑，眼前的芦苇和蒲草，伫立或者倒覆，都有一种别样的味道。更有老兄散养的一群鸭子，"呱呱呱……"地为我们齐声歌唱，这一切如入画境，岂不是一幅元人小品《乡村冬景图》？

他家的那只小黑狗（还有一条大狼狗拴在屋后），我们走时，就一直跟着我们，跑跑停停。走到鸭窠时，小狗对着一群鸭狂吠。朋友熊它："别乱叫，鸭子都给惊了，蛋乱生。"我们问："鸭子都生蛋啦？""耶，秋天下了好多蛋，都下在塘里，东一个西一个的，难找，好多蛋就丢了。"回到屋后，依然找出那个网兜，我又使劲在水中推。这一次感到肩上担子好重，不能辜负了朋友的重托啊。还好，还是捞出了几只小龙虾，于是大家哈哈大笑："明年又是丰收啊！"

回到屋里，朋友老婆给准备晚饭。反正每次来都是好饭，不是土鸡就是土鸭。朋友拿出红纸，叫给写副门对。我正练字成瘾，闲着也

是闲着,于是揎衣捋袖,抻纸倒墨。同去的朋友扬子乃一才子,我即命他拟句。他叼烟搔头,没一刻钟工夫,便拟出两句:

门前池浅鸭遗蛋
漫步田埂狗撒欢

横批:龙虾满塘。大家发一声"好",我便提笔录下。朋友说:"还有内室,还要一副。"扬子有点犯难,紧搔短发,愁眉苦脸。不一会儿,又是一联:

屋前几棵小矮树
室内一对老鸳鸯

横批:陌上花开。大家哈哈大笑。朋友不好意思,嘴咧咧的,说"都老头儿老太了,还鸳鸯呢,不行不行。马上儿子回来了,看到笑话。"口中虽这么说,可心中极美,嘴都有些歪了。我毫不犹豫,提笔就给录下。边写边心中得意,为有这样的朋友而得意。

晚饭依然是满盘满碟,大家边吃边喝。夜晚的乡村,伸手不见五指,可星星布满夜空。饭后站在屋前空坪,仰望星空,恍然生出一种隔世之感。

第二天一早告别,朋友又是一番盛情,给了一大袋糙米,说:"这米自家吃哦。"又逮了一只小公鸡和一只老鸭,都是活的,装在一只大编织袋里,放到了我的车上。我再三推辞,也没推掉。

作别离开,相约明年再来。车上了高坡,眼前立即辽阔了起来,那三间红砖瓦屋,越来越小。从他这里到我家的县里,还有近二百公里。我在乡村道路上行驶了几十公里,便上了高速。

车上高速,速度就快了。可那两只鸡鸭,一直在车的后座下叽叽咕咕不停,而且不时挣扎一下,弄得我不能专心开车。于是我便想下到省道走,也可从我曾工作过的半塔古镇一过——那镇上有一座烈士陵园,我十八岁在那儿工作时,经常在夏天黄昏与同事在里面散步——想着一个路口,便下了高速,取道我也走惯了的老路。这一来车速便慢了下来,我也可以随时停车。于是我便将车停在路边,把叽叽呱呱的两只活物请出车,给扔进了后备厢里。

开了一路,我便在想:不应该要朋友的这两只活物,平时自己虽不是佛教徒,但看见有眼睛的东西,都会从心中生出欢喜来。比如鸡鸭,你要是直接拎了杀好的回来,也就罢了。"鸡鸭鸡鸭你莫怪,你是人间一盘菜。"可是你弄了一只活的,再和它相处几天,就会有感情。你会发现这些动物,也很聪明。它们不但生得美丽,而且也颇有灵性。有时你看它们眼睛骨碌骨碌的,就知道它们是聪明的。

想到这里,我便担心了起来:后备厢密封,鸡鸭闷死了怎么办?又想:不会的,车拉风呢,后备厢里有空气的,瞎操个什么心?又想:它们渴不渴?这几个小时下来,一滴水没有,会不会渴死?这样想着,我自己倒笑了起来。记得早先看过一则笑话,是《世说新语》里的,说一个叫沈屯子的人看见一个农民扛着一根大毛竹进城,他便担心死了。这毛竹这么尖,戳到人怎么办?街巷这么窄,他拐弯怎么走?他就这么没日没夜地想,终于想成了忧郁症,家里人找了医生给他瞧,瞧不好。他自己倒是说,若要我病好,除非这个农民毛竹没有戳到人,"负竹者抵家"。

我是不是也要快成了这么个人了？这样想来想去，心中更记挂起来。一路想着何时下来看看，看看它们是不是真给闷死了？这么想着，心中便起主意：到半塔时，下车休息休息，看看烈士陵园，也正好顺便看看鸡鸭，它们是不是也安然无恙？

车到半塔已近中午，半塔还是我从前在时的模样，只是多出了纵横几条马路，烈士陵园修了个高大的门楼。这几年我也偶尔开车从这儿经过，路还是熟悉的。于是我把车开到陵园后门，那里也有一些人家，我也好要点水给鸡鸭们喝喝。

停好车，我拉开后备厢，提出那只大编织袋，鸡和鸭在里面叽叽呱呱呢。哈哈，你们还活着，看来你们生命力还挺顽强呢。

我解开编织袋，敞开口往袋里看，那两个家伙正蜷缩在袋底呢。那只公鸡，血红的冠子，我看它时，它的小脑袋一格一格动了几下，好像有点蒙。后来便把袋子放下，到车内找了一只纸杯，正好路边人家有一个水池，我就舀了半杯水，把杯子伸进袋中，叫鸡喝水。可是那个鸡不喝，我想它肯定是有点怕。于是我便把袋口放低一点，这样好让它能把头伸进去喝。可是那鸡动了动脑袋，忽然一下从袋子里跳了出来。我一时愣住了，赶紧将袋口扎上，那只老鸭还卧在里面呢。那鸡刚跳出来，就站在那儿不动，估计还有点蒙。等我反应过来，去逮它，它开始向前迈着步子，走了几步，高高地抬着腿，有点试探的样子，也许是腿麻的原因。

这时我丢开杯子，才想起来要去捉它，而它则迈开长腿开始跑。它先是跑跑停停，我跑跑，它跑跑；我停停，它停停。后来就越跑越快，越跑越快，先是在土路上跑，后来一转头，跑到了烈士陵园里去了。先在甬道上跑，我撵。后来它钻过绿化带，进到了小树林，我撵。

陵园里都是杂树,有些已经好大了。我就撑进了树林,树林里枝枝绊绊,又是杂草丛生,更不好撑了。刚开始还能看到它,几次差点撑到,我弯腰去捉,已经捉到,可还是差一寸让它跑了。就这样来来回回,跑了半天,把我这六十岁的老汉跑得够呛,累得半死。最后它跑过一片低洼的地方,在枯草和藤藤绊绊的杂树枝里一钻,便不见了。之后我再也没能找见。一只鸡,一只小公鸡,就这么转眼没了。

凭良心讲,这还真是一只不错的鸡。它高高的个子,两条大长腿。可以说是挺拔颀长,是一只美丽的公鸡。它跑起来就像是短跑运动员那样,高迈腿,一纵一纵的,很是轻盈从容。

唉,一只小公鸡就这么跑了。我站在那里,想想朋友的盛情,想想自己的可笑,脸上忽然露出一种奇怪的表情。我忽然觉得,辜负了朋友的一番美意。我的这位朋友,姓李,名厚广。为人性情,亦如其名。

2020 年 4 月 10 日

飞机上的一个姑娘

一

在飞机上，遇到一个姑娘，她的脸蛋、眉眼都非常漂亮，笑起来一脸的快乐和青春，让人看了心里欢喜。她在我的前面几排给客人倒饮料和茶水，轻言慢语，满脸快乐甜蜜的笑，我就一直抬头看着她。看着她快乐、从容，又极其有条理地忙来忙去。她手指纤长，一会儿橙汁，一会儿茶水，一会儿低头问这位客人，一会儿侧身问那位客人。我见她手上戴了小巧的银色戒指，戒指戴在无名指上。她推车走到我的座位前时，我指着她给我递茶的左手的无名指说：

"你有戒指戴在这儿了？"

她说："不就应该戴在这儿嘛。"

我指着她的手的中指："应该戴在这儿。"

她听懂了，笑着说："结婚啦就戴在这儿啦！孩子都上幼儿园了。"

我马上接话："是老几上幼儿园啦？"

她笑着说:"就一个。"

她推着一车的饮料和茶水到了另一排,我转头说:

"小王,你笑起来特别漂亮,马上叫深圳的那个科学家按照你的样子造它几千个。"她胸牌上有名字,她叫王蕾。

她又甜蜜地笑着:"谢谢。谢谢。"

这几天,正有一个大新闻,说一个深圳的科学家用基因排序的方法,直接造出了两个婴儿。

二

过一会儿,又送餐了。小王又推着餐车过来,从第一排,一个个地问:"先生,您是要猪排饭还是鸡丝面条?"有要饭的有要面的,她一个一个地配上面包、小菜和餐具送上。

将小车推到我跟前时,她问:"要吃什么?"对我的态度明显更亲切了些。

我说:"现在吃还太早了些。"我看了一下手表,四点二十分,"五点可以吗?"

她说:"要是现在不吃,我把你的放到保温箱里去。可是五点来不及啦。五点飞机已经下降,小桌板都要收起来啦。"

我说:"要么,那就吃了吧。吃米饭。"

她给我端过来餐盘。

吃完饭,我想喝点茶,正好一位年长些的空姐过来,我说:

"要一杯茶可以吗?"

她和蔼地说:"可以,稍等。"

她转过身来,小王已经开始第二次的茶水服务了。她让小王给我倒了一杯茶水送来,我低声问小王:"我的手机可以在你那儿充一会儿电吗?已经快没有电了,只有6%了。"

她说:"不行。飞机上的电源和地面上的不一样。我们只有给吸尘器充电的电源,怕把你的手机充坏了。"

我说:"那只有下飞机到机场大厅充了,否则接我的人找不到我了。"

她说:"候机大厅应该有的。"

我说:"可是我是出站啊。"我想一想说,"应该有的,充十分钟就可以了。"

她点点头,表示同意。

小王来来回回服务,坐在我边上的一个老者一直在睡觉。飞机因大雾误了一会儿,刚开始时,小王就过来轻轻地对他说过一次:"局长,我们机长说十分钟就飞。"

那花白头发的老者点点头。我不知道这老者是个什么人。因为我们中间的那个座位一直空着,不知是因为他的原因,这张票不卖,还是这个座位的客人误机了。我推想,也许就是因为他的缘故,这个座位才空下来的。我们本来就是商务舱,这一下更舒服了,身边没有了一个胳膊蹭来蹭去,这就是头等舱的待遇呀。

这一会儿老者醒了。他倚在窗边,一直不吭声,将两只脚一只插在一边的椅子缝里,一只搭在这一边的椅子磴上。我想,这个动作想必是舒服的。

见老者醒了,小王走过来,将刚才老者睡觉时她放在小桌上的一张卡片给拿走了(这张卡片是干什么的?前面我忘了拿起来看一看了),她低下身问老者:

"局长,刚才您睡觉。您现在需要喝点什么?还需要什么吃的,我给您准备。"

老者说:"喝点茶吧。"

小王又说:"给您一点点心?"

老者点头。

不一会儿,小王送过来。老者拿起茶水,慢慢地喝完了。点心并没有吃,而是将点心盒放到那个空座上了。

不一会儿,那个年龄稍大些的空姐又过来,还是那个话:

"局长,刚才您睡觉。您现在需要喝点什么?还需要什么吃的,我给您准备。"

我则笑着代局长回答了:"已经喝过了。吃的也有了。"

这位空姐说:"你们是一起的吗?"

我说:"是,我是他的警卫员。"

她说:"噢,两位一起到大连是吧?"

这个飞机从海口起飞,经停南京,再飞大连。

我说:"我到南京。"

那个空姐笑了:"骗我。"

我说:"我只负责一段,我负责到南京。"

"谢谢。"她笑起来,转身走了。

2018年11月29日,记于海口到南京的飞机上,12月1日抄于天长家中

三孝口记忆

我原来很忙,从三孝口总是匆匆而过。我现在不太忙,有时就在三孝口发发呆,有时周末,能在三孝口待一个下午。

我喜欢三孝口。

我和三孝口周旋久矣。

我二十年前来到合肥,就一直在三孝口上班。再之前的五年一直在县里。中间五年借在北京工作。虽然借在北京,可待时间长了,仿佛自己就是北京人了。初到合肥,还有点兴奋,觉得自己埋头瞎闯,竟然从县里混到了省城。可没过多久,新鲜感没有了,觉得这个三孝口,是省城最重要的路口,可是就这个水平。——从管理水平到建设水平,真是不敢苟同。那种乱象,大约是一个普通地级市的样子。

可是,谁叫咱合肥"前世不修"呢,既不是古都,又不是沿海。刚解放还是个县,你说能有多少人物在此活动过?能有多少遗迹让人去凭吊、回味?说严重一点就是个平庸的城市,是一个平平常常的老百姓过日子的中小城市。

可是咱合肥人不甘，一心要改变合肥模样。经过近二十年的改造、折腾（此处非贬义），现在的三孝口已经非昔日三孝口之可比了。

我是看着三孝口变化的，也是看着三孝口"长大"的。

水泥路。三板块（快、慢、行人分开）。广告牌。天桥。沥青路。快慢一体化（小汽车上了人行道）。拆广告牌。拓宽。再地铁建设。反正二十年没消停过，以至出现了一个并不好玩的笑话：一个农村青年在合肥打工，多年没有回过老家。每年春节给母亲写信，都写我在合肥修路，长江路改造建设工期紧，今年就不能回家过年啦。希望妈妈能理解。

青年在三孝口建设了二十多年，我也将人生的最好时光留给了三孝口。我不敢说，三孝口的每一寸土地都有我的足迹，但我敢说，三孝口每一丝变化都有我的见证。我在三孝口流连、踟蹰久了，也有我私意中十分爱恋的地方：书店、邮局和永和豆浆。

三孝口书店过去似乎叫科教书店。现在叫什么，我也说不好，大约新华书店吧。它的样子倒是在不断地变化，从一排排书架的传统模式，到有休闲吧、咖啡吧的现代模式，灯光也从传统的日光灯到现在非常绚丽的LED，整个的布局是从看书的功能往休闲的功能上靠拢。可是也是有许多读者不理会这些的。比如我，只是买书。我在三孝口书店当然是买过许多书的，只《红楼梦》就买过许多套。过去是买书，后来自己写书，也在这个书店参加过许多活动，我的书也在这个书店的书架上出现过。有时自己一个人逛，会偷偷地走过那一排书架去看看自己的书。一个人在书店拿起自己的书总给人一种怪怪的感觉。所以抽出来看时，都先瞅瞅有没有熟人。在书店里翻看自己的书会有一种羞愧的感觉。这种感觉不知因何而来？

邮局更是熟悉了。三孝口邮局像是我家的,寄信、寄书,取包裹,取稿费……邮局的期刊门市部更是一天去好几遍的。从此经过,都得探头瞄一瞄,看看期刊有什么变化(我一眼可以看出新增加的)。有时进去翻翻,从目录到内文,都看一看。有一回那个穿绿衣裳的中年男子不高兴了,吼我,叫我不要乱翻。我给气坏了,立即给买了下来,并且嘴里叽叽咕咕:"买个书还受你气,我又不是没有买过……"

豆浆店我吃了好几年。过去没有私家车,坐公交下来就是永和豆浆店,要一杯豆浆,买一根油条。下班了,公交车挤,我则到豆浆店坐下,慢慢喝上一杯,透过店里的大玻璃窗,看街上杂乱的、匆匆的行人,像隔着一个时空看世界。

三孝口在慢慢的变化中。它不知不觉地悄悄地变化着,终于,终于,地铁通了,三孝口有了四个地铁的出入口。那天试运行,我并不坐车,也跑到地下转了一圈,从东南口进去,从西北口出来。仿佛自己跟自己做游戏,仿佛自己生了个大头儿子(孩子),自有一份喜欢。

过去是匆匆走过三孝口,现在我则喜欢坐在三孝口,有时从黄昏一直坐到天黑下来。看三孝口卖饮料、烟酒小店门口打牌的人们。他们也是打掼蛋,可是是三打一。那个牌打得个精,从抓牌就能看出。他们抓牌,从不一手摊开。抓一张,插进去,抓一张,插进去。待牌抓完了,捻开一看,大小牌插得好好的,再一番整理,即把牌给合了起来。你出牌了,他捻开抽一张;你出牌了,他捻开抽一张……就这么一局牌打完。你歪头看呆,看半天看不明白。他们打牌带点彩,但不大。他们打得认真,不吵人。

有时我也靠在长江路人行道的黑色的栅栏上,看街上车来人往。修完地铁后的长江路变得漂亮了。现在合肥变大变高了,政务新区、滨湖新区、高新区、经开区……都变得十分美丽,可是长江路,说它是安徽第一路,现在终于可以自豪地说:名副其实了。

夏季的时候,一天忽然一场暴雨下来。那雨来得急,漫天漫地,雷声喇喇,人们都跑着去躲雨。暴雨很快停了,天又放晴,新出的阳光刺眼炫目,一场暴雨过后,一个崭新的三孝口,一个崭新的长江路又开始有序地运行。我看着远处的天边,夜幕降临了,路灯渐次亮起。远处高楼的霓虹灯也在天幕边拉开,城市的夜晚开始了。夜晚的城市变得更加迷人。

此时,地铁正从长江路的下面呼啸而去。

合肥,这座日新月异的城市,正以一种前所未有的速度,展示在世人面前。

合肥,我为你自豪,我为你骄傲。

水墨宏村

说水墨宏村就像说女人像花一样没有新意,就像是说村头的柿子树上的柿子像挂着一个个小灯笼一样不新鲜。可是怎么说呢?只有说"水墨宏村"才是发自本心,才是我眼中宏村的样子。比喻确实是难打的,一个准确的比喻也是不易的。

你看,随便"咔嚓"一张照片,冲洗放大了,挂在墙上,就是一幅画。你每天看,依然是喜欢,依然是看不够。那远处的山,该怎么表达呢?是黛色的,"黛"字本身就是很美的字,更何况本来就是黛色。那黛色的群山就那么浓浓淡淡地围着村庄。不远不近,不高不矮。高了险了,就显得压抑,堵得慌。矮了小了就显得小气,没有气势。仿佛是有一只神奇的手摆好了似的,那些山像屏障,像靠山,像背景,恰恰当当,正正好好。眼睛再往下一点,往前一点,那些村庄的白墙黑瓦、飞檐、马头墙,层层叠叠地映入你的眼帘,那也可以说,是由灰和白组成的世界,可是又是那么丰富,那么恰到好处。请将眼睛再移到近前些,呀,就是一泓清亮的水。那便是宏村村头的南湖了。湖边密密地被树围着,那是些垂柳,湖上有桥,是那种月洞般的拱桥,它横跨在湖上,有游廊般的石磴连着。村口的两棵有五百年历史的大树,一株银杏,一株枫杨,都是四五个人不能抱得过来的。一个地方古不古老,老树就是最好的见证。湖里有半湖的荷,虽过了着花的季节,可那青青田田的叶子,远远看去,还是让人心生诗意。

这就是我眼前的一幅画了。仿若我在村中的椿和堂所见的一副对联:

青山不墨千秋画
绿水无弦万古琴

其实在宏村,你每天面对的就是这幅画。春天有春天的样子,冬天有冬天的样子,夏天是夏天的样子,秋天又是另一番样子。叫你永远看不够,真的可以美死你。

宏村,怎不叫人爱你呢?

宏村我是来过很多次了,但大多是浮光掠影,匆匆而过。我没能于清晨踟蹰于宏村的街巷,更没能深夜驻足于宏村的楼头。其实说穿了,我还是不熟悉它,不能明白它的肌理。下午在村子里走了一遭,依然是记忆中的样子。南湖书院、乐叙堂、敬修堂、承志堂、树人堂……走过每一条街巷,走进每一座民居、祠堂,都是那么地令人感到神奇。那些曲曲折折的街巷,你即使来过十次,也是要迷路的。每家每户的门口,都有活活的流水,这就是宏村著名的"水圳"了。它建于明朝的永乐年间,至今已有了六百年的历史,被村民们俗称为"牛肠"。它是祖先利用自然山水做文章,在宏村的上游河上拦水筑坝,用石块砌成人工水渠,引水入村。水圳九曲十八弯,经月沼,最后注入南湖,流出村口,再灌农田,浇果园。一泓活水,穿堂过屋,流经宏村的每家每户,就使村庄有了动感,仿佛村庄总是滋润的、清凉的,有灵性的。

那些建筑精美的民居、祠堂,就是一个个建筑工艺博物馆。乐叙堂的"五凤楼",承志堂的绣楼,树人堂的木雕,无不令人称奇。徽州"三雕":木雕、石雕、砖雕的艺术,在这里得到了美轮美奂的体现。乐叙堂的前院,进门抬头一望,就见一座四柱三间五分的贴墙门楼,那种恢宏,大气和精美,真是难以言表。徽州有"千金门楼四两屋"之说,说明徽州人家是非常看重门楼的。门楼,是门面,是体面。承志堂可谓"民间的故宫",三雕艺术精美绝伦,充分展示了新安画派和徽州版画的艺术根基,横枋的一幅《唐肃宗宴百官图》,在长两米的木雕图案上,有三十多个官员或站或行或止,姿态各异,那些官员有下棋的、弹琴的、看书的、作画的,东西两角,还各雕有一用人烧茶和一理发师正为一官员挖耳朵,在仅六七厘米的额枋上雕出七八个层次的画面,人物之立体,构图之巧妙,形态之逼真,真个是栩栩如生。而在承志堂的西侧,有一块三角形的余地,建了一座非楼非阁非亭的建筑,俗称"鱼塘厅",盖因天井下有一汪鱼池,坐在"美人靠"上,可以凭栏观鱼,贴水的一边墙上设有一石雕漏窗,雕的是四只喜鹊,又称"四喜图",那喜鹊有跳的、叫的、睡的、飞的,活灵活现。石头是最坚硬的,也是最脆的。能在坚脆的石头上,雕刻出如此绝伦的作品,不由得让人叹服,中国有句老话,"石头终于开花了"。在宏村,真是应上了。

"三雕"的图案,花样众多,以蝙蝠、寿桃、铜钱组成的"福禄寿",以传统故事为题材的"三英战吕布""董卓进京""战宛城",再如"双龙戏珠""草龙托寿""福在眼前",等等。总之,表达的是一个平安、富贵和吉祥。

宏村尽管博大、丰富而悠远,但总的来说,离不开这些元素:白墙灰瓦,高高的飞檐,错落的马头墙,精美的雕刻,古旧的厅堂,对额,花瓶,香炉,花园,天井,石墩,盆景,南天竹,梅,广阔的田野,黛色的群山,碧蓝的天空,悠闲蓬勃的白云。

我有时坐在那些人家并不宽敞的客厅的八仙桌边的太师椅上,透过天井,望着远处的蓝天白云,竟然会生出一种莫名的怀古的感觉。我抬眼望去,近眼前是一副对联:

云淡峰浅雾稀山碧
烟静潭深风柔水清

或者是:

嚼诗书其味无穷
敦孝悌此乐何极

黄昏了,我走出村巷,坐在村头的大树下,看着村口热闹的场面,看着村道上来来往往的游人,看着那些错落有致的飞檐和马头墙,仿佛自己穿越了时空,回到了几百年前的南宋。就那么坐着,坐上一个时辰,把自己坐成一个十足的看客。那些行色匆匆的人,在我眼前就成了风景。

夜幕降临,宏村的晚市开始了。晚市就在村口的两棵大树下。

卖各种工艺品的、卖梅花糕的、卖芝麻酥的、卖黄山烧饼的。一个红脸膛的、谢了顶的壮年老汉，满脸快乐，在卖一种蟹壳黄烧饼。"蟹壳黄"，顾名思义，即烧饼的颜色、大小如煮熟了的蟹壳一般金黄。他还在摊前竖一块兼有图文的广告牌：本摊烧饼曾上过中央电视台、《人民日报》，它由上等精面和徽州当地特有的净肥膘肉、梅干菜经精良传统工艺而制成，酥软可口，香脆兼得，有"落地珠散玉碎，入口回味无穷"之美称。

在来往的人群中，一只黄色的小狗趴在路中间。它将下巴贴在地上，不时也左右看一看。对于行人和快速行驶的摩托，它是视若不见的，正如下午我在承志堂所见的一只大狸猫，对所有抚摸它的人都不慌张，那么气定神闲地趴在一块青石上。它们已见惯了这些人来人往的景象。或许，它们也是喜欢热闹的，对于人和这般热闹的市井，都是有兴趣的。

我喜欢黄昏的样子。也期待宁静的夜晚，照拂这个几百年的古老村庄。

2018 年 10 月 20 日

红莲与白莲
— 看荷记

曾看过一篇小说,写一个画家画荷,里面有一句话:"红花莲子白花藕。"是说开红荷花的结莲子,白荷花的才结藕呢。

我哪里知道这些知识。只是记住了这句话。

前几日在肥西的丰乐和山南,见到了大片荷池,一曰万亩荷花基地,一曰长庄太空莲基地。前者满池红莲,只收莲子;后者白花朵朵,专为采藕。

哦,原来几十年藏在心里的这句话,在这里得到了印证。

我是喜欢看荷的。曾在河南的淮阳和河北的白洋淀看过荷花。在这个盛夏,我却在家门口的肥西丰乐镇,赏到了荷。

丰乐亦称凤落,据传很久以前有一对凤凰飞落于此而得名。丰乐河流经古镇而入巢湖。其"十景"之一,就有"虎嘴塘荷",想必"荷"是有其历史的。

是啊。眼前的万亩荷园一望无尽,正应了"无穷碧"的景。荷合该是夏日的。在这长夏的乡村,远树环绕天际,长空辽阔,百虫鸣唱。这一大池的荷,一大池的碧,仿佛是这个寂寥夏日的盛装。走进荷园,一丝清凉拂入眼幕。荷池中,也是气象万千的,池边的荷,伸手就能抓着。水边的野草,和偶尔冒上岸边的小荷,仿佛顽皮的伙伴,要"挤"到一块才好。而那密布在水中的小小浮萍,和刚冒出水面的"嘴",组成一幅静物小画。小"嘴"三三两两,好似说好了的,比赛着往上蹿。而那种绿的"嫩",则是少年般的、让人怜爱的、心软软的一种色彩了。"嘴"稍高一点,就卷得伶俐,似要展开,又有点含羞。它们也学着那亭亭玉立的大荷叶的样子,仿佛在说:"我要比你大!"

一池的荷一片连着一片,伸展到远方。抬眼望去,也正如朱自清先生所说:"弥望的是田田的叶子。"在这田田的碧色中间,藏着一朵朵的荷花,皆为粉红:打着朵儿的,半开着的,盛开的……

这都是要结莲子的。当然,荷的周身,都是宝:叶、茎、花、莲子……

在村里种植合作社,我们见到那些荷叶,正在被加工成荷叶茶。社员们将新采的荷叶,洗净叠好,传输到一个专门的机器切碎,直听得"咔嚓咔嚓",在机器的另一头,就出现了邮票大小、方方正正的叶片。之后再进行烘干,再之后就成了圆圆的、一粒一粒的荷叶茶了。

在合作社的展厅,我们每人一杯,品尝新制的荷叶茶。我闭目深情饮了一口,真是清香了得。当然还有一点点的清苦,但这样的清苦,是有益的。我身后的展架上,密密地摆放着各色包装精美的成品:莲子心、荷叶茶、藕粉。我发挥想象:这些产品,要是走到大都市的精品商店里,绝对就是高档的绿色环保饮品了。

这间简陋的展厅还兼做办公室,我见一张桌上放着会议记录,一页记道:

荷叶已到旺盛期,近期要做好荷叶采摘的准备。荷叶采摘,要求荷叶鲜嫩,无虫害。加工注意质量和卫生安全,希望本年度有一个好的产量和销量。

在另一页上记着:

为了进一步推动乡村振兴,肥西莲藕协会近期准备开展一次留守妇女莲藕种植技术培训,以提高留守女性的创业技能,请广大妇女踊跃参加。

长庄的太空莲(此莲种子曾上过太空),又是另一番景象了。一池的白荷,在轻风下摇曳。每一支箭都蹿得老高,骄傲地凌驾于绿叶之上。箭上的朵,未开之前,都镶着一圈粉红的边。完全盛开了,才发现它是洁白的。我们走在栈桥上,置身于满池的风荷中。不免想起《红楼梦》里的一句话:"芙蓉影破归兰桨,菱藕香深写竹桥。"

在这片荷田的不远处,在村庄的后面,还有一片正在种植的荷田。据说其中一块,种植了霸王莲,荷叶直径六尺有余,其上可坐一婴儿。

我一个人从村庄往那片荷田走去。一路夏日的乡村风景将我包围:高大的杨树簌簌作响,仿佛神灵在空中碎语;村头到处开放着的女贞,香满田野;村庄里的百日菊和村庄外的野萝卜花竞相开放。

见到了大片的高高低低的荷田了,只是还没有种植,水里面只有零星的荷叶漂浮。每块田里都插着一块牌子,上面写着些好听的名字:千堆锦、水绿苔、太真出浴、红千叶、西施浣纱、粉仙子、大洒锦、东湖夕照……有六七个穿红着绿的妇女在田里劳作,她们手持一把铁锹,在翻河泥和薅荒草,我与她们搭腔:"这么热还薅草,辛苦啊!"

她们答:"不辛苦。这些草和荷争养分呢,等荷出来,它们就长不起来了。"

我见她们穿着齐膝的长胶靴,在水中快乐地忙碌。蓝天高高远远,夏日款款的凉风从田野上刮过,我真心地以为她们是热爱着这份劳动的。

"一天能挣多少钱啊?"我在田埂上边走边问。

其中一个答:"一百块吧。"

我说:"不多啊。晚上回家累不累?"

一个说:"也不少啊。不累的,劳动惯了。"

在田头上,还摆着花花绿绿的许多盆子,里面有水瓶和茶杯。大约劳动累了,就上来喝点水,吹吹风。她们的神态告诉我:她们把种荷不当成苦累的事,而当成是一种美的工作。

走到霸王莲的池子边,见霸王莲还没有长大,不过也有些样子了。

我站了一会儿,就走回村里,想着过些日子再来。

2019 年 6 月 19 日

有个公园，叫花溪

我去过很多公园。小时候还觉得公园很好玩，长大后再去，就忽然觉得很没意思了。南京的玄武湖、扬州的瘦西湖、杭州的西湖和济南的趵突泉，小时候都去过，长大后再去，小时候的新奇感觉一点也找不到了，只感到闹得慌，多愿意坐在一块石头上抽抽烟和聊聊天吧。

而有一个公园，我却极喜欢，我已去过三次了，每次去都流连忘返，不忍离去。这个公园，就叫花溪。

花溪公园在贵阳的南郊，第一次去竟然是和一同事坐公交，仿佛是贵阳的一个市民。那时路不太好，一路颠簸拥挤，倒也快乐。进入公园，真是非常之新奇，它和我们在别的城市看惯了的公园完全不是一种气象。怎么说呢？因为高原天空的一种特有的明净，使得山川、河流和树木，有了别一种清亮和透彻。

花溪当然是以水著名的，否则便不能叫作花溪了。流经花溪的水，啊哟，怎么说呢？那真真叫人可喜和心疼。说穿了，为什么我总是看不够？是被那或流动着的或静止着的一股股、一潭潭的水所迷惑了。小时候读朱自清的散文,写到绿,说是"碧你的眼"。花溪的水,当然是"碧你的眼"的。我们生长在平原,从小就没有见过"碧你的眼"的水。几十年后,到藏区、到九寨沟,见到那些"海子",才知道"碧你的眼"是什么样的。我们童年所见的河流,大约只能称为"碧清",看《红楼梦》第三十八回,大观园里的一群姊妹在藕香榭游玩,凤姐说那河里的水"碧清的"。"碧清"和"碧你的眼"还是不一样的。具体去说,也说不清楚,只有见到才能明白的。看花溪的水,那一潭潭的,一股股的,才叫"碧你的眼"呢。

花溪的好,因为有山,有高高的蓝天,有舒卷着的白云,有树,有草,有活的溪水,有入耳的、清亮的水声。陈毅元帅有一首诗是极好的:"真山真水到处是,花溪布局更天然。十里河滩明如镜,几步花圃几农田。"这是对花溪很准确的一段描述。

说花溪或者"十里河滩"是真山真水,是一点也不错的。我要说的是,不仅是真山真水,而且还是真天真水。西湖有山,昆明湖也有山。而天,那是清澈透明的天,那是真正的蓝瓦瓦的天,洁白洁白的云。那种云和天还是悬空着的,即云是悬在天的半空,而不是贴在天上。这种美,在内地,是很难见到的,而在花溪的天空,是稀松平常的,是随时可以见到的。而水,更是无话可说的,你即使用百分之百的纯净水,也模拟不出花溪水的活泼、天真而有野性。那溪水真是百变女郎、百柔成刚,翻过堤坝是一番模样,漫过河滩是一番模样,跌入深潭是一番模样,它真的是动若脱兔,静若处子。一切的一切都可以倒映在里面。倒映在里面的一切的一切,又是另一番姗姗可爱的样子,山的、云的、树的、苇草的,以至一只小鸟的,一只蝴蝶的……这时你才知道,这个世界上的天光水影是如此之美。

去年我和爱人去昆明,途经贵阳,我们专门停留了二日,好去看看花溪的模样。与过去两次不同的是,这一回我们多徘徊于十里河滩。我是第三次来到花溪了,而我的爱人,却是第一回。她本来出门就少,因此对这个世界上的所有事物都充满好奇,而在花溪面前,她都变得有些天真烂漫和美丽可爱了。是花溪映照了她,还是她映照了花溪?这些我们已无法追寻了。要怪,也只能怪花溪:你这厮,用那活泼和无赖的个性,天真而充满野性的脾气,山野里浪来的调皮,以精灵般奇异的魔法,调制出了这么一番古怪的美丽来吗?

　　我们是久久不愿离去的,一直徘徊于花溪的水边。黄昏降临了。那是怎样的景象?是谁调制出如此神圣的色彩,来勾引得我们灵魂出窍?金色的夕阳洒满远处的山头,空中的树梢又是怎样的色彩?半池的溪水像是倒进了五颜六色的珠宝,又像是几百种的缎匹撒入水中。那长天的色彩瞬息万变,一错眼便是一副模样。渐渐地,暮色降临下来,一切的一切,都暗了下来,那又是一副怎样安静的景象,像一个亲爱的孩子进入了梦乡。

　　……

　　花溪,我还是要再来看你的。

2019 年 3 月 15 日

被宣城的美所困扰

一

在宣城几日,被山、被人、被水、被纸、被美食……缠扰,深深地沉浸其中。皖南还是美,真正是美,四季都美。我有幸生在安徽,一生常常去皖南,真是人生之大幸。生活在皖南的人们,你们幸福吗?

被人困扰是被这三个人:谢朓、李白和石涛。被山困扰是被敬亭山。被水困扰是被青弋江、宛陵湖。被纸困扰是被宣纸。被美食困扰……唉!这个就不用说了,徽菜的大本营不就在皖南吗?我这里的困扰不是烦恼,而是有这么三层意思:这些人为什么这么妙?这些山、这些水为什么这么美?这个纸为什么这么神奇?我是赞叹造化之弄人、先人之聪慧和没有办法去描述的这些山这些水。

石涛这个人,凡读书之人多少知道他一些,知道他是个大画家。但对一般人来说,说个所以然,是不能的,如我即是。有一年在西安,转博物馆转迷了,结果买了一堆的画册,真是一堆,有一百册,以为每本都会看,可是回来一本也没认真看。其中就有两本石涛的画册,翻了翻,知道他是一个和尚。如此而已。这回在敬亭山的石涛纪念馆,看他的生平和画作,原来他就在安徽生活了十五年!在宣城生活了十五年!这个十五年,把我给惊着了,他不就在身边吗?为什么不去了解他?

石涛当然聪明绝顶,为画坛一代宗师。但他并不安分于艺术,当和尚只是迫不得已,还是想出人头地。康熙南巡,他两次接驾,还山呼万岁。他本帝王后裔,可惜命运不济,老爸在政治斗争中被杀,十岁就被迫出家,可是他并不愿仅仅当个画家和尚,多次努力,结交权贵,希望能出人头地。知道这些,知道他也是一个普通的人,一个活生生的、有七情六欲的人,和尚也是人,这样就觉得他和我亲近些。他是一个有满腹才华和欲望的"真"人啊。

从石涛再看谢朓,都不忍看他的"简历",三十六岁就死于狱中。说他是"山水诗人",以为他一生潇洒,没想到他的一生充满了惊险。他三十二岁就出任宣州太守,这大约是他这短短一生中最快乐的时光。因此他所流传下来的诗歌,多在宣州所作。他这一生之"奇葩",我都无法理清,有兴趣的可以自己去查。说来大约是任会稽太守的岳父感到自己被对手监视,派心腹来找他设法,他不但没有给予帮助,因怕自己被牵连,扣住来人,进行告发,结果岳父一家被灭族。而再一次,也就是两三年后,又是一派势力,来找其合谋,谢朓不允,对方却告他欲谋反,糊涂的皇帝信以为真,便将他拿下大狱,冤死在狱中。而在此中间,他又见了多少的名争利夺。《红楼梦》里,探春给宝玉写信,说:"忽思历来古人,处名攻利夺之场……"历史大致是相似的,只是"演员"不同罢了。而这些曾经的刀光剑影,随着岁月的流逝,多是湮没在了历史的缝隙之中,能留下的,唯有艺术和诗歌。即如谢朓之名句："余霞散成绮,澄江静如练。喧鸟覆春洲,杂英满芳甸。"

二

山,敬亭山。这个名字多美啊。我天生对文字的美有感应。中国各地都有极美的地名。安徽也有很多,如水吼(一个镇),如鹞落坪(一个乡),如歙县、黟县……多得数不尽。敬亭山,多美。我不知道它的来历,一定有来历。我不想查,也不想知道。我只知道它极美,这就可以了。上过几次敬亭山,印象都不太深。一次与作家书同君(书同人极文雅,和他的江南十分相配,实在是可以称君的),雨天步行上山,山上人很少。树和竹,经雨水浇透,皆深绿,极有沉着之美。人少,山静,远处水声皆闻。两个人走到身上发热,说些文学上的事情。从古昭亭下来,有一池泉水,曰:皇姑泉。故事是这样的:

> 相传,玉真公主殒后,李白悲痛欲绝,常来皇姑坟前祭悼,皇姑为其挚情所感,遂引一清泉。此泉清碧甘冽,常季不竭,供李白饮用煮酒烹茗,后人取名为皇姑泉。

我极怀疑这个故事,这肯定是一个无聊的人编出来的。不过,人们都爱这种美丽的传说。李白虽是"仙",估计也得吃喝拉撒。人们愿意他这样,这也并不为过。

泉的不远处,立有一尊玉真公主像。像为汉白玉,玉真公主站立,昂首,挺胸,远眺,着唐裙,手持一卷。这回我们人多,大家坐在皇姑泉下休息,我让同行的一位美女站在像前,模仿皇姑姿势照了一张,回来一看,颇神似。

像的石座基上,刻有李白一诗,《玉真仙人词》:"玉真之仙人,时往太华峰。清晨鸣天鼓,飙欻腾双龙。弄电不辍手,行云本无踪。几时入少室,王母应相逢。"

李白为皇姑写诗,这是真的。可能是由诗,引出上面的故事,也说不准。

李白这个人,也是说不清的。杜甫那么喜欢他:"不见李生久,佯狂真可哀。世人皆欲杀,吾意独怜才。"这是怎样的爱怜和疼惜。李白被喻为"谪仙人",是从天上被贬下来的。听叶嘉莹讲诗词,她说李白是从天上直接下来的,而苏东坡则是从地上修到天上去的。此言极俊。可就是这样的"仙人",也写诗献赋,希望弄个小官当当。

敬亭山半日,被石涛和李白迷惑,迷入山林而忘返。

三

在宛陵湖正是四点钟的阳光。在湖边看夕阳,看夕阳中的荻花,真是美啊。荻花是正好的,银光闪闪,那么干净,那么标致洁白。我想,这小小的荻花,也是有尊严的,它自有其美妙之处。

有一年在乡下,曾折了一枝蒲棒,精致似一根大蜡烛。我放在车上,时间一长就忘了。忽然有一天,车中不断飘浮起一些絮絮,轻得完全像梦。我于车内查找,原来是这枝蒲棒在"作怪"。它"炸"了,从炸口处不断飘出白絮。我将其擎出车外,用力去掼,没想越掼越多,一根小小的棒子,掼出的絮絮可以装满一只枕头!

这眼前的荻花,我想也是有其神奇之处的。只是浅薄如我不能道出其缘故罢了。

我望着宛陵湖这一池粼粼的水。我想。

四

纸,宣纸。宣纸的神奇就不讲了,这是天下第一纸。如果世界上有什么几大奇迹的话,这肯定是其中之一。怎么就用一些树皮、一些草(稻草),捣捣,泡泡,煮煮……就成了一张纸,一张令世人称奇的纸?在上面再写些字或者画些画,放上几百年、上千年,就能拍卖出上千万上亿,这是个什么道理?我在路上已就宣纸写了个顺口溜,主要是给大才子何立伟老师做参考的。这里直录如下吧:

泾县好地方,山川多峻秀。林茂万物丰,兹地偏宜纸。青檀枝离离,沙田稻洁洁。乌溪水清清,寿纸竟千年。稻草晾十月,檀皮捶三千。蒸煮漂和沥,工序百零八。配料需做药,世间神斧工。猕猴桃叶子,打汁拌料中。配方极神奇,保密几百年。草多纸柔绵,檀多纸硬坚。豆浆要喝汁,做纸却留渣。苦竹劈成丝,制成筛纸帘。一捞纸成形,二捞存均匀。左右成一纸,再多厚不渲。筛成上火墙,刷子有两把。烘干靠水汽,温度六十五。仅烘三五分(钟),揭下纸一张。日晒五百张,天检过一千。四六为棉料,六四则净皮。要想特种宣,只得八二颠。写字纸要洇,只要用棉料。净皮可写画,写意须特宣。特制三丈三,价值贵过万。棉料一千八,净皮要二千。特净更可贵,价值二千一。红星纸限量,年产仅廿万(刀)。泾县享盛名,名家心圣地。想往几多年,未能如心愿。今次走一遭,了却心中愿。何为我瑰宝,当如红星宣。宣纸真神奇,中华一圣篇。

这里还要做一点解释:"稻草晾十月",是指这里的沙田稻草,以泾县沙田长秆籼稻草为最优。这不是一般泥田长的普通稻草,这种稻草比一般的稻草纤维性强、不易腐烂、容易自然漂白。割下的稻草要在山坡上晾晒十个月以上。过去我们去黄山,宣城是必经之地,每每见到山坡一大片一大片的黄白色,远远的,那便是在晒"燎草"。"四六为棉料,六四则净皮。要想特种宣,只得八二颠。"宣纸的品种很多,大致有棉料、净皮和特种宣。它们之中所含的稻草和檀皮的比例不同。一般来说,棉料的草和皮的配比为四比六;净皮则刚好颠倒过来,六比四;而特种宣,檀皮量要更大,和草的比例要达到八成。檀树皮相对于稻草,价格要高一些,所以檀皮越多,则纸相对也越贵。

五

在宣城的水东镇,从老街过,家家都在晒白菜。白菜晒了做香菜。第一天中午在宣城宾馆吃午饭,我对何立伟说,宣城有一种小菜特别好吃,是当地特色。叫什么来着?我忘了。到水东,见到这些白菜,想起来了,叫香菜。是应该叫香菜,很香。晒的这种白菜,也叫高秆白,因为这种白菜,秆子特别长,瘦而长,而菜叶甚少。香菜主要吃的是茎,所以腌香菜也以茎为主。这个菜真真是讨喜,专门长出这又白又长如少女般挺拔的长茎,让人们去腌。不知是先有这高秆白给人们去腌的,还是人们先有此口腹之欲,于是高秆白灵巧长出这茎为人们造口福。当然这不过是我一时之臆想。

在水东老街,七拐八弯,老街尽显古旧特色,而满街的白菜和秋风,加上远处树的叶子的黄和红,都在告诉我们一个事实:深秋了。

其实是进入了冬天。我们到宣城,正是农历的立冬,可天气并不甚冷。我出于好奇,从晒着的白菜中,摘出几丝,想着这晒蔫了的白菜秆,想必也是很甜的,到晚饭时,从口袋中掏出,就着米饭嚼一嚼,也许有别一种滋味呢。可是放着就忘了,几天没有想起来。回到家里,偶尔一摸口袋,摸着这软软的菜梗,便想起宣城,想起这水东的香菜来。再过了两天,则完全干了,我掏出来闻闻,真真是有一股天然的清香。唉,大自然是有清香的,世间的万物也是有清香的。只是我们有时候并不能静下心来。其实,一切万物,我们必须静心以待,只有"俯察",才能观其"盛"呀。

皖南的美食多矣。大菜小菜诉说不尽,这里就不说了。留待以后专门去写吧。

2019 年 12 月 5 日

有关庐江的美丽记忆

一次美丽的讲座

好几年前,我的同事王自甫激动地对我说:"我们庐江文学网想请你去作讲座,我对他们打了包票,肯定能请到,因为你是我尊敬的领导。"自甫是我的同部门同事,我们的关系极好。他是庐江乐桥人,可以说是个才子,为人天真烂漫。我内心里是极喜欢他的。

自甫对我一说,我说:"必须的。自甫的事就是我的事呀。"

至此,便有一次美妙的庐江之行。

那可以说是一次"饕餮"的讲座。我一到庐江,还未进入宾馆,就见大门楼的走马字幕在热烈地欢迎着我;进到楼上,更是乌压压的,都是一群喜欢文学的朋友,我因为被他们的激情所激发,脑子也灵光了些,讲座极其快乐,讲完大家都兴奋不已。吃饭时又是聊着,之后他们做了视频,上了新闻。庐江网还搞了个同题征文,写我的印象记,如果我没有记错的话,前后写了有十几篇,发表在庐江网上,大家还在下面留言、跟帖,很是热闹了一阵。

我这里用了"美丽"二字,我认为是一次美丽的讲座。也许有人不同意,讲座怎么"美丽"?可是我觉得是美丽的。我们的词本来是发自本心的,可是我们往往被各种"规定"所束缚。我喜欢自由的词语和自由的文字,同时也喜欢自由的思绪。我的"美丽的感受"是来自内心的,我愿意说它是一次美丽的讲座。

我记住了这一次讲座。我之后又去过多地讲课,但大多印象模糊。深深地记住这一回,是因为庐江人的热情,是因为他们对文学的赤诚。

一组美丽的地名

我在庐江名人馆,面对着墙上一张巨大的地图出神。庐江的地名,真是好玩。我看不够,就立在那儿看。要不是有人催我,我可以看一整天:

罗河、泥河、白湖、郭河、龙桥、盛桥、店桥、汤池、新渡、柴埠渡。白山、万山、矾山、石山、冶父山。石头、六石、长岗、亚岗、裴岗、马场岗、止马岗、铺子岗……

我不知道历史上是如何起的这样的地名。我想一定是和庐江的历史、人文和地理地貌有着密切的关系。我知道这些地名一定是十分古老的,而且都来自人们的日常生活中。

从这些地名,你可以看出这是个什么地方,地形地貌如何。李白有诗云:"水国秋风夜。"他这里的"水国",是指南方,是指水很多的地方。看看这些地名吧,庐江是不是一个水很多的地方;再看看另一些地名,庐江是不是一个山很多的地方。想想研究地名也是很有趣的。在西北,在东北,会有这样的地名吗?他们只会有海晏、南滩、青石嘴或者白泡子、六井子和马家屯子。

当然,除了这些,庐江还有周瑜墓、小乔巷和吴武壮公祠。这些,就让别人去描述吧。不过在庐江名人馆,见到两个人的名字(吴弱男、孙立人)时,还是颇为快乐。吴弱男是章士钊的夫人,他们有个养女章含之,章含之有个女儿叫洪晃。而孙立人将军呢,他首先是长得十分英俊,之后呢,有两封信在那儿展出。那个字写得,真是好啊。

一个美丽的告示

我在庐江的一个寺庙,应该是冶父山上的实际禅寺吧,在餐厅吃完饭,出来走走。在一面墙上见到了这个告示,我便把它抄下来:

> 吃饭不可过度,再好的饭,只可吃八九程。若吃十程,已不养人。吃十几程,脏腑必伤,常如此吃,必定短寿。饭一吃多,心昏身疲,行消不动,必至放屁。放屁一事,最为下作,最为罪过。佛殿僧堂,均须恭敬。若烧香,不过表心,究无甚香。若吃多了放屁,极其臭秽,以此其臭气,熏及三宝,将来必作粪坑中蛆。不吃过度,则无有屁。
>
> ——摘自《印光法师文钞》

这个告示朴素真诚,比许多高头深奥的佛理还要强。出家人其实是不打诳语的,高僧都说平常话。我们做人、做事,都要平常一些。写作也是如此,不要用一些佶屈聱牙的词语吓人。

我们要学习这个告示平易和诚实的风格,在做人做事以及作文上都可以学。

2018 年 12 月 31 日

我的变化

本来要写合肥四十年的巨变,却弄成了我的改变。也好,就说说我对合肥印象的改变。

我1997年秋定居合肥。本来是想去南京,只因我的家在天长,属安徽,回省会,只能回到合肥。

在北京混了几年,虽说是临时的,但在报社工作,全国各地跑,连新疆、西藏咱也去过,算是有点见识了。原来节假日回天长,总是从南京过,我还不自量力地批评南京的同事:南京怎么建成这样?道路破破旧旧的(在北京学的的哥的坏毛病)。这一下到合肥,刚开始还兴奋了一阵子,觉得自己终于从县城混到了省城了。可随着日子长久,对合肥的印象越来越不佳了。别说过去批评南京,现在合肥离南京的距离又何止十万八千里?

因此我特别关心合肥的建设。过去晚报登过,说合肥有200多幢高楼(18层以上的),好像挺自豪的样子。其实我在北京的时候,从来没数过北京的高楼,因为数不过来。到合肥后,我就经常数,因为高的就那么些,一年也增加不了十来幢。我原来写过文章,说我经常去街头看施工图。一个工地或道路封起来了,围了围墙,之后便在墙上画工程概况:是楼的多高多高,是路的多宽多宽。开始建了,我周末也经常去看,见到工人,问问工程进展情况,有时工人以为我是领导,挺热情地给介绍,临走我只得去握握他们的手,表示慰问:"同志们辛苦了。"工人还说:"首长辛苦了!"我也挺受用。

这虽是玩笑,但我确实关心合肥的发展。心里太急了!我这个人自尊心强,容不得别人说我坏话,也容不得别人说我居住的城市坏话。有几件事我记得特别清楚。2000年左右,导演赵宝刚似想在黄山脚下建影视城,带了袁立和李小冉,飞到黄山,我受领导指派,去为他们服务,山上山下考察完,他们同我一起回到合肥。快进城时,两个小丫头(袁和李都从来没来过合肥)挺兴奋,觉得终于又回到大城市了。车还没怎么进城,这两个小丫头就有点泄气了,嘴里叽咕:合肥就这样啊?待车从徽州大道(那时叫这个名字了吗)进城,她们彻底没劲了,不觉得到了大城市了,一脸的不屑。她们是演员,又是女性,你不能要求她们含蓄些。那时我的那个心呀,拔凉拔凉的,我又能说什么呢?她们说合肥,其实是在说我。我住在合肥,仿佛就矮了一截,脸上没光。

再一年,十三年前吧,我在报社时的师父到合肥来,我陪他在我们单位走了几回了。我们单位在三孝口,当时还是一个挺体面的楼。他这个人从不关心风景,到安徽,也不要到黄山去玩。忽然一次他对我说:"你是不是一直带我在郊区转?"他的言下之意,怎么看不到繁华的地方?他以北京的标准要求合肥,用错了地方。

最让我受不了的,是我一个武汉的女性朋友。她个头很小,心很直,口很快。她急起来像史湘云,口无遮拦。她初来合肥,一次我打的带她。她忽然说:"你合肥怎么这样?"好像合肥是我的。她急着又说,"还没有我武汉三镇的一个镇大呢。"我差点和她打起来。你那个破武汉,天天忙建设,交通又乱,你还批评我?可是她嘴皮子溜,叽叽叽的,我根本说不过她。

把我给气得半死,真想扔下她,不要这个朋友了。

你说,你说,这些言论,我能受得了吗?我怎么能不每天去工地考察,是心里比市长还急呀(像我这样的人,不给搞个政协委员,真对不起人)!

合肥的变化,我这么估摸着,是从2005年开始的。先是芜湖路改造,之后拆长江路,再之后建三大高架桥(南高架、西高架和马鞍山路高架),一环路改造,滨湖建设,政务区建设,骨架一下子拉开了,所有的道路改造升级。之后地铁建设,高铁驶进合肥,高铁网形成。之后就高楼林立了(我也不再去数高楼了,怎么能数得过来?),仿佛那些高楼是一夜之间长出来的。

就这样合肥成了"合肥"了,算得上一个现代化的城市了。我现在每每出差从合肥南站回来,都有一种新鲜的感觉,同出北京站、上海站没有什么区别,甚至更亲切些,一种幸福感油然而生。

现在不管在哪里,听到夸合肥的声音多了。许多朋友都说,合肥变化真大。即使有个别看不上的,我只是鼻子眼哼一声:哼!我自信了,我根本不怕你说我。我好不好,我自己还不知道?要你评三说四的?前不久在北京,去看孙郁老师,他忽然对我说:"我从合肥刚回来。"我说:"怎么不告诉我?"他说:"时间紧,只在安大开一天会就走了。"之后他极其夸张地说:"合肥变化太大了,太漂亮了。我大约是十年前去过合肥。这一次来,太震惊,完全是一个现代化的大城市。"

孙老师是著名学者,研究领域广泛,但大都在人文领域,按说他不会太关心一个城市的面貌的。他忽然这么深情地去说,说明合肥确实引起了他的注意,刺激了他,让他印象深刻。

合肥真是一天一个样儿。过去有深圳速度,现在咱可以说合肥速度,一点不夸张的。

咱老百姓,只能看到一个城市面貌的变化。GDP 咱看不见,工厂咱进不去,什么语音、机器人、科学岛、高新技术、大工厂什么的,这些,都可以说是非常牛的,但咱只能在电视上看到。而城市的变化,是实实在在的,我能看到摸到,卖冰棒的、卖水果的,都能看到摸到,都能受用。这些是弄不得假的,骗不了人的。咱老百姓,信。

我不得不热爱合肥了,也为合肥自豪。我那个武汉的朋友,你还敢再来合肥吗?当心我"削"你!

2018 年 8 月 25 日

去大圩找字

想给大圩写点文字。可提起笔来,肚子里一个字也没有,于是在夏日早晨,去大圩,去找字。

你别说,还真找着了些。

我将车停在磨滩村的路口,见一个中年妇女,穿着绛红色的外套,戴着草帽,开着个小小的垃圾车,在村道上清扫。本来村道都是黑色路面,两边夹着高大的杨树,进村斜曳着的小路,都很干净,便顺口说:"这么干净了还要打扫?"

她笑着对我说:"我们这儿就是要搞干净的,不搞干净是不行的。"

她说着这话,人很是安静从容,好像是从事着一件很美丽的工作。

她车向一个上坡走了。从一户人家,跑出一只小黄狗,跑跑停停,甩甩尾巴,就见出这村道的另一番气息了。

来过几次大圩,可都是十年前的事了。对大圩的印象,还停留在到处吆喝着卖葡萄的记忆中。满地踩烂了的葡萄的气息,有蝴蝶和苍蝇共舞,以及若干建在池塘边的、满地流着污水的土菜馆。前不久有幸来了一次。从花园大道一进入大圩,迎面是一片可人的风景。那个路面,那个白墙灰瓦的建筑,那个池塘,那个葡萄架,那个小小的路牌,那个到处的绿色……整个的气息,唉,怎么说呢,就是给人感觉太洁净了,仿佛是新的。一切都是那么地给人以好感。我听大圩的书记钱炳介绍,大圩已从乡村旅游、休闲采摘、都市田园正向文化引领、生活高地的方向转变。是呀!是呀!大圩已经是都市中的乡村,乡村中的都市了啊。

是呀!早晨我从三孝口出发,一路向东,迎着亲爱的朝阳,上马鞍山路高架(早晨洁净的城市映在初日的高楼之中),转花园大道继续一路向东,不消二十分钟,即见到一个别致的门楼———大圩就在我的眼前了。

车一直入大圩的土地,便是另一番的景象———一幅亲切的乡村的景象映入你的眼帘。

我并不能认识大圩的道路。那一条条黑色的、夹着绿树的小道四通八达,到处是一番田园的景色。一排排的葡萄架,庄稼地,农户;村道,池塘……夏日的生机都在这里膨胀着、生长着。

随便一条路吧,你就可以进到村庄。你可以见到乡村的一切的景象:农舍,池塘,庄稼地,菜园……在一个绿树四合的池塘边,有一户人家,我随便走了过去,一个老人正在门口,摘着刚从园里拔回来的花生,从花生的根须上将一颗颗花生摘下。花生刚从园里被连根拔起，那饱满的果实坠满了根须。摘下一粒，就放在一个瓷盆里。我见到就十分惊喜："啊呀，这么新鲜的花生！"

走过去，坐下，抓起一把青绿枝叶（那根须上还沾着许多泥巴），就摘了起来。我与老人一起摘着，一粒，一粒，放入盆中。

"老人家贵姓？"

"姓沈。"

"花生卖吗？"

"不卖的。"

正说着，从屋里走出一位老人，一看就是老沈的爱人，她笑眯眯地说："不卖。喜欢就抓点吃。多抓一点，带回去吃。我们不做生意的，不要钱。"

我高兴了起来。其实我也挺大岁数了，可是我像个孩子，一种被人宠着的孩子的样子，一种在乡村被长辈宠着的快乐。说是人间温暖，这大约是一种吧，在大圩遇见。我想有些快乐或者幸福是随时会来的，也是看得见的。

我与老人边摘边聊，问了家里的人口、收入什么的，这时一直在边上玩的老人的孙子，走过来："给。"他给我拿了一个塑料袋，是给我装花生用的。我知道孩子九岁了，已上三年级。在一旁的奶奶还一个劲地说："抓吧，抓吧。多抓些。喜欢就多抓些。"

我抓了一点，一个心意吧。回家，也是一个鲜。一个从须子上刚摘下来的花生，我们见到的花生本来应该是这个样子，而不是带壳炒熟了的，也不是加了盐的煮花生米。这是真正的"全须全尾"的花生。

这时的村庄正被蝉鸣环抱。

当然大圩是属于葡萄的。一条小径下来,像一条长廊,一家挨着一家特色葡萄园,我一路数过去:成霞葡萄园、孟梅葡萄园、青田葡萄园、秦武葡萄园、南山葡萄园、皇家葡萄园、丁德海葡萄园、成东葡萄园、德元葡萄园、老俞葡萄园、革伦葡萄园、天涯葡萄园、战友葡萄园、鲍家葡萄园……这仿佛是一个葡萄的世界。

沿路一望,也正是葡萄采摘的季节。许多人家已在路边设了摊点,吆喝上了。

"生活高地"大约是这个模样吗?"文化引领"我倒是见识了。那个由会堂改建的艺术馆,进到里面,扑面的艺术气息。而另一个书吧,名叫简阅的书吧,布置得就十分大气了。我进到里面,坐坐,喝杯茶。人是极少的,人少安静。阅读大约就是这个模样吧。我看了看摆放整齐的书,选了一本《听杨绛谈往事》,坐在这个乡村的"都市"书吧里,用心地看起来。

一次谈到20世纪30年代的清华静斋生活,那时女生宿舍会客室,男同学来访,通常由宿舍的女佣高声通报,得到通知的女生就到会客室会客。"×××小姐有人找!"杨先生为我们模仿宿舍女佣的呼叫,京味十足呢。

我在书吧里坐了近一个小时,一身的暑气竟全消了。

近午要回城了。这个夏日炎热的中午,我从游客接待中心过,这是一座青灰色的建筑。从它的侧门出来,有一个小小的池塘。夏日的蓝天映在水面上。垂柳倒映在水面上。一池的睡莲开着绢绣般红色的花朵,睡在夏日的天空下。蝉鸣不知何处。我拍了几张照片,模仿日本的俳句,写了一句:

睡莲睡在夏日的池中。蝉鸣在画外。

夹道的杨树和樟树,为我热烈地彰显着绿色。整个大圩,仿佛都掩映在夏日的浓密的绿色之中,觉得安静而充实,除了蝉鸣,一切的一切都是夏日的感觉罢了。

2018 年 7 月 30 日

风雨凤阳行

凤阳三日,风雨交加。然我们兴趣非但不减,还日渐热情高涨。登鼓楼,谒皇陵,游龙兴寺,访中都古城,再走小岗,访农家……一路收获,一路激情。三天下来,眼界大开,收获满满。

凤阳与我的家乡天长同属滁州管辖,从这方面来说,凤阳也算是我家乡的一部分。20 世纪 80 年代,我在滁州学习和工作,就知道定(远)凤(阳)嘉(山)滁(州)来(安)全(椒)和天长,此为我们地区所辖之七县,然天长偏东一隅,风俗更近淮扬。青年时虽来过几次凤阳,然印象模糊,不能领略凤阳之深厚博大。今时隔多年重访,为其辽阔宏大,甚为惊叹。

壮哉!凤阳。

风雨中的皇陵

风把皇陵神道两边的柳和杨吹得东倒西歪,似乎要拔起它们随风而去。雨以一种斜切的方式凶猛地狂泄下来,搅天搅地。仿佛这疾雨是被狂风威逼下来似的,要么就是它们合谋的结果。神道两旁的石像生，在狂风暴雨的冲刷下始终静穆不语。也许它们早已见惯了这样的风雨飘摇的日子。几百个春夏秋冬，几百个风霜雪雨，它们当然享受过辉煌，但更多的是寂寞、无奈和荒凉。我看过皇陵在不同时期的老照片，真是不胜唏嘘。一张民国时照片，一只石羊身上骑了五六个男女，还有一张全景的，荒凉凋敝，杂草丛生；而一张"文革"时的照片，则石马石羊易地，倒伏在草丛之中。历史真是个喜欢开玩笑的家伙，它总是用一种荒诞的方式呈现出来。

朱元璋多次修葺皇陵（朱元璋父母的合葬墓），史料记载：1366年还是吴王的朱元璋就重修过一次陵墓；三年后的洪武二年，又一次重修皇陵，"加修寝园，厚封广植，崇列华表"；洪武八年再修，并且立碑撰文："孝文皇帝元璋谨述：……昔我父皇，寓居是方，农业艰辛，朝夕彷徨。"（《大明皇陵之碑》）当然是为了体现他的孝道。其实这位乞丐出身的帝王，他更知道江山之来之不易。他更重要的目的，也是借此来倡导孝道。家国兴旺必须从孝悌做起，风俗淳厚，才能社会安定，天下太平，以巩固他的"万世根本"。

其实，没有什么是不变的。所有的朝代更迭，都是在征战、杀戮和腥风血雨中完成。这片深沉浑厚而又多难艰辛的土地，却始终充满着蓬勃的生命力。而这座皇陵，几百年来，又何尝不是一直在风雨之中呢。

雨一直在下。雨点密集而任性，狂风也不消停，纠集着雨点，演奏着一支风雨交加的自然和历史之曲。

东陵村的葡萄

一出皇陵便到了东陵村。东陵村，顾名思义。依然是风雨大作。

进到一个屋子,桌上已摆满了整盘的葡萄,紫得像一片飞霞,或者,紫得像一颗一颗玛瑙。所有人坐下便吃,一桌子的嘴动。我也认真去吃。这可是东陵村的土地里结出的葡萄呀。这一片土地,在这六百多年里,被多少人翻过?又有过多少故事发生?我闭上眼睛,用心去品尝。人一认真,感情全集中到了味觉上。微甜……微酸……酸中带甜……甜中带酸……淡淡的果香……每一颗都是那么地特别。

这是我今生最认真的一次吃葡萄。

这是东陵村的葡萄。

这一片土地曾出过多少能工巧匠?我很侥幸地想:假若一锹下去,会不会刨出一柄狼筅(明代兵器)出来?

我必须认真对待这一片土地,以及土地上的每一粒葡萄。

圮坍的中都城和鼓楼的黄昏

明中都城朱元璋建了六年忽然不建了,而将建中都之材料转去建皇陵,个中原因不得而知。据说这座城即使被废弃也是极其辉煌的,它的规模比北京故宫还大。如今所能见的,就是田畴中兀立的三个高大的门洞。说高大,也只是心理因素,远看三个拱券式的门洞,也很平常。走近了,到里面走一圈,还是感到历史的厚重的。经了岁月的涤荡,那些浸染了时间包浆的城砖,还是让你的心灵受到了震撼。在历史面前,每个人都会低下头去,感觉到个体生命的渺小与无助。几百年来,贫穷和灾害以及战争的频仍,这座恢宏的皇城早叫世世代代的生命所摧毁,连城砖也派作了他用,在别处的一个墙基下或者砌了猪圈了。

我们沿边上的一条斜坡,登上了门楼。上面其实就是一块空地,相当广阔。这样看来，这座城门的宏大就显示了出来。看着远处大片的农田，绿色的田野和树木，看着沿城墙边而疯长的茂盛的荒草，才生出一种强烈的历史沧桑感。

雨停歇了。

我最喜欢黄昏。黄昏是沉静的，它像待产的孕妇，恬静而又绵长。我们登上鼓楼，正是黄昏降临。登楼远眺，极目青天长云，仿佛有悠远的鸽哨从耳边滑过。

楼前的广场人声嘈杂，老人和孩子中混杂着一些时尚的青年男女。老人多驻足于广场，年轻人则匆匆而行，显现出一幅生动的画面。音乐从四面八方响起，夹杂着各种吆喝声、叫卖声。各种店面活色生香，做着各自的营生，空气中有各色气味流动（云霁街上飘来牛羊肉的香味，那是一条回民街），也有一些烟雾铺排开来，与黄昏的夕照交杂生辉，彰显出一种生之快乐和生命的搏动气息。

凤阳这座历史深厚的古城，在杂乱的街市和民房中，忽然冒出这样一座高大巍峨的建筑，一点不显得滑稽，相反却让人心生敬重。历史重重叠叠，让人体会到人类的生生不息，生命的忍耐与绵长。

鼓楼建于明洪武八年（1375年），是明中都城的附属建筑，沿中都城中轴线与钟楼遥遥相对。其南北长72米，东西宽34.25米，高15.8米，台基下有三个券门，正中门的上方一块白玉门额，上面四个大字"万世根本"，是朱元璋御笔亲题。

龙兴寺的对联

下午游龙兴寺，又是风雨大作。古寺沉浸在无边的风雨之中。

游龙兴寺是在雨中完成的。龙兴寺建于明洪武十六年（1383年）。幼年朱元璋曾在於皇寺出家，当了皇帝之后，想重建於皇寺，可旧寺附近已建皇陵，于是便易址另建龙兴寺，据《大明洪武实录》记载，龙兴寺有佛殿、法堂、僧舍之属凡三百八十一间。加之朱元璋御制龙兴寺碑文，御书"第一山"碑，使龙兴寺更显威严。

冒雨在寺中前后转转，不得要领。看到一幅朱元璋像，据说这是最接近朱元璋本人的：长凹脸面，双目吊起，下颏突出，是颇具气象的。

到接待室休息喝茶，记住了一副对联：

龙飞古刹生紫气

凤舞中都播清香

雨中游龙兴寺，感受到另一种气息。在一种森严的气氛中，有一股清新饱满之气。

凤阳花鼓学习班

往小岗村来，依然暴雨如注。晚往会议室学习花鼓，雨伞多次被风吹翻。

凤阳花鼓是一种民间小调，又称"双条鼓"或"打花鼓"，是一种集曲艺和歌舞于一身的民间表演艺术，形成于明代，以一人或二人自击鼓和小锣，边舞边唱，最初是很多民间艺人乞讨的一种手段。清康乾年间，许多诗人记录了凤阳花鼓表演的场面，被广泛传唱的有《凤阳歌》《鲜花调》《王三姐赶集》和《秧歌调》等。

陪同我们的刘老师和小汪教我们摆几个招式,有《高打鼓》《对打鼓》《丹凤朝阳》《皮球花》《风摆柳》和《双龙戏珠》等。我原来以为凤阳花鼓这种民间小调,没有什么艺术,只是蹦蹦跳跳打打;经她们一示范,一招一式,都是那么美。刘老师和小汪,原来只给我们安排行程和讲解,也是平平常常的样子。可往中间一站,摆一个架势,马上换了一个人似的,那种女性的健康和柔美,在所展示的姿态中尽显了出来。我们兴致勃勃地学着动作。自己来一试,发现每一个动作,都是挺难的,有时根本站不稳,小腿直摇,这更激发了我们的兴致,每人都那么热切地去学。

刘老师还教我们另一个叫"权拉机"的小曲,手拿一个竹板做的夹板式的东西,这就是权拉机,用一根刻了许多锯齿的长竹棍,在夹板中间一抽一拉,发出一种嗒嗒嗒的声音。竹棍还系着一朵大红花、吊着绿色的丝带,舞跳起来,相当柔美。刘老师边跳边打节奏:

一二打打……
一二打打……
一二打打……

学习结束,我们汇报学习成果。每人摆了一个动作,我和来自上海的伍斌为最佳。伍斌走了几个花步,曼妙温柔,笑翻全场;我做了一个后撤腿的动作,据说相当了得,有非遗老人在传习的风范,尤其那个后撤腿的脚跟相当传神。

打花鼓也成了此行最快乐的一件事。

其实,我们下午在参观"当年农家"时,已经看过两位老人打花鼓的表演。老人是姑嫂俩,都是七十岁的人了,可精神矍铄。她们穿着月白上衣,黑色夏裤,在院中边跳边唱,声音清亮饱满,显出其富裕之后的快乐。而这个院子却是当年的(有识意地保存下来的),草房,土墙。房顶上布满了青苔,蜻蜓在空中翻飞。几间屋子,都是白土地面,坑洼不平,展示着风车、鱼罩、上瓮、水车、芡子(芦苇编成的围席,装粮食)和柳条篮。这些都是久违的物件了,早已从我们的生活中消失了。这些物件同我们在小岗村纪念馆见的那些过去生活的场景图片,相互映衬,告诉我们小岗村的过去和今天。我深记过去画面上的几段小岗村顺口溜:

红薯干,
红薯馍,
离开红薯不能活。

新三年,
旧三年,
缝缝补补又三年,
大补丁,小补丁,
层层叠叠摞补丁。

雨天似胶,
晴天似刀,
走路闪腰,
骑车摔跤。

这些民间小调,或者顺口溜,我们都不应该忘掉。其实,它们离我们并不遥远。

凤阳三日,虽连天阴雨,可印象深刻,不能忘也。故记之。

2018 年 8 月 26 日

一个白脸长身的兄弟及其他

一个人来到这个世上,只要不是如孙猴子般从石头缝里蹦出来的,他的人生路上,总会有些领路者。小时候教我们开口说第一句话的人,第一个扶着我们走路的人,人生的第一个老师,工作中的第一个领导,事业上的第一个指路人,等等。我这里要说的,是我在文学路上,几个影响过我的人。也许连他们自己都不晓得,曾经给过我启发、给过我帮助。如我这样的业余写作者,小时候是一点基础也没有的,爱好上文学时已近成人,而且其形成极其偶然。岁月匆匆,光阴荏苒,忽忽已过了近三十载,虽然这若干年从不敢懈怠,但也步履蹒跚,坎坷不尽。然每每回忆起最初走上文学之路的机缘,仍感到兴奋、不安、羞愧和感激。这里我描述几位最初影响我的人,以为感念。

那个白脸长身的兄弟

我小的时候,极其顽皮,爬墙上树,无所不能。正赶上20世纪70年代,学校里也不抓教育,我们这些孩子就野疯野玩。书是没有读多少的,文学更是不知为何物。高中的后两年,赶上了恢复高考,这时我们才被潮流涌着抓紧了学习。第一年高考,我还稀里糊涂,考场上还与一个同学打架,当然没有考上,差了二十几分。回家父母说,补习吧,再考。这时候有点明白了,但也不太明白,第二年以几分之差落榜。怎么办?是再考?还是待业?父母说,再考一年吧。又去补习,这时候有心理压力了。说压力,其实是羞愧,同学都考走了,你还在这补习,算啥事?正巧这时,银行在高考落榜生中招干,招那种离高考线差几分的学生,银行这一招挺绝。于是我去报名,人家很正规,从高分往低分撸,我被撸上了,于是轻而易举也可以说稀里糊涂进了银行。进了银行就要开始培训,因为银行是一个特别的机构,又是一个非常严格的、刻板的机构,各种规章制度令人眼花缭乱。我们很快就被集中到地区,开始三个月的基础培训。地区比我们县里大多了,地区还有火车,我们住的地委招待所,离一条铁路线很近,每天我就听着火车的汽笛声入眠,感到兴奋无比。

我们被安排在一个小会议室居住。会议室是我们去时才临时改为宿舍的,一下子住进二十几个人。钢丝床都沿墙边放,一溜排,大家头抵着头,脚抵着脚,也挺高兴,年轻嘛,新鲜嘛。睡觉也不怕吵,因为倒头就睡。和我同宿舍一个白脸的兄弟,他比我大一两岁,瘦瘦长长,很是漂亮,可以说很是飘逸。他一身的反骨,说话喜欢嘲讽,一副对"现实"不满的样子,特别迷人。最厉害的是他还读过很多书,可能就是这些书"害"了他。他看我弱小(我个子矮),便与我好,有时对我大谈聂赫留朵夫和玛格丽特,可我不知道这个姓聂的和姓玛的是干什么的。

这位老兄,每天早上起来,还会走到大大的阳台上,伸个懒腰,之后敞开双臂,很深沉地就是一声:

"啊——圣母,玛利亚——"

那个时候,我也不知道这个姓玛的圣母是干什么的。

可是我通过他,知道了什么叫世界名著。我得到的第一本世界名著是《春潮》,一个薄薄的小册子,之后我也知道了聂赫留朵夫是小说《复活》中的人物,知道了玛格丽特是个妓女。我开始有意识地读世界名著了。那时正是世界名著重印的时候,我买了许多这样的书,比如《复活》《老古玩店》《巴黎圣母院》《红字》《约翰·克利斯朵夫》《绿衣亨利》《契诃夫小说选》《母与子》等,而后我一部一部阅读,虽然不好读,我也不太喜欢读,可是我暗下决心,既然是世界名著,肯定是经过许多牛人筛选的,它能流传下来并且被世人所认可,肯定有它的道理。——否则,难道全世界的人眼睛都瞎了?

在地区三个月,我还从我在地区师专读中文系的中学同学那里找到一本《世界文学名著导读》,上面都是一些名著的片断,于是我便按图索骥,用依着葫芦画个瓢的方式来选购书籍。

三个月的学习生活结束,我的个子长了一大截。更重要的,我已有了一箱子的书,我得把它们当宝贝似的带回我将工作的第一个地方,一个山区小镇。

一个拖拉机站的站长

这个山区小镇叫半塔。历史上有一个"半塔保卫战",略知一点中国革命史的人是大约知道这个地方的。在这个镇上,我开始认真阅读这些世界名著。可是真读起来,并不容易。别说那些故事离自己是多么遥远,就是那些拗口的、古怪的人名也够我一呛,没读几页就混淆一片。

那时我还在练功。所谓练功就是玩吊环，搞鲤鱼打挺。于是我便将一根练功的功带钉在椅子背上，每每坐下读书，便把功带往腰上一扎，规定读五十页才能站起来。这样强迫自己，慢慢也就读下去了。

用这种"捆读"的方式，坚持了一个时期，十多本名著读下来，阅读的感觉好多了。可以说，阅读是要培养的，没有一个孩童，是天生喜欢阅读的（也有除外的），都是因为这样那样的原因，走上了终身阅读的道路。在捆读的基础上，一个时期下来，我又开始了抄读。把一些好的片断抄在一个笔记本上，我一开始抄的是屠格涅夫的《前夜》和《父与子》。

在阅读的同时，我开始记一些日记，也开始剪报纸上的一些报屁股文章。那个时期张海迪刚刚开始出名，被作为自强不息的青年进行广泛宣传，我被张海迪的清纯所迷，剪了许多张海迪的照片和事迹文章，将张海迪作为榜样，那是一种暗恋的感觉。

在剪了《人民日报》《光明日报》《中国青年报》和我们地区的《滁州报·副刊》的许多文章后，我开始写一些短文。《人民日报》那时经常登孙犁先生的短文，就是后来集成《晚晴集》的那些。最让我感到亲切的，是我们地区报上的散文，写的一些地方，我都去过，比如高邮湖等。我偷偷给《滁州报》投稿，还给当时的主编写过一封信，谓我是多么多么爱好文学，希望提携云云……可终是石沉大海，我终于知道走上文学道路是多么困难。我崇拜那些能在《滁州报》上经常发表文章的人。我们镇农机站有个王站长，他在我们隔壁上班，也住在里面。因他经常到我们营业所缴款，我于是便认识了他。他经常写一些新闻报道，主要是简讯，发在《滁州报》的边边拐拐，我知道他就是那个和报上的文字联系在一起的人，一下子激动了起来。那个写字登在报纸上的人就活生生站在我的面前，我怎能不激动？那是我第一次把文章和写文章的人对上了号，把报纸上的名字和一个活生生的人联系在了一起！在此之前，我从来没见过文章的作者。那些我在书中读到过的作家，我都认为他们是生活在遥远的地方，而且非常伟大。于是我暗暗地写了几篇散文诗一样的东西，有一天偷偷挟着（仿佛地下党）找到农机站，想恭恭敬敬请他指正。终因羞愧，无法启口，在农机站转了一圈，又挟着回来了，可是这时的我已是一身的大汗。

我至今仍怀念我在《滁州报》上见到过的那些名字，尽管有的人并没能写出来，或者已经从此不去写作了。

我在半塔待了近三个年头。这还只是我初尝文学之果。

那个不修边幅的王老师

在半塔的第三个年头，上面来了"精神"：说我们这批招干的，可以参加当年的"电大"招考。"电大"，也就是中央广播电视大学。这个大学主要靠看电视和听录音进行教学。现在不是还有中央美院和中央财大吗？我们这个大学也是"中央"的。你别以为是个电大就好考。不好考的。主要是上面不想让更多的人离开工作岗位去上学，因此规定一个县只许走四个，参加考试的人必须要考到前四名，第五名的考一万分也是白搭。我接到应考的复习资料，就一头投入紧张的复习迎考之中。我还是用笨办法，捆住的方法还用，我又增加了新举措，将门一天反锁，待在屋里不出来，饿了就煮个鸡蛋吃。以一种强化的方式背那些莫名其妙的"马六甲海峡""直布罗陀海峡"等我从来没听过的地理名词。

不能怪我如此用功,因为那个时候要上个学,太难了。本来就好幻想的我,又读了几本世界名著。我是梦里都想着往外飞。

还算幸运,我考了全县第三,于是便离开了工作三年的小镇,去到地区,与来自全地区的同学开始了三年的电大学习生活。

几本世界名著一读,人果然不一样了。电大第一学期有写作课。我们的写作辅导老师,是地区师专中文系的一个讲师,镇江人,操一口浓重的苏北口音。他毕业于南大中文系,喜欢杜甫和李白,极好饮酒,每次来上课,都眼睛红红的。他个头较矮,衣着也不太整洁(他有名言:一个男人过分注重自身的仪表是可疑的,就像一只公鸡不断梳理自己鲜亮的羽毛一样可疑),可是他精神极其飞扬。每每酒后,大声朗读所学课文,额头微仰,十分陶醉。他先后给我们布置了两次作文,我都是班上第一。一次叫我们写城市西南角的琅琊山,就是那个"环滁皆山也,其西南诸峰,林壑尤美"的琅琊山。我写了一篇《琅琊赏秋》,他十分喜欢,就在班上大声朗诵,弄得同学们又恨又爱。恨是嫉妒,爱是羡慕。一个女同学竟然悄悄地爱上了我。我每次到水房打水,她都在,站在我的后面,小猫似的,悄无声息的。可我并不知道,是我一个多情的同学发现,他有一天埋怨似的忽然对我说:

"知道吗?×××爱上你啦!"

一个高明的朋友

有一件事十分重要:刚入电大不久,曾有一个高明的朋友来找过我一次。仅这一次,这个高明的人就改变了我的阅读。这个人叫陈源斌,后来大家都知道的,就是写《秋菊打官司》的那个人。他在县里时,曾是我的邻居。我家住在广播站,他工作在邮电局。邮电局与广播站是隔壁。我们家吃水就在邮电局的井里打。我上中学时,春夏秋冬,每天就在那口井里打水。陈源斌住在院子里,我早就认识他了。不过那些时候,他是把我当小孩子看的。

他找我,是因为托我带一些东西。那时他已初博文名,已经在《十月》和《青春》等杂志发表过小说,之后便被推荐到北京文学讲习所学习。他到北京才两个月,就回到地区,参加当年的淮河笔会。笔会期间,他特地到我当时的电大班来取东西。中午在我们食堂吃完饭,我送他去公交车站。在路上,他对我说:"中国没有文学,只有一部《红楼梦》。"这个话是相当狂的,说这个话时他到北京才两个月。

我深深地记住了这句话。送走他我就折返到市内大钟楼的新华书店,买了一套《红楼梦》回来。可是,回来之后我那么用心去读,也没有吸引我的地方,根本看不下去。我硬着头皮,勉强看了几回,可是不得要领。于是我的蛮劲上来了,就又回到街上,去新华书店又买了一套。

回来我就将新买的这套撕成了册页,开始抄写。电大嘛,主要靠听录音和看电视。那些讲金融的录音和电视大多呆板且枯燥无味,于是我就在课堂上抄《红楼梦》。把撕下的一页一页夹在书里,电视一放或者录音一讲,我就埋下头去,将折得很小的纸头一行一行地抄去。你别说,这样抄来抄去,抄了几十页,马上就有了神奇的效果。一是我对《红楼梦》这种叙述方式开始接受;二是我读出了其中的妙处。再过些日子,我竟入迷了。

就这样,我吭哧吭哧,用了两个学期,把《红楼梦》生生给抄了一遍。

那个多话的、叫丁加鸣的家伙

第一学期的暑假,还是比较美妙的。因为"电大",也好歹是个大学,也是有寒暑假的。于是我们各自回到了县里,每日除了玩就是玩。可以说对于一个大学生来说,假期是最美妙的,大把的时间完全是自由的。特别是暑假,时间又长,季节又好,真是高兴得发愁,不知如何去打发这大把大把的时光。

暑假放了还没几天的一个午后,一个漫长的有蝉鸣的无聊的午后,我感觉阳光干燥,空气似要爆炸一般。身上有一种莫名的躁动,于是我便走出家门,来到那个废弃的公园,在公园巷的拐弯的巷头,遇见了我一个初中的同学——丁加鸣,他也爱好文学。我们随便打了一个招呼。丁加鸣是一个话多的家伙,他说,他们准备骑自行车去高邮湖玩,滁州来了几个文友。他现在从这儿经过正是去另一个朋友钱玉亮家会合。我一听心就动了一下,来的这几个,不是经常在我们地区《滁州报》上发文章的家伙吗?我在滁州上学,可一个认识的文友都没有。于是我说,我也没有事,我可以一起去。

这时丁加鸣含糊了起来。他的语言含混不清,态度暧昧。我心里清楚,他不想带我去。多少年后,丁加鸣已和我好得如同一人的时候,他对我说:"我根本不想带你去,你死皮赖脸的,我没有办法只好让你跟着去。"其实我当时已经知道了。他的暧昧让我脸上都快挂不住啦。可是我铁了心肠要跟他们一起去,他也没有办法。现在看来,我在那个燥热的午后做了一个多么了不起的决定。

高邮湖之行是愉快的。我们从县城出发,骑过白塔河大桥,就到了乡下,我们沿着白塔河大埂(此河流入高邮湖)飞奔,两边的绿直逼眼前。夏季的植物又好看又茂盛,各种昆虫、飞禽在林里、在天空中忙活着,该弹唱的弹唱,该鸣叫的鸣叫。总之旅行充满了诗意。

我认识了那几个身上充满了才华、改变我命运的家伙——瘦小而机智的杨卫东、干净俊雅的钱玉亮、沉默少言满脸胡楂的李洪彬(此兄已离开人世多年,真的非常想念他)。一路上说笑、穷侃、神聊,并且谈到我第一次听说、后来又深入我骨髓的汪曾祺。

我们去的那个镇叫湖滨,在高邮湖西岸,一个不大的湖边小镇。一条街,沿湖堤弯弯曲曲,有二三里地长,街面上是一家挨着一家的住家、店铺和公家的一些单位,许多店铺卖咸鱼、小虾。街上不时走过一些挑着担子的乡下人,担子里也多是水产之类的东西,一条街充满了鱼腥味和水腥味。湖的东岸,岸边就是江苏的高邮,那个县城的人讲话比我们县还要土,可是我们那时并没有去过高邮。湖很大,湖心帆影点点,沿湖边的沟沟岔岔,也停满了大大小小的船只。有些船只上有妇女在用竹竿"浪"(当地土话,即"晒")衣服,把衣服的袖子套在竹竿里。也有的船上飘起一层烟,平铺在水面上。有的船上贴着大红的门对:

日行淮河三千里
风送江南第一舟

不知什么原因,每一条船上都有一个旗杆。旗杆上插着五星红旗。我们在年少的时候,认识国旗的庄严,也多是缘于船户人家的船顶(有许多船常年停在我们县的白塔河岸边,夏天我们就在这条河里游泳)。因为水上多有风,五星红旗总是迎风飘扬,而且一个水面上那么多船,每条船上都插着一面,远远看去,那一片红色特别鲜艳,特别醒目,全部映照在广阔的蓝天白云之下。

我们在镇上喝了点小酒,晚上就睡在镇上的一家小旅馆里。那时镇上的旅馆并不多,我记得是从一个窄窄的巷子走进去,一个老式的木门,进去之后一个天井,四边的房子就是客房了。房子也显得阴暗得很,白天不开灯屋里连东西都看不清。我们几个人就睡在了两个大房间里。

多少年后,我把汪曾祺的小说读得滚瓜烂熟,我总是将此旅馆同汪先生的小说《王四海的黄昏》里的叫"五湖居"的小旅馆混淆在一起。

小说是这么写的:

> 两进房屋,当中有个天井,有十来个房间。砖墙,矮窗。不知什么道理,客栈的房间哪一间都见不着太阳。一进客栈,除了觉得空气潮湿,还闻到一股长期造成的洗脸水和小便的气味。

这一次美妙的旅行当然改变了我。在之后的日子里,我和这些家伙整日"酱"在一起,成了终生的朋友。

2017 年 8 月 2 日

有"女"志玲

没有名字之前

有一天,中午,女儿从外面回来,没进门就在外面嗫嚅:"我买了个小狗。"我和她妈妈一听就急了。住楼上,就三间屋子,怎么养?狗子气味大,人怎么住?她妈妈本来不喜欢小动物:"人都养不活了,还养狗?"她妈妈气急败坏的。可是女儿已经买了回来,我们又能说什么呢。于是她妈妈说:"你买的你自己弄,我们可不给你弄。我们年纪大了,只能管自己了,我们还要出去旅游旅游。反正你自己弄吧。"女儿嘴硬:"我自己弄就我自己弄,不要你们管。"就这样又买了窝,买了笼子,开始了与狗的生活了。

小狗买回来的时候,也才四个月大,走路还不能利索。给她买的笼子,她进笼子还得爬进去,出来也是爬出来。

这个东西一身雪白,仿佛只是一团棉花,没有骨头。就这团棉花,她还有温度,有七情六欲,有鼻子有眼睛。小眼睛漆黑发亮,转动起来还留白。黑鼻头质地优良,完全是真皮,还时不时用粉红色的小舌头给她擦擦,以保持光洁。小心脏一刻不停,咚咚咚乱跳,憋起来仰在地上,四仰八叉;安静起来抱成一团,头尾不见;严肃起来在地上走来走去,逛累了小盆子里喝点水,都懒得搭理你一下。

没想到这东西长起来飞快。一个多月后,即能飞速奔跑,从笼子里直接跳出来,进去也是一下子蹦了进去,特别是你用球或者带子逗她玩时,反应之迅速令人瞠目,她在地板上飞奔,并能及时刹车,迅速转弯。再过些日子,在快速奔跑中就能一下子蹦到沙发上了。

自从她第一次蹦上沙发之后,她便喜欢上"爬高上低",几个沙发上轮流表演。我们从刚开始不允许她上沙发,到最后一家人都是一副无所谓的样子,而她,将几个沙发也很快占为己有,一任在沙发上玩耍,睡觉。

名字叫志玲

总得有个名字吧,不能总是小狗小狗地叫。她是白色的,有四条俊美的大长腿。我的女儿说,就叫志玲吧。她们女孩儿知道的明星多,说林志玲就是大长腿,意思是说她的大长腿同林志玲一样美。

转眼三四个月,志玲也成了我们家的一员了。长期观察下来,发现这个家伙鬼精鬼精的,她不会说话,但是她的行动和眼神都像是会说话。比如她要吃饭,先用双爪在你腿上扒扒,之后跑到食盆子跟前一坐,就是说:我饿了,想吃饭了。你教她一些小知识,她也能很快掌握,比如你给她吃饭时,让她"唔——"几声(拖长音),她刚开始"唔"不出来,你多教她几次,慢慢她便能发出来。不过不知是声带问题,还是别的什么原因,有时她憋半天憋不出来,憋出来,声音也很小,只在嗓子眼里挤出一点点。你若再"戏"她,叫她说,她逼急了,会生气,会忽然"喔唔喔唔"给你狂吼几声(声音极大,明显不高兴了)。这时她真生气了,你拿她"消遣",一次两次就算了,还当个生意做了(苏北方言,意为没完没了)。她已忍耐半天了。

有时她则非常"严肃",在客厅里走来走去,你去"撩"她,她也正眼不看你(有时用眼角瞄你一下),继续逛来逛去,不知道她找什么,还是有什么心思。

吃了一肚子生咸鱼

我们不是初次养狗,在孩子小学时,曾买过一只京巴。不过那时我们也年轻,自己还玩不够,哪有那么多精力去管她。养了一阵子,也只粗放地去养。我还喜欢瞎弄她,把她翻过来抱,在草地上往空中扔,扔得好高。一次失手,直接摔在地上,摔得"嗷嗷"乱叫。吃东西也没有规矩,瞎给她吃。有时也把她关在卫生间里,不知怎么给弄了一身的蚤子,剃光了毛,搽药,很久才好。之后孩子升初中学习紧张,送回老家外婆家去养,可是没养多久,不知怎么死了。过了很久,那边才告诉我们。总之一句话,那时我们对养狗,还缺乏耐心,缺少经验。

这不,这回的这个志玲,只带回老家一次,就又把她给弄病了,还差点送了性命。

放长假时,我们要回老家县里去,可她怎么办?只有带在车上。在老家她也是"欢实"得很。只是老家县里是平房,杂物太多。有个大院子,她快活倒是快活了。在院子到处乱跑,一会儿跳上花坛,一会儿阴沟乱拱,把身上弄得跟"泥猴子"似的。一次,她竟然在一张老沙发后面,发现"她奶奶"(我妈妈,以孩子的口吻)藏的一袋咸鱼干,不知怎么给她扒了出来,狼吞虎咽一顿猛吃。待我们发现时,地上已给她搞得一片狼藉,赶紧上去阻止,逮住她,可她还挣扎着要去吃,嘴里还紧紧衔着一条,我们费了半天劲,才从她嘴里将那半条鱼弄出来,气得又对她的屁股猛抽了几下,她才乖乖地跑到一边去了。

可是,只一会儿,她在院子走廊上,吐了。吐了一大堆,将吃下去的几条咸鱼,都吐了出来。——过后才听人说,狗不能吃咸的。她却一下子吃了这么多的咸鱼!

即使这样,吐了之后,她并没有什么不舒服,还是神气活现的。

这下子真生病了

没想才过了几天,带回到城里,她生病了。先是看她没有精神,老趴在那儿,后来就不吃东西了。我们也不知道带她看医生,心里想她清饿几天也许会好的。动物嘛,皮实呢。

她生病真是可怜,眼神那么忧郁。总是躲在角落或沙发肚里,趴在那里。

过去蹦蹦跳跳,一下子不得闲。生病之后再也不跳了,你出外回家,她拖着病躯上来迎接你一下,把两只前爪象征性地向你腿上一搭,之后又回到原来的地方,再后来她连走也走不动了,听到响动,也只是艰难抬一下头。

她生病后非常自觉,总是躲在角落你不容易看得到的地方趴着,就这样,大小便还是到笼子里去。

她已经三天滴水未进了。你给她盆里放点水,把她抱过去,她连嗅都不嗅,扭头就走了。更谈不上进食。她平时对吃简直入迷,疯了一样抢食。我们都说她是"饿牢里放出来的",可是这时你给她一点狗食,她闻一闻,一点兴趣也没有。

有一天我以为她死了。一摸她身上,一点热量都没有了,她软软的,瘦得只剩下一把骨头。我对"她妈妈"说:"她妈妈,她妈妈,小狗死了!"

可不一会儿,她却艰难地抬起了头。

原来吃饭时,她总是要吃。我们说,坐下,坐下就给吃。几次一教,她会了。我们一吃饭,她就老老实实地坐在你腿边,坐得像个卢沟桥的石狮子,一团白坐在那里,由不得你不心软,给她吃,红薯、胡萝卜、鸡蛋……反正她嘴"泼",什么都吃。

有时你不想给她吃了,她坐在那儿半天,见你没反应,她会"喔呜"两声,表示抗议,或者跑到你腿跟前,用前爪推一推你的腿,又迅速跑回去,坐好,意思是告诉你,你把我忘了,我已经坐好了,我好好地坐在这儿呢!

这一下她什么也不吃了。

有一天早晨,我起床过来看她,可一点好的迹象也没有,还是一副病恹恹的样子。她不知怎么爬到沙发上的,蜷着睡在沙发中心,你走过去,她顶多抬一下头,后来连抬头的劲也没有了。

我再一看,笼子里又是一长溜的血。她便血已有几天了,可今天又是这么多,我的心一拎,这样下去怎么得了,必死无疑了。

她的无助让你心碎。她忧伤的、温柔的眼睛看着你,那个可怜见,她妈妈就是这时被她击倒的。女儿急得要命,说:"你们怎么还不带她去看啊!"母女俩赶紧带她看医生去。先是看了一家医院,不见好,又换了一家,还不见好。女儿急得直叫:"怎么办啊!怎么办啊!"她妈妈也急死了,来回地看住她,说:"不花钱怎么办?你不能看着她死吧?"

母女俩又遍城找医院,终于找到一家医院,对了症了,慢慢才好了起来,当然几千块钱也没有了。

好了之后,她妈妈忽然极爱她了,而且越来越宠她。在吃上,对她严格控制,老婆的口头禅是:"你们给她瞎吃,就是和钱过不去。你要是钱多,就给她瞎吃吧。"

从此,我们对狗的知识也增长了许多。这一回,才大概知道,什么是养狗了。我们的养狗生活,进入了正常时期。这么一晃,已两年过去了。

拉存款

中午回来,我开门故意开得很重,可是没有听到志玲跑过来的撞门声。

为什么不来迎接我?

我开开门,大喊。志玲这才听到,从厨房飞快奔来,迅速地往我身上蹦,好像为弥补刚才的失误,一蹦一个旋转,一蹦一个旋转。那个热情,让你无法消受。紧接着就是翻我的包(我喜欢每天拎个纸袋),像个小孩翻下班回来的父亲的包箱似的。

我走进厨房,将揣在怀里的一盒酸奶(这样可以保证酸奶和人的体温相近)取出,倒入一个小碗中,之后加入几块饼干,用饭勺子捣碎,端去让她妈妈吃。她妈妈边忙边吃了几口,不肯吃了。我就端着出来,自己吃。

"不能吃,把你肠子吃坏了。唉!想给你吃又不能给你吃。人生就是充满矛盾。志玲,你不懂。"

志玲又跑厨房去了。

女儿回来了。这下听到了,志玲又飞跑出来。

"你爸哪?盛饭。你爸哪?"她妈妈在厨房喊。

志玲一个劲地跟女儿亲热,女儿"嘿嘿嘿"地笑着,放下门钥匙。她又跟女儿到房间去,女儿一路嘴里"咕哇咕哇……"

完成了对女儿的迎接,她又要去厨房了,就听她妈妈说:"干吗?过去过去……"

坐下吃饭。女儿对她妈妈说:"你同学王秀琴有没有八百万啊?让她给我签个私人银行呀!"

她妈妈只顾吃饭,没理她。

"帮个忙嘛!"女儿不折不挠。

"她买别墅了,哪还有八百万,不可能的。"她妈妈一口断绝。

"还有一千多块钱的奖励呢!我给你,好不好?"女儿引诱。

"关键是她没有这么多现金摆在家里。"她妈妈坦率地说,"不能让你同学马玲玲找她爸爸吗?"

女儿说:"我同她讲过好多次了,她都说好,之后就没声音了。"

银行总是叫人拉存款,女儿没辙了。

志玲飞奔着四个小爪子,地板则有节奏地"咚咚咚"响,听起来非常美妙。女儿丢下筷子,去玩志玲去了:"志玲,志玲,过来,过来。"

之后就笑着玩狗。

"大侦探"

今天周末,到单位整理书稿,回来晚了。回家时,从单位带回一个苹果。自从志玲到我家来,家里的东西都逐步往高处转移。因为矮的地方,都给她够遍了。我的鞋子、袜子没有一双没给她拖过。家里凡能拖走的、她拖得动的东西,都给她拖到窝里去过。

还有就是吃的。她实在太馋了,仿佛饿死鬼投胎,整天就为了一张嘴。那个狗鼻子,就是个探测仪,到处扫描,没有藏得住的东西。现在她已发展到沙发、茶几随便上。家里几个沙发,想跳哪个跳哪个,想睡哪个睡哪个,轮流跳来跳去玩。在这个家里,她已经"自由化"得没法治了。

所以我回来,就偷偷地将苹果放在了电视机柜子上的一个小盒子里。

我开始吃晚饭,她妈妈坐在那儿看电视,志玲睡在她窝里,将头枕在窝的沿口上,权作枕头。

我吃到一半,她妈妈到厨房找东西,之后出来同我说话,志玲也跟了过来,在我们的腿跟前转了转。只一会儿,不见了。她妈妈又说了几句,回头一看,志玲不见了。再找,呵!这家伙躲在沙发的茶几肚子里,两只手里正抱着个什么东西在啃,她妈妈赶紧奔过去,低头一看,志玲正抱着那个大苹果在啃呢!她妈妈赶紧从她嘴里抢出来,可是已经给她啃了一个大口子。

这个家伙,太坏了!整个就是个"大侦探"。什么东西你再会藏,也藏不住。

她妈妈非但不打她,还一把把她抱在怀里,说:

"谁教你的?你怎么这么聪明?你的爸爸妈妈到哪儿去啦?没有人教你你怎么学会的?志玲就是聪明,我们家的志玲就是聪明。"

说完,又往怀里紧了紧,把个小狗狗抱得像个孩子一样。

小主人发威

中午女儿下班比较早,志玲还在厨房等吃的,没有发现她的小主人回来,等女儿开开门,志玲才欢快地跑过来。

她的小主人不高兴了:"志玲为什么不欢迎我啊?"

志玲摇着得意的尾巴,一蹦,舔了一下女儿的手,女儿依然小脾气:"你就这么敷衍我,就舔我一下。"

我坐在桌子跟前吃苹果,切了一片苹果,扔了好远,志玲一下子就冲了过去。

女儿抗议:"什么呀!你给她什么东西吃呀!"她看清楚了是苹果,又说,"你别老给她吃苹果啊。大便都变得黏黏的了。"

她妈妈在厨房喊:"开饭了。"又说,"你们冷不冷啊?冷就开暖气。"

女儿说:"冷。"

中午她妈妈做了好几个菜,有炝菠菜(只烫一下就捞起)、银鱼青椒炒鸡蛋(高邮湖银鱼)、炒土豆丝、牛肉烧粉丝、风鹅和小乌菜汤(只清汤,不放盐)。我们吃饭,志玲又跳来跳去,我索性把她关了起来。这个小志玲,一关起来就不高兴,鼓着个嘴:

"嗯——"

我们大家都模仿她:"嗯,嗯,嗯嗯嗯……嗯嗯……"

我边吃边说:"她过的什么日子,整天一副饥饿的样子。"

她妈妈说:"饿什么,大便正好,两个那么长。"她用手比画了一下。宠物医院的医生曾对我们说,看狗吃多了没有,看大便就行。每天一截正好,两截也还行,再多就不行了。

我对她妈妈说:"明天买个老母鸡炖炖吧。"

她妈妈说:"好啊,你出钱。我们时间都给你了,你就负责挣钱回来。"

我说:"叫你们背诗的哪!把《二十四节气歌》背出来,一百块钱奖金。"

她妈妈说:"我背。"说完退出筷子,边想边背起来:

春雨惊春清谷天,
夏满芒夏暑相连。
秋处露秋寒霜降,
冬雪雪冬小大寒。

我说话算话,立即拿来一百块钱奖励她妈妈,又叫女儿背,女儿将嘴一歪,一副不屑的样子。

吃完饭,女儿去弄志玲,说:"志玲过来,给你称称有多少斤了!"

志玲一放出来,就跑了。跑到桌子跟前,要吃。女儿去拿了一根磨牙棒,去逗志玲,好不容易把她弄到秤上,一称,女儿说:"志玲,你都十斤啦!"又说,"来,握手,志玲。"

过一会儿,女儿自己又站到秤上:"天哪!我已经一百一啦!"下来,又脱去棉袄,再站到秤上,"啊呀!一百零八。还好还好。"

你到底整天想什么?

中午吃涮羊肉,我去北京羊肉馆买了两份牛肉、一份肥牛,要了麻酱、韭菜花和甜蒜。她妈妈在家,到菜场买了好多蔬菜,有藕、冬瓜、荸荠、香菜、蘑菇、土豆、豆芽和小乌菜……我们就站在锅台边涮。小志玲忙前跑后,一会儿厨房,一会儿客厅,真是个无事忙,就跟贾宝玉似的。

女儿在手机上看网站,看如何自制狗粮。女儿边看边说,可以给狗狗做虾壳,做西芹和菜花,还可以给狗狗做生日蛋糕……

我们在锅台边涮得很开心,志玲白忙一气,可没有吃到。她妈妈将几片羊肉在锅里涮涮,又放到白开水里洗洗,之后喂到志玲嘴里,志玲没有嚼就下去了,又回来坐到锅台边。她妈妈说:

"没了。休息,休息。现在去玩吧。"

一阵狼吞虎咽,大家吃饱了,开始喝汤,稍事休息。她妈妈说:

"唉,吃得我累死了!"

她快乐,吃还累!还"累死我了"!之后话匣子打开了:门口有两棵大葱,是邓大姐(我们的邻居)给的,放在门口鞋盒里。"怎么有两棵葱啊!"她妈妈说。

邓大姐过来说,她给的,人家山东人给的她的。

"好大的葱啊!"她妈妈说。

之后又洗了一小块羊肉给志玲吃。志玲没有吃到多少,可跑来奔去,不亦乐乎。

"你的人生理想就是吃。"她妈妈又数落她,"你脑子里就一件事:吃。我们人类要向你学习,那什么事办不成啊?"

女儿说:"她又吃苹果又吃狗粮,现在又吃肉!"

她妈妈说:"上午本来就吃得迟。中午又吃,肠胃会搞坏的。"没有说几句,又把志玲抱在怀里,对她说:"你可吃饱了?你说,饱啦饱啦!"转脸又对我们说,"人如果能把狗脑子撬开来,研究研究,看她脑子里想的什么就好了。"

真洋相

中午我午睡起来,一开卧室房间,见志玲仰在沙发上,可以说是四仰八叉。我开门那么大的响动,她并不像平常那样赶紧跑过来,而是仍睡着不动(她是有午睡习惯的),只是把头扭过来,两只眼睛望着我。那个样子萌得,真是不要不要的。

我立即折回房间,取出手机,跑到她跟前,连拍了好几张照片,可她仍睡着不动,就这样仰着,歪着头望我。

我拍完回到卧室,马上发了一个微信朋友圈,贴了几张照片上去,起了一个标题:"真洋相"。"真洋相"是我家乡天长的土话,即快活的意思。

不一会儿,获得许多朋友的点赞。

"石狮子给她磨出屁来"

下午去开计划生育会,回来早一点。一开门,门反锁了,我就知道她妈妈出去了。她妈妈很少出门。我开门时想:志玲也被她带出去了吗?不是说志玲要去打针,还要去洗澡吗?

可是开开门一看,志玲在家呢!被关在铁笼子里,我舍不得,立即将她放了出来。放出来的她你就看她高兴得,不断地往我身上跳,跳好多次,我好心安慰她:"好,好,乖乖,不跳了,不跳了,歇一会儿吧。——自己玩去。"可是她还是跟住我。

中午我没有吃饱,主要是没有主菜,一点肉没吃。下午开会喝了几杯茶,胃里即"燥人"得不舒服。中途休息,我还跑到酒店一层的自助餐厅找了一个橘子吃。说起来丢人,我走进餐厅,服务员正在摆餐,我看没人管,本想吃几个已切好的哈密瓜,可又没有叉子,于是见到橘子,就顺手拿了一个。拿上先还不敢吃,抓在手心里,一直走到大厅,怕服务员追出来。她若追出来,顶多还给她罢了。我走到大厅休息区,坐在沙发上,见并没有人追我,才偷偷地剥了吃了。

因此我回来第一任务是找吃的,这正好和志玲的"第一目标"相吻合,她于是跟前跟后,一步不肯离我。我先是将稀饭热了吃掉,又喝掉一盒酸奶。我吃这些的时候都给了她一些,特别是酸奶我还多留了点给她喝。她先舔了酸奶的盖子,之后将酸奶盒子套在嘴里吃,吃得干干净净。而她自己的胡子和脸都沾满了,又用舌头舔脸。怎么能够得着呢!我找了餐巾纸给她擦了擦。

可是我走到哪里她还是跟到哪里,俨然就是一个跟屁虫。之后又到处找东西,趁我不注意,蹦到椅子上够到电脑桌上,偷了我们之前切在盘子里的苹果。叼了一大块,见我来了,拔腿就跑,先往自己的窝里跑,之后想想不对,又跑到沙发肚子里,还是给我逮到了,从嘴里硬抢出来,可还是给她咬了一大块。

饭后没事,我到电脑桌前看新闻,她自己在客厅玩。我上了一会儿网,见她没了动静,便回头找。没有!我赶紧起来,看厨房没有,沙发上没有,窝里也没有。跑哪儿去啦?我走进卫生间,一看。好家伙!在浴缸里呢!出不来了,两只前爪搭在浴缸沿上,正在那儿玩呢。

我赶紧把她抱出来,四个蹄子湿湿的。我找来一条毛巾,要给她擦擦,她却用嘴咬着毛巾死不松口,好不容易拽出来,她又躲来躲去,不让擦。我一下子没抓住,她挣脱了就给我躲猫猫。我追到沙发边,她跳到沙发上。我赶紧捉,她又飞快地跳到另一只沙发,就这样跳来跳去,动作又是那么的迅速而敏捷,非常优美,让你气不得哭不得笑不得。

我一气之下,把她关到笼子里去了。一关起来,她就发呆。过一会儿,生气了,发出奇怪的声音:

"呜,呜——呜。"

不高兴。

我又到厨房盛了半碗小米粥,坐到桌子上,开始吃。她不高兴,把头背过去,一副生气的样子。

志玲拜菩萨

新年第一天,早上起来,她妈妈叫给菩萨磕头。她烧了香,杯中换了清水,叫我先磕。我跪下给菩萨磕了俩头,可志玲不断捣乱,她咬住我的袖子。之后她妈妈磕,她又咬住她妈妈袖子头来回甩,她妈妈于是抱住她,也叫她磕了三个。

趁节日没事,我赶到办公室整理旧资料,找出许多有关汪曾祺先生的资料,都是他在世时的报刊,有关于《沙家浜》剧本官司的,有他与丁聪合作在《南方周末》发表的《面茶》《闻一多先生上课》等专栏文章。我一时高兴,先忙着复印,又发微信。忙忘了时间,回家吃饭迟了。她妈妈不高兴,在阳台上晒太阳,房间门关着,不出来。志玲听到我回来,从阳台跑回房间,又是撞门又是叫唤。

我到厨房找找吃的,看只有一些剩菜,就说:

"你们还没有志玲对我好,志玲还要出来迎接我,你们也不管我吃喝。"

过了一会儿,女儿从房间出来了,志玲也跟了出来,跑过来与我亲热。女儿说:"不要给她吃哈,她吃过了。"说着就把志玲关了起来。

我躲到厨房吃饭,志玲听出来了,于是我故意逗,躲到门后,把嘴嚼得很响。她先是小声叫,见还没人理她,之后生气了,声音越来越大,竟然"喔呜喔呜……"越叫越大。我只好偷偷出去,往她嘴里塞了半个荸荠,女儿正好出来看见:"你给她什么东西吃啦?"

志玲正好吃完了,我手一摊,什么也没有,可是手上叮了几粒饭米星。

女儿:"不要给她吃呀!"

她又转回身,对着志玲:"你叫什么叫?!吵死了!"

志玲不敢吱声了,用很小的声音:

"呜……呜……呜……"

女儿又回过来对我:"你吃饭不要发出声音来呀!"

女儿是联合国"警察",她什么都得要管一下的。

战斗的早晨

早晨起来,她妈妈喊:"女儿你来看,志玲屙了这么多屎。"

我睡在床上,没有听清楚,心里疑惑:"是不是又拉稀了?"狗狗拉稀就是又病了。我听到志玲病,心就发疼。现在看个病,动物比人贵。送到宠物医院,少说一两千,多则三五千。上次住两次院,已弄掉了大几千。她爷爷住院,一次才花两三千,难道志玲比她爷爷还金贵?

我从床上赶紧起来,拎着裤子跑到客厅,她妈妈和女儿,两个人四只手,正在给志玲洗呢!我再看看笼子里,啊呀!我的妈呀!给屙得全是屎！放垫子和毛巾的半边,是给她睡觉的,现在也被粘上好多黑黑的屎。我心里直犯恶心,赶紧把整个笼子拎起,开开门,往楼道垃圾筒去,到垃圾筒跟前,我先用卫生纸包着,将那几团完整柔软的拈出,之后又来打扫垫子、毛巾。这可不好弄,已经给她踩得全粘在了垫子和毛巾上,我干脆一股脑将毛巾、垫子全拿出来,对着垃圾筒用劲抖,就这样也很难抖净。于是我将脏毛巾、垫子拿回来,扔进盆里,倒上洗衣粉和热水,泡在那儿了事。

把我给恶心的！

回到家里,我即到厨房烧水泡茶。我要泡一杯好茶,好好款待自己。我拿出我平常不舍得喝的太平猴魁,泡了浓浓的一杯,坐下慢慢喝将起来。

她妈妈和女儿还在那里工作,刚才她们给志玲把四只蹄子全洗了。现在正用电吹风给她吹干呢！她们边吹边说话。

她妈妈:"今天早上你不得吃,罚你！"

女儿:"你别怪她,好不好?"

她妈妈:"那怪谁?"

女儿:"怪我们,好了吧?"

她妈妈:"还'我们'。"

女儿:"当时我不是问了吗,能不能给这么多,你说可以。"

她妈妈:"我以为这样给她的饭就减少了呢！"

昨天晚上,女儿弄回来一种营养品,说志玲营养不良。前些时女儿就说,志玲太瘦了,要加强营养,可能女儿昨晚给她吃多了。

洗完后,把她放地上玩了一会儿,她仍然是又蹦又跳,高兴得很,一副没心没肺的样子。

她妈妈开始弄早饭给我们吃。女儿又把志玲拴在了门框上。不一会儿,志玲便不高兴,嘴里发出娇气的声音。见没人理她,她便一声高过一声,声音还多有变化,袅娜婉转的,表现出不同形式,但一个词,就是:撒娇。不高兴。

女儿:"你吃过了。你已经吃过啦!"

她妈妈从厨房出来:"吃饭。她爸,吃饭,盛饭啰!"

坐下吃饭,又将志玲放下来,省得在那儿鬼叫。放了之后,她又兴高采烈。她妈妈于是评点她:"你就是有阳光心态。要有得吃这样,没得吃也这样才好。"

志玲听她说,就坐在她边上,嘴里呜呜的,要吃。她妈妈说:"你还叫。叫,就是有诉求。你还诉求什么呢?"

她妈妈边吃边不闲着,自言自语:"你呆得了吧?你呆得了吧?你呆得了吧?"又说,"累死我了!吃得真香啊!吃急了,吃急了。吃得噎住了,噎死我了!"

吃完了,她妈妈嘴还不闲着:"战斗的早晨。今天的标题就叫《战斗的早晨》,志玲,你说是不是?"

女儿去把志玲抱起,又放下:"臭死了!臭死了!爪子臭死了!"

我:"还臭啊!"

女儿:"臭。"

她妈妈走过去,一把把志玲抱起,一个一个爪子闻。之后说:"前面两个还好,后面腿臭,右后腿臭臭的,最臭。"

女儿笑了起来。

她妈妈又说:"右后腿最臭了!也不能洒花露水!"

她们娘俩不死心,又把志玲捉起,到卫生间,又去洗她的爪子。

烧烤志玲

吃完午饭,收拾碗筷,她妈妈给我看一个手机里的图片,是一个小孩子不小心用湿手抓了手机充电器,可是手机拔了而充电器连接电源的一头没拔,结果小孩子一下子烧焦了。图片上孩子全身焦黑,还有一张孩子母亲痛哭的照片。

她妈妈给我看完评价说:"每个家庭都有自己的不幸。什么事都有可能发生。所以充完电充电器一定要拔,否则不注意,志玲咬一口,志玲就烧焦了。"

我边洗碗边说:"正好烧烤志玲,又香又好吃。"

她妈妈说:"是的,正好把志玲烤烤吃,这样钱也没有白花了!"

志玲可不管这些,依然在客厅走来走去,小蹄子"嘚嘚"有声。

女儿从卧房出来说:"志玲,走,我们出去吧!——你先到门口去。"

女儿换好鞋,带着志玲走了。

志玲走后,她妈妈并不闲着,又说:"志玲不言不语,可她特别专注,身上有锲而不舍的精神。她爸爸要向她学习这些优点……志玲又是灵活的,她特别有眼色……社会是复杂质、虚伪的,你用一副面孔对付这个社会是不行的……这,她爸爸也要学习……"

弄得我还要向一只小狗去学习。可是,人又怎么不能去向动物学习呢?

女儿回来,在后面猛撵志玲,一把将志玲捉住,手伸志玲嘴里就掏什么东西,手伸进去那么深。我一下子非常生气:假如小狗不注意一下子咬了她怎么办?

我对女儿说:"手伸那么深,咬了你怎么办?"

女儿说:"她不会咬我。"

我说:"她又不是有意的,她为了保护自己,本能地咬一口,那你就麻烦了!"

我很生气,这个死丫头!弄这么一个小魔头来,折腾我们老两口。

在外面,女儿不注意,她突然从地上含了个什么东西就跑,女儿撵了半天,才逮住她。

掏出来后,把志玲放到地上,她又"嗒嗒嗒"地来回逛,一副没心没肺的样子。她妈妈一把捉住她,抱在怀里,说:"志玲,握手,握手。"就抓住她的小手摇摇,"听懂了,听懂了。听懂了我就喜欢你。"

她妈妈在客厅来回走,两只脚也是"嗒嗒嗒"的,说:"我们日子只会越来越好,是吧,志玲?"

一杯茶引出的……

母女俩趁中午要给志玲洗澡。两人七手八脚,把她弄到卫生间,从头到脚给她洗洗。志玲是喜欢洗澡的,所以洗澡时很乖,弄成什么样子也不反对(有些姿势很不舒服)。洗完澡,吹干,一切顺利,开始穿衣服了,母女俩出现了争执。

她妈妈:"穿大红背心,粉红裙子,不是行吗?"

女儿:"那不厚了吗?你穿两件不厚啊?而且这个衣服不仅厚质量也很差。"

她妈妈:"粉红裰子不是行吗?"

女儿:"粉红的又小了啊!"

她妈妈:"你不能用发展的眼光啊,她不长啊……别咬!上点规矩……一个多月都长了一斤多!"

她妈妈:"尾巴还潮着呢!尾巴还没吹。"

女儿:"你看看,她身上什么呀!背上是不是长了个瘤子?"

两个人边说话,又把她捉住,放在椅子上,开始给她吹尾巴。

一切妥当,她妈妈把她抱在怀里,坐到里面客厅沙发上去。

她妈妈:"你放屁了吧?"

我赶过去,很是好奇:"她还放屁啊?"

她妈妈:"你没跟她时间长了,有时候受了凉,就放屁。"

我倒了一杯茶,给她妈妈也斟了一杯,滚热的。她妈妈抱着她,坐在沙发上,正开收音机听刘兰芳的《红楼梦》。她妈妈说:"我手脏呢!怎么拿啊?"之后就用指尖捏住杯底。喝完了,她妈妈说:"你爸爸拿去。"把杯子递了过来。

我说:"你倒好,坐那儿抱个狗狗,还'你爸爸拿去'!"

她妈妈:"谁烧给你吃了?"

我说:"是我主动拿茶给你喝的好不好?"

她妈妈:"谁叫我烧的?我烧了三十年饭了!早可以不烧了!"

她妈妈讲上瘾了:"女儿也该走了!十八岁就应该出门了!……志玲是吧?志玲也要干事呢!志玲你会干什么?……更何况有的女孩子,七八岁就可以扒锅台了(做家务)……志玲对吧?志玲还能逗我开开心呢!"

广播里《红楼梦》还在说着，说到贾宝玉到薛姨妈处吃酒，李嬷嬷怕他吃多了，在那儿饶舌。林黛玉刻薄，不高兴了，就敲打李嬷嬷："难道在姨妈家喝点酒也不成？"而薛宝钗温柔敦厚，说话就机敏得多。

她妈妈评论："说话让人高兴就是本事哟！会说话就是本事。邻居家女儿，每每从门口过，都要逗志玲，模仿她叫，志玲听到，都很生气，冲到门口，跳起来狂叫，嘴里还'呜呜呜'的。"

比人家女孩儿还狠。

关笼是爱

外面下着雨，已经下了两天了。冬至已过，马上就小雪了。一场一场的雨使天越来越冷了。她妈妈这两天回老家县城了，走之前反复叮嘱，对志玲要怎么怎么。中午，我还没有回到家里，即收到她的一条短信。

在路上，我喝了一盒酸奶。我特地留了一半，回来给志玲喝。进到家门，我即把她放出来，她高兴地同我玩耍。我边给她酸奶喝，边说："妈妈说了，严是爱，宽是害。我给你念念妈妈刚给我发的短信吧。"我一字一句地念道：

　　志玲你中午睡觉一定要放到笼子里，否则乱吃纸、笔、袜子，跳上椅子，猛（乱）吃桌上的菜，伤胃，后果难以言喻。
　　上班，也一样。关笼是爱。

写得很简洁，很有文气，也有哲理。

"知道吧。'关笼是爱'——你不能恨我哟!"

我给她吃了中午饭,今天吃饭倒好,她没有给我闹。她自己先是玩了一会儿小鳄鱼玩具,又拖了一只拖鞋玩了半天。

外面的雨还在下,一直在下。

吃完中饭,我与她玩了一会儿,给她捶捶背、按摩按摩肚皮,她"洋相"得很,躺下随你按。

之后我睡午觉了,她自己玩玩。

午休后我去上班,按照她妈妈要求,将志玲关进笼子。关好后我对她说:"志玲再见!等我下班回来再玩,你睡睡觉,休息休息。你即使在外面也是睡睡玩玩,还乱啃,是吧?志玲再见,再见……"

一个未来小作家

昨天晚上志玲还是挺好的。

女儿晚上下班回来,要我给她买淮南牛肉粉丝回来吃。她吃完之后,开始打扫卫生,我则看尤金·奥尼尔的话剧《榆树下的欲望》。此剧写一个家庭的矛盾,父亲老凯勃特娶了年轻美貌的妻子爱碧,爱碧为了给老凯勃特生个儿子,竟然向老凯勃特的儿子伊本"借种",为此真正产生了爱,而伊本却误会了爱碧,致使爱碧将两人的孩子杀死……这颇似中国版的《雷雨》,但也不尽然,这里只是取其"乱伦"这一点。

女儿扫完地,不知什么时候,在桌上吃了个猕猴桃,吃过她桌子不收椅子也不收,结果这个机灵的志玲趁女儿不注意,跳到凳子上,把桌上剩余的猕猴桃连皮带肉偷吃一通,等女儿发现,她已经吃了大半。女儿连忙冲上去,从她嘴里掏,可这又能掏出多少呢!

中午我休息，客厅的门没有关，主要是为了透透空气。邻居孩子小慧才七八岁，却十分淘气，中午不睡觉，在门外逗志玲玩，嘴里发出各种声音，逗得志玲在笼子里狂叫，以为真来了什么妖魔鬼怪。"喔唔喔唔喔唔，喔唔喔唔，喔唔……"志玲叫得越凶，邻居孩子越快活。我睡在床上想，也许若干年之后，这个叫小慧的孩子成了一名作家，她会记得这少年的往事吗？也许她还会写道：

在我七八岁的时候，我的邻居家养了一只小白狗，小狗十分可爱。我每天趁大人们午睡，就出去逗小白狗玩。我模仿她叫，小白狗真以为外面也有一只小狗，也叫，而且越叫越凶、越狠。我快乐极了。这只小白狗，真给我的童年带来无尽的快乐。

我睡好起床，将志玲放出来玩一会儿，让她活动活动。没一会儿，她又跑到厨房够锅台子。我叫她出来，她没耳朵听，根本不理我，我一生气，给她屁股上狠狠一巴掌。她立即跑出来，窜到茶几肚子里，躲了起来。

可不一会儿，她又跑出来，跳到沙发上，咬着垫沙发的床单玩去了。

2018 年 4 月 8 日改定

"看你往哪儿跑……"

那年我二十一岁,在一个叫滁州的小城市,上银行专科学校。我不喜欢金融,无心上学,整天就沉溺在文学的幻想之中,因此结交了一些写诗写小说的文学小青年。其中一个叫欧阳子的,才十九岁,他写诗。因为高考落榜,他爸爸是公安系统的一个小头头,便安排他到郊区的一个劳改农场工作。

欧阳子个头矮小,瘦长脸,戴一副眼镜,长得有点像王蒙。我们有时就干脆叫他小王蒙。他极机敏,读书多。喜欢白居易、李贺的诗,喜欢明朝那个写《陶庵梦忆》的张岱。他诗写得也好,就是有时对犯人未免太凶了些,他却说"我算是好的了"。

郊区离城也才二十里路,那时会觉得很远。一条沙石甬路通到山坳里。那山不大,叫琅琊山,可是挺有名,欧阳修写过《醉翁亭记》,"环滁皆山也。其西南诸峰,林壑尤美……"就是说的这个山。欧阳子所在的劳改农场也就在城的西南边,说明当年欧阳老先生说得不错。山不可移,这是常识。《愚公移山》,那是决心和理想。

我常去欧阳子那里玩。有时骑自行车去,有时坐公共汽车去。

这个经历,使我在青年岁月,就得以接触劳改的犯人——一般人是难以想象可以跟犯人接触上的——甚至一起吃饭,在一个屋里说话。

那时社会比较简单,信息也不像现在这样发达。因此劳改农场一切显得十分简陋。一个红砖砌的大门楼,砖缝都没有勾,一个网着铁丝的大门,通到外面的碎沙石路上。倒是有个高高台楼,那里就是岗哨。我们每次来,都是从沙石路这边过来,就直接进到院子,如若有人问,则答"找欧阳子的",那人便不再吱声。

门边便是一排红砖平房,有四五间,欧阳子则在里头的一间。他一个人一间,一张床,一张桌子,两把椅子。桌上臭袜子随便扔着,地上鞋子东一只西一只的。墙边两只水瓶,桌子上还有一只茶缸。

我们一到,便往他床上一歪,手便在他枕头旁找书。有时是一本诗集,有时则是一本通俗的黄色杂志。这个时候欧阳子就会伸头对外面大喊:"墨西哥人!墨西哥人!过来!去帮我打一瓶开水来!"

就见一个瘦瘦的男人跑了过来,拎起水瓶就往水房跑。我不知道那时一个地区的劳改农场是怎么管理的,在我的感觉中,管理是太松了。放在现在真是不可思议。我们因为常去,慢慢对其他的一些人也认识了,包括管教和一些犯人,也在一起吃过饭。这个劳改农场其实是个采石场,劳改农场后面就是山。山已经被掏了很大的一个洞,隔几天就会听到一声炮响,平时就是一片锤子錾子的敲击声。犯人的活也分工,有开山的,有敲石的,有烧饭的,有买菜的……总之是发挥每个人的特长,比如犯事前曾是个厨子,到劳改场就可能负责烧饭;犯事前曾是泥瓦匠,那就只能去开山了。当然也不一定,主要还看犯人的表现和管教的心情。这个劳改农场没有重刑犯,更没有杀人犯,最多是些五六年或三五年的犯人,有的因为偷窃,有的因为打架,有的因为强奸……

　　我说管理太松了,是因为许多管教偷懒,把该自己干的活让犯人干。比如叫犯人买菜。食堂师傅自己骑个三轮车出门,有时也带个犯人。出了门就叫犯人骑,自己往车斗里一坐。犯人也乐意上街转转,见见人透透空气,最起码可以见到女人(犯人平时是见不到女人的),能见到年轻的女人就更是快活了。这是一个好活,要很机灵的犯人才能实现这样的愿望。当然除了机灵,不时给管教递递烟送点礼也是必须的。至于叫犯人干私活,支使犯人跑腿打杂,那更是家常便饭。叫犯人洗个碗,打个水,洗洗袜子和裤衩,擦擦鞋什么的,那是每个管教都会做的事。每个管教都有自己比较固定的跟班。"大丫头!去给我打个饭!要红烧肉圆噢,要红烧肉圆噢……""瘪子,去!把碗洗洗!之后再把我皮鞋擦一下!""大眼!去给我打瓶水!他妈的×,快点!"这样的声音,在这个劳改场里是随时都可以听到的。更有甚者,那时每人生活都比较拮据,家里住房都小,有人家里砌个猪圈搭个厦子(有的管教家在农村)也叫犯人去帮忙,搬砖头、抬水泥、翻沙子什么的,反正粗活脏活,都由他们管了。犯人大多也乐意。给管教表现呀,好处自然是有的,派活啊、调休啊、生病准假啊,等等,这里面文章多呢,犯错了关不关禁闭或少关禁闭啊,甚至于减刑啊,五花八门,都是技巧。犯人能有幸被支使的都高兴得屁颠屁颠地跑,那些顽固的、像茅坑石头一般的,根本没人会理他,更况去支使他呢。所以犯人之间,也争抢风头,互相嫉妒吃醋,你不服我我不服你的事,也经常发生。更甚于为此打架斗殴弄得流血的事件都发生过。

　　因为管理松,也出现过一些事情。有些犯人跟着出去办事,中间开小差,溜回家看看的,去会一个相好的,都出现过。还有就是偶尔个别惯犯,干活时趁管教不注意,一错眼,从工地围墙扒墙开溜,沿山道跑了。

有一年初春,正是雨季。小雨绵绵,已经下了好几天了。我们学校正是节假,我无事可做,欧阳子便叫我到他这里来住几天,我便过来,反正吃饭有人打饭,袜子裤头也有人给洗,乐得自在。我带了一本屠格涅夫的《前夜》,就骑车过来。白天他有事,我便躺到他床上看书,晚上两人就穷聊瞎扯,主要谈的还是女人。因为那时我们从未恋爱过,对女人一窍不通。虽不懂,可极感兴趣。聊我们共同认识的女青年——主要是些文学青年,谁长得好看,谁丑,谁屁股大,谁奶子大,反正是胡说八道,都是些红脸的不经之谈。但其实我们谁都年轻过,也别谁笑话谁。贾宝玉还年轻过呢! 还偷看过《牡丹亭》《西厢记》呢! 何况你我俗人?

我正开始看:1853年夏天一个酷热的日子,在离昆错沃不远的莫斯科河畔,一株高大的菩提树下,有两个青年人在草地上躺着……欧阳子忽然一头撞了进来,对我说:"赶紧跟我走,帮我追犯人去,狗日的徐有亮跑了……"

我丢下书就跟他出门,跑出劳改农场的围墙,沿着山道一路小跑。这时是下午两三点钟,小雨仍在不紧不慢地下着,是那种比牛毛还细的雨丝。我们沿着山道,到处去找,找过醉翁亭、琅琊寺,走过那些粉墙院落,又沿山道找了好几个山洞(我们知道那些山洞,平时都曾去过),路滑泥湿,山洞口茅草乱石的,我们手脚并用,攀石翻草,足足跑了几个小时,最后连南天门都登上了。在南天寺,大红的山门紧闭,我俩使劲去拍,也没有能拍开山门。

一直到黄昏时分,也没有找到那个狗日的。我们走了无数的山路,连许多我们平时很少去过的僻静的地方都去找了,没有。几个小时没有喝一口水,身上衣服不知是小雨淋的,还是汗水湿的,都粘在身上,感到浑身冰凉。

下山途中,我们路过深秀湖。深秀湖在琅琊古道的山口下,绕过一条杂树丛生的古甬道,忽见一个大湖。碧清的一潭湖水,被四围的山峰围住,那些山树全都倒影在水里。小雨如麻般疏疏地落于湖面。湖上有曲折的廊桥,湖对面还有一个碧绿琉璃瓦的水榭,廊桥曲折延至水榭对湖的一个开阔的平台。我们绕着九曲桥走进水榭,竟然有一老者,在那榭里卖茶水。可是却没有一个客人。问何价钱?答曰:"两块钱一杯。"

我们当即付了四块钱,要了两杯。山泉的水,新鲜的茶叶,洁白的瓷杯,加之我们疲乏的身子。那一口喝下去,真真堪比仙露!

我们喝完一杯,将杯底喝净。又续上水,这么喝来喝去,喝来喝去……喝了他整整一水瓶的水!

两个文学青年,没有追到犯人。在这微雨中的湖中水榭,眺望着远山和近湖,真感到自己像古人似的,似乎真是在悠游于山水之间,"树林阴翳,鸣声上下,游人去而禽鸟乐也。然而禽鸟知山林之乐,而不知人之乐也……"身边除这一位老者,空山寂静,所谈又不经而浪漫。我们正年轻,身上有用不完的力气。几杯茶下肚,又从困乏中神气了起来。神气起来的欧阳子脱口说道:"到亭上,有两人铺毡对坐,一老者烧水,炉正沸,见两人大惊喜,曰:'湖中焉得更有此人!'拉余同饮。余强饮三大白而别。问其姓氏,是金陵人,客滁。及下船,舟子喃喃曰:'莫说相公痴,更有痴似相公者……'"他将《湖心亭看雪》

连背带改的,景不对,但心情对。

多少年后,我们谁也不会忘记这一幕。多少年后,我们这漫长的一生,又走过多少地方,喝过多少种茶。但都没有这杯茶透心,悠闲,清亮,古雅,澄明,诗意……和无限的记忆。

我们没有追到徐有亮,但喝上这么一壶茶,在二十一岁的空谈女孩的年纪,真是三生有幸,可遇而不可求啊。

"你他妈狗日的死哪儿去啦?!你他妈打个水掉进了水炉子里去啦……等你……拉屎去啦?你他妈还拉屎?你拉完屎了我们怎么喝?"说着欧阳子便飞起一脚,踢在了墨西哥人的小肚子上。墨西哥人一个趔趄,"咣当"一声,水瓶掉地上,碎了……滚开的水流了一地……

欧阳子不管这些,边骂边上去又是一脚,踢在了墨西哥人的腿上,你他妈的,给老子重打去……赶紧去……

墨西哥人又拎起地上的一只空水瓶,扭头跑了。

墨西哥人长得瘦瘦高高,或者二十上下,或者还不到。他有点卷发,皮肤是那种少有的深棕色,或者说深栗色,因为肤色发暗,也说不大好。"墨西哥人"的绰号是号子里的兄弟们叫出来的。他有时夏天干活戴个脏兮兮的破礼帽,瘦长的脸,深色的肤色,狱友大眼大概在什么电影上见过这个角色,便被叫开了。

他其实还有一个绰号,叫"看你往哪儿跑",这个绰号有点古怪。他坐牢的罪名是强奸未遂。他的故事成了这个劳改农场的一个笑话,我第一次来见到他就听说了。那回欧阳子叫他过来:"把皮鞋给擦擦!"他蹲在那儿擦皮鞋,欧阳子就给我讲他的故事。

他本名叫张小虫,家是郊区黄凤村的。村里人都叫他小虫子。"他有父母吗?家里情况怎样?"我问。"嘿嘿!哪个知道他家里的那些×事!"欧阳子龇着他抽烟过度的一嘴黑牙,笑了一下,说,听说他父亲是村里的残疾户,得过小儿麻痹症,两腿都不利索。因此家里一切都是母亲操持。他母亲是个哑巴,农忙时种田,农闲时在村头卖素鸡和五香鸡蛋。

欧阳子猛吸了一口烟:"其实,这个家伙看起来瘦高,从某种程度上说,还是一个孩子。他读过几年书,还学过一阵子木匠,他还对我说他还写诗呢。操!他写诗,你说这叫什么事!"

他家里也不大有人管他。他大多数时间在村里镇头游荡。夏天,他路过村里一个人家的门口,见一户人家大门牙着一条缝,便走过去偷偷往里一看,就见一个妇女侧身睡在堂屋的一张大竹床子上。上身短衫,下身一条大裤衩。雪白的两条大腿正好冲着大门。他定睛细看,似乎从大花裤衩下见到了什么,一下子淫心大起,身上的血全涌到了头上。他轻轻拨开门,那妇女一下子醒了,就忽然要坐起来。张小虫哪顾得了那些,一下子扑上去,就捺倒了那个强壮的妇女。妇女杀猪似的尖叫"来人啦!来人啦!"可张小虫已完全怔住了,只顾捺下骑上去,就猛扯裤头,一把将那妇女裤头扯了下来。那妇女一手死命抓住裤头,一手就抓张小虫的脸,正好一下子打到了张小虫的眼上。张小虫"啊呀"一声,妇女猛一挣脱,撞开门就跑了。张小虫此时完全蒙了,也不管不顾,抓着妇女丢下的花裤头,跟着撵了出去。那妇女赤着个脚跑得挺快,一会儿跑到门外的池塘边,沿池塘边的垂柳野花,一溜小跑,边跑边喊:"来人啦!抓坏人啦!来人啦!来人啦……"杀猪似的猛喊,把一村子的人都喊了出来。村人从午困中探出头来,后又纷纷走出了屋,就见一个雪白的大屁股惊慌失措地在村道上飞跑,边跑边赶杀似的尖叫"抓坏人哪!抓坏人哪!救命啊……"而张小虫似乎什么都没有听到,拎着个花裤头,还一个劲地跟后面撵,越撵越快,边撵嘴里边说:"看你往哪儿跑……看你往哪跑……看你往哪儿跑……"

这时村人才明白过来,一拥而上,将张小虫按住,几个壮汉把他的双手反扭了起来。

张小虫打水回来了,跑了一头汗。欧阳子吸着烟,对他喊:

"去!给领导把水倒上!再把我皮鞋擦擦。"

张小虫给我倒上水,放在我面前,就转身蹲下,熟练地把欧阳子的皮鞋拿起来,放在了腿圪头子上,用刷子使劲去擦。

我坐在那里喝茶,望住他看。忽然张小虫——噢,墨西哥人!噢,不,是"看你往哪儿跑"——迎着我,说:"领导,你是大诗人,我也喜欢写诗,我写了一首诗,念给你听听,可行?"

我一下惊了起来:"你写诗?有吗?给我看看!要么,先念一首给我听听?"

他说,好……我没纸写……有时就写在烟盒纸上……有时就记在心里,我……我……我先念几句给你听听:

> 我在村子的这一头,
> 认识一个陌生的女人,
> 我带她穿过整个村子,

来到村子的另一头，
她为我生了一个娃，
是个哑巴。

我一下子愣住了。我就那么愣住看着他。

2018 年 2 月 4 日

一个饭局

春节回乡,一个朋友叫去吃饭。参加者多为他的家人,有他亲家,有他舅头(小孩舅舅),还有他的妹妹。请我去,说明不外,把我当成自己人。

我不会喝酒,他们也不勉强我,我喝茶。他们则是一人满满一茶杯酒。他的舅头姓黄,大号黄小虎,因我也属虎,好记,我记住了。他的亲家,姓周,教师,名字我忘了。

黄小虎在一个镇上办厂,玩具厂,挣孩子的钱。现在孩子的钱好挣。据说他手里有两个厂。他没有文化,也不是文盲,大约是小学文化。他长得极白,是那种农村说的"晒白皮肤",越晒越白。他还长得小,是那种袖珍男人。个子小,脸小,眼鼻嘴都小。可都比较精致,可以说是一个男人的小样。可他这个长相,和他的言谈反差极大,他说话很直爽,或者说,很粗俗。

他刚开始喝酒没有话,倒是周老师话多一些。周老师在镇上教书,说话慢言慢语,也幽默,是那种冷幽默,自己说过了不笑。第一茶杯下肚,倒了第二杯,黄小虎话开始多起来。他说话有个习惯,或者说有个口头禅,每一句话开头要"你们听我讲噢……",之后在言语中不断插入"不是我吹牛×的……"。

朋友给介绍,他舅头老黄,虽长得小,也过了五十。小学毕业从农村当兵,到皖南的一个山沟里。可他肯吃苦。那年代,没文化,肯吃苦,照样提拔。几年下来,当了排长,在部队很受领导器重。他的连长,是休宁人,休宁是古代著名的状元县,出了很多状元。可说话极难听懂,又多古语。每天喊小黄吃饭:"小黄,吃当头啦!""当头"就是中午,中午日当头。多少年后,黄小虎还喜欢模仿他连长说话:"小黄,吃乌昏啦!""乌昏"即晚饭。这样下去,小黄很有前途。可是他做了一件事,一下子毁了他的前途。黄小虎当兵之前家里已定了亲,当兵中途家里强迫他把婚结了。妻子是本村的,也没有文化,只是个子高点。黄小虎提拔后,人生小得意,在部队驻地,他看上了一个村里的赤脚医生。部队驻在当地,搞过几次军民联欢,一来二去,两个人看上了,很快搞了"男女关系"。但他也没有办法将老家的妻子休了。一次妻子来部队探亲,没住几天,他心生厌恶,赶她回去,还说她在村里有"风言风语"。老婆给气哭了,他忽然灵机一动,拿出一个体温计(赤脚医生放这儿的),说:"这是测谎仪,你说假话,它一测就测出来。"说着他就将体温计插到他老婆的胳肢窝。

老婆给吓哭了(那时农村还不大见到这么一个精致的小东西,也不认识),甩下那小玩意,就哭着跑了,正好是食堂开饭(晚饭),连长过食堂吃饭,一头撞见黄小虎的妻子(连长已认识她),连长还没在意,迎面说:"弟妹,吃乌昏啦!"

再一看,"弟妹"捂着脸飞跑,连长以为两口子吵架了,拦下一听原委,把连长气得半死,再一了解情况,知道还有"腐化"问题。这一下连长保他不住了,部队给了处分,提前退伍回家。

这个事可能是个"笑话",是朋友中途上厕所时讲给我听的。过去农村再穷,怎么会连体温计都不认识,肯定是别人编的讽刺他的。

回到桌上,黄小虎小白脸已经透出红来,他的话也明显多了。他拿出一盒烟来散,是武汉的"黄鹤楼",铁盒子包装。他边散边说:"我对你们讲噢,我也不知道多少钱,反正这个盒子是真的……"

后来他就打开了话匣子。

他一手端着酒杯,一手夹着烟:"我办个小厂,我是个粗人,一个乡下粗人,不像你们文人,我对你们讲……"

他用夹烟的手指着他面前的茶杯:"我这个茶杯……包装盒子特别精致……"他拿开手,在空中比画包装盒的大小,"这么大……这么宽……这个茶杯我不知道怎么样……反正是我舅头送我的……有一点我知道……早上泡的茶到下午一两点喝还是可以的……"

他这么讲话,我和一桌子人都摸不着头脑,后来一想,他讲话还是挺艺术的,都是从侧面进攻,想说甲,他偏说乙,说烟他说烟盒,说茶杯好他说茶杯盒子好。

"我不是吹牛×的,你们听我讲……我几个妹妹,几个妹婿,我这个小妹婿,我不管怎么讲……"

大家忽然都停下筷子,因为他忽然说到了请我们吃饭的主人,也就是他的妹婿,即大舅头对妹夫的评价:"……我不是吹牛×的……"

大家筷子都举在半空,我的朋友把一块鹅肉夹在手上,半含在嘴里。"不是我吹牛×……我最喜欢我小妹婿……"

他终于说完了,还是一个赞美的结局,周老师放下杯子:"我的妈呀,我的心终于放下来了……"

大家忽然大笑了起来,这简直就是一个段子小品,再看我的朋友,他那块鹅肉这时才放在嘴里。

桌上几个女的,他妹妹、他妹婿的妹妹,都笑了起来。女人笑点低,笑得有点夸张。黄小虎不高兴了,他把茶杯往桌上一放,放得有点重,脸比刚才又红了许多。

他愣了一会儿,放慢了节奏,举着杯子敬大家。

喝了一口,他说:"你们听我讲……喝酒,主要是助兴,愿喝多少喝多少……不是我吹牛×的,我酒量还可以……半斤吧,问题不大吧。喝酒主要是喝个快活……要喝出和谐,不要喝出纷争……要喝出高兴,不要喝出扫兴……"

他这一通话不知在哪里学来的,还真是酒桌箴言。大家自发鼓掌,没有人指挥,呱呱呱地就鼓起掌来。这一下他很高兴,一举杯子,一口就把半茶杯的白酒倒了下去。

倒下去之后他还叫倒酒,朋友看差不多了,就说:"上主食吃饭吧,没喝好下次再喝。"

他忽然一下发作了起来,说:"上酒,没酒了是吧?不是我吹牛×的,你们听我讲……"

周老师一下子拦住他:"你刚才怎么讲的,你再讲一遍。"他一下子站起来:"老师提问,我当然要如实回答……OK……要喝出感情,不要喝出矛盾……要喝出高兴,不要喝出扫兴……"

周老师说:"你自己说的,对不对?"

黄小虎还是站在那儿:"OK……但是……"

大家觉得没意思了,黄小虎喝多了,都站了起来,准备走。这个时候黄小虎不干了,他忽然把一双筷子一折两截,大声说:"回来!

……都给我坐下！……你们听我讲……"他用手戳着桌面，咬着牙齿，目有凶光，"……要喝出感情，不要喝出矛盾……要喝出高兴……不要喝出扫兴……对吧？不是我吹……"

大家都愣住了，谁也不敢吱声。

2017 年 3 月 1 日

黄鱼车

黄鱼车是杭州的说法,我在杭州曾坐过。在我老家则叫作三轮车,北京更具体,叫平板三轮。当然它们形制上是有差别的,也有精制和粗糙之分。

我很小就会骑这种三轮。七八岁在县里,我很顽皮,什么都要试一试。有一年在县委会堂门口(是一个广场),玩人家停在那里的拖拉机,结果把人家拖拉机弄跑起来了,而且是个下坡,差点惹出大祸。至于三轮车根本不在话下,我的邻居有一位拖三轮的,家里有一辆人力的三轮车。他的孩子经常骑出去送人,我们跟在他后面,很快学会了。这个东西,没有骑过的人还真骑不好。它和自行车正好相反,自行车的把手和车身是一体的,身体的倾斜可以带动车子的方向,而三轮则完全不同,它的龙头完全靠脑——手摆布,龙头和车身是分离的(感觉上)。这也只有骑过的人才有感受,说是说不清的。不会骑,坐上去,没有一会儿,人就斜在了车上,嘴里还"哎,哎,哎哎哎哎哎……",很快就掉了下来。

到了成年,我出去上学,在地区金融学校读书。我们那个地区,在淮河以南,民风特彪悍,喜酒。我们学生,也难免不受其影响,首先学会了猜拳,同学之间,洗碗猜拳,买饭猜拳,赌香烟猜拳(输了一根烟),反正无所不能。有一回我们出去喝酒,一个同学喝多了,在酒桌上就已经吐了(猜拳他尽输)。被同学扶了回来,睡到半夜,竟又是一阵狂吐,这一次吐的不是酒,而是血,紫色的黏稠的液体。同学慌了,说"男子血如精,女子血如水"(我第一次听到这个说法),吓得一个宿舍的人,都起来了,要马上送他到医院,可是半夜三更,在三十年前,怎么可能有车呢!于是同学拖出我们食堂平时买菜的三轮,把该同学扶上坐下,可是全班同学中,没有一个会骑的。推着走,都走不好,没走几步,就歪了,原地打转。这时我出现了,我自告奋勇,说我会骑。同学马上让开一条道,我凭着童子功,上去就骑得很好,同学们一阵喝彩,便出发了。

我骑在车上,拖着我吐血的同学,后面跟着十几个陪同的同学,在深夜的城市的街头,迅速前行。同学们围着我的三轮小跑,我在夜空下深弯着腰猛踩着三轮,表情自豪而严峻。我当时脑海中出现画面:战争电影中,国民党军队撤退,混乱的场面中,尘土飞扬,就见那一辆辆坦克在尘土中穿行,坦克的四周,都是戴着钢盔的、小跑着的士兵⋯⋯

若干年后,我到北京工作。一回,一位同事上海来了一位朋友。朋友很忙,无暇陪她在北京游玩,便指派我陪同。这是一位十分美丽的女性,又是在正好的年龄。我陪她先后游玩了颐和园和故宫,还一起吃了台湾菜。最后一天,到天安门广场,游玩了广场,临走时我忽然心血来潮,要请她坐三轮车绕广场一圈。那时北京有一种三轮,专门载人。我和骑三轮的师傅谈好价钱,三十块钱,绕广场一周。我和女士并排坐在后面,三轮狭小,两人挤在一起。那时我才三十出头,而女士才二十多点,我们一副幸福的样子。坐在车上,微风徐来,目中是如蚁的游人,远处是辉煌的建筑,头顶是广阔的蓝天。师傅骑到一半,我忽然高起兴来,也可能被她的美丽所激发,要师傅给我骑一骑,师傅当即同意,于是他便下车,坐在了女士身边,而我骑上三轮,一路就飞奔了起来。师傅还一个劲地叫我"您慢些哪,您!",后来他见我骑得很好,也不再说了。

我在京城的天安门,骑着三轮,后面载着一位美人,那个感觉,就像是在低空滑翔。我虽读书不多,但也知道几个西方神话中的天神……那个时候,我的感觉,大约就是这几位神仙吧。

骑到终点,我一身微汗,女士直夸我:"侬真来塞,侬真来塞!"我那个感觉还没有从天上下来,师傅说话了:"您哪!一百!"

我正掏钱,以为听错了,不是说好三十吗?我说:"三十。"

师傅说:"一百!"

我疑惑了:"不是谈好了吗?三十元吗?"

师傅说:"咱骑三十,您哪!就一百。"

我说:"为什么呢?我出力了,钱还多了?"

师傅说:"您哪!那叫体验,要是老外,还得是美元呢……"

我傻了,没办法,只得乖乖地掏出一百元给他。虽给了钱,心下却不服:奶奶的!这叫啥事!我骑他坐,身边还有美人陪着,我不但没少给钱,还多给了几十元,这叫啥事!

可嘴里还不能说,哑巴吃了黄连——自己受着吧。

2017 年 1 月 12 日

巧遇

一

若干年前,20世纪80年代吧,我猫在县里,却热爱文学,满世界投稿,大多石沉大海。我订了许多杂志,有《人民文学》《青年文学》《上海文学》。《人民文学》每年都有广告,开展文学的函授活动。有一年我也参加了函授,函授的好处是把稿子寄过去,有人搭理你。我寄了一些,有一篇竟然发在了函授版上,于是通知我到承德参加函授生的笔会,当然车费自理,可能还要交一点伙食费。

我从来没有出过这么远的门。我走过的最远的路是从县里到地区,也就百十公里。这好家伙,一下子就是上千公里,我先坐火车到北京,从北京转车到承德已深夜三点——从承德火车站到笔会所租的学校,在路上我遇见一个小偷正翻墙——到学校猛敲门,才把看大门的喊醒,在承德活动了几天又回北京,这一次我停留了,要在北京看看。可我没有钱,那时大家也都没有钱。我带的路费所剩无几,就在天安门广场转转,那地方不要钱,后来听说,也可以排队去毛主席纪念堂看看，那也不要钱，只要排队即可。我就在晒得晕头转向的情况下排队去了——那是七月的大夏天——那个队长啊！我在不是上午十点就是下午两点的日头下蠕动，无聊至极。这时奇迹出现了！

——那个排在我前面的那个人不是我小时候的邻居吗？

我左看看，右看看，太像了！可是我不能确定。这怎么可能呢？可是我心里猫抓一样，想弄清楚，是，还是不是？主要是我身上还没有钱了。于是我大胆问了一句："你是天长的吗？"（天长是我所在的县）他回头望望，也显出惊奇，说："是啊。"

我就像特务接头接上了暗号一样，马上确定了他是我的邻居。于是我说："我是小立新（这是我的小名）啊。"

他比我大几岁，我还上学时，他已经工作了。我家住在堂子巷，那是一条窄窄的黑砖的巷子，而他家住在顶头的马路边。我们那时经常晚上躲猫猫，能玩到八九点，孩子又叫又跑的，他时不时就见到我飞跑着过去。可是上高中我家又搬走了，我又长高了，面孔一定是有些陌生了。

于是他更是惊奇："你是小立新啊！"

啊呀，那个高兴和惊喜。我们拉着手猛摇了一会儿，又互相抱了一会儿。这时才问，干吗的？我说了情况，他告诉我说，厂里出差的。之后我磨磨蹭蹭，又忸忸怩怩地说："我没有钱了。"

他二话都没有说，就给了我十元钱。

二

若干年后，到了 90 年代，我已经借调到北京工作几年了。我每天穿着西服，头上打了许多油，腰里别个 BP 机，到处乱跑。虽然形式貌似打工仔,可我毕竟是个记者,好歹也是有身份的人了。

这时我已经三十岁了。二十几岁在县里的时候,我已经将婚结了。结婚的时候,都是家里自己打家具。三门橱、五斗橱、床、柜,等等,都要自己家里打。给我打家具的师傅,姓万,江苏宝应人,他们弟兄俩人,吃住在我家,给我打上述这些东西。从木料开板开始,到形成完整的家具,需要一段很长的时间。他们在一户人家,至少至少要住一个月到两个月。因此他们谈起我们县的许多人家都了如指掌。别人家的隐私,他们不知道要知道多少。当然他们也交了很多朋友,有些人家打了一回家具,就结下了一生的友谊,以后走动起来比亲戚还亲。他们在我家时,正是夏天,因为每天将小桌子放到自家院子里,吃稀饭就臭秆子(一种小菜),家里突然多了两个人,而且是体力活的男人,每天要见荤的,我母亲就每天变着样子做给他们吃。这样一两个月吃下来,吃出了感情。我结婚,他们也来吃喜酒。他们到别的人家做活,也经常到我家来玩。来了见什么吃什么,与我的父母来往得很勤。

又过了几年,他们不干木匠活了,挣了一点钱,回宝应去了。可是每年还会来我家一两回,给我父母带点礼品。从我父母口中,我知道现在他们弟兄俩在做仪表生意。我母亲说:"大万、二万现在可以哎,是老板了,生意可以哎,手里有两个钱了。"可是我与他们总是亲近不起来。

又是几年,我又在外工作,因此不大听到父母说起他们。一回我来了一个朋友,要到北京火车站去接。于是我梳着个油乎乎的背头,腰里别个BP机,匆匆赶到车站。火车站是那个乱啊,人山人海,接人的、送人的、贩票的、小偷和骗子……无所不有。我在那儿张望了一会儿,火车还没有进站,这时有点内急,便匆匆往车站的另一边去找厕所。正走进厕所方便,这时一个人大声喊我的名字:"小立新!小立新!"

因为声音很大,我循声望去,那不是大万吗?

我赶紧跑过去,他一把抱住我,把我抱得很紧,脱口一句:

"你太伟大了!"

大万的过度激动,是可以理解的。他虽已跑了几年外勤,可到北京还是第一次。他举目不但无亲,连半个熟人也没有。在北京城能遇到我,这不是"太伟大了"吗?

我把他带到我那儿,好好招待了一顿。

三

同事胡君,名俊士,徽州歙县人。他在县里时曾借调湖南永州工作一年,借去的原因也是热爱文学。那里有一刊物名《青苗》,他给此刊写过几篇稿件,主编赏识,即通过组织手段(本系统)将他借去。

去后的初期甚高兴,那刊物主编马老师对他很重视,给他压担子(编重点稿,写短评),他也兢兢业业,努力做好一切交办的工作。

永州位于湘南,有潇湘二水汇合。昔柳宗元有《捕蛇者说》云:"永州之野产异蛇,黑质而白章,触草木尽死,以啮人,无御之者。"可见此地曾是多么之蛮荒。

俊士去了不久,他们编辑部便到附近一所大学办班,所收学员皆为与他们有过联系的作者。那个时候文学青年多,全国那么一招,就是几十人。

大家相见,相谈甚欢,有些之前已读过作品,因此聊起来更是亲切。其中一位女作者姓韦,来自贵州。小韦的散文文字清雅,颇似李清照的词,而人也清雅,目光流转,知性懂事,特招人喜欢。培训之余,他们经常晚上到学校周边一湖上游玩。坐在湖边,唱歌、喝酒、望明月、谈文学;有时雇一民船,泛舟湖上,举头望月,低头见人,如是二三,产生情谊,以至两人私会,不能自拔。

这马姓主编其间出差数日,回来听同学议论,心中生疑。一日晚间到他房间等候,约十一时他回来了,马主编问他去了哪里,他说在同学房间玩了云云。

其实主编老奸巨猾,虽已近年六十,可毕竟是过来之人。于是心知肚明,他并不言语,可对俊士已没有了兴趣,或说是失望,或说是抛弃。所用之办法,就是他叫另一个编辑负责班上事务,不让俊士做一件事,约等于组织上的"停职反省"。

俊士自知错误严重,而且也深感对不住主编的深情,便主动去找他认错,并且言之年轻不懂事,给改正机会。而马主编则一副公事公办的表情,与他虚与委蛇,满脸堆笑,说:"没关系没关系。你先休息休息,等结束你回去再探探亲,年轻人嘛!在外面工作确也不易。"

俊士便没有了别的办法,只有等待,知道马老师生气了。心想,等一等,等一等,等过些时候,自然会气消的,那时就又会"极好的了"。

可是等到办班结束,总结办班情况,马主编仍只字不提他的名字。回到永州,没过两天,主编就通知他回家探亲。他依然抱有幻想:老师生气了,也许等我回来就好了。时间是最好良药。

他汽车、轮船,折腾了几天才回到歙县。刚一到家,单位即找他过去,说:"上班吧。那边通知你别去了。"

俊士如遭五雷轰顶，他措手不及，根本没有想到还有这一手。他竭力争辩，说自己并不知道情况，还要回去拿行李云云。

单位说："你抓紧回去拿，速去速回。"俊士在家根本还没有停脚，就又赶回永州。路上心如刀绞。

回去他才知道，他还没走，马主编即给他们单位写一"公函"，云：××同志在我编辑部借调期间，因生活作风不检点，经研究，提前结束借调，仍回原单位上班。并盖上编辑部大红公章一枚。

俊士知道这个事情后，给气得，这不是背后捅刀子吗？你这不是"文化大革命"时的手段吗？我一个青年，我承认我有错误，你若真不想要我，你对我说清楚，我绝对不会死皮赖脸赖在你这个地方的。你这么搞突然袭击，叫我如何受得了！又叫我如何面对单位？你这个人，太不地道了，太欠厚道了。你怎么能这样对我？

编辑部其他同事知道后，都替他抱不平。说，老马太坏了，专门害人。

俊士没有了办法，只有卷铺盖走人。走是走了，可俊士人生中凭空多了一个仇人。

多少年过去了。后来俊士又调到北京工作。

一回，俊士在西单上小公共汽车，刚一站稳，一扭头，忽然见到了马主编坐后面！

他一个激灵！难道见鬼了！是幻觉？他又偷眼瞅了一下，虽然多年不见，但马主编的模样他是至死不会忘的。难道是老马？他到北京来干什么？他还没有死掉？

那一刻俊士的天灵盖都要开了。他吓得尿了裤子，身上一身冷汗，满身的鸡皮疙瘩都起来了。

我为什么会遇见他？难道冥冥之中要有这一劫？

俊士再也不敢回头了。车到南礼士路，刚一停，他赶紧跳下车来。

2017 年 2 月 17 日

回乡路上

今年春节是我返乡最早的一年。过去都是要到年二十九才能走。今年二十七我则悄悄地开车出城了。在高速上行了一百公里不到,我就岔上省道,走到了几十年前的老路上了。说老路,其实是年轻时在基层工作,到地区、县上出差、开会所走的路。过去的羊肠小道,现在都拓宽取直,铺上了黑黑的柏油,城乡的变化都是极大的。车到滁州,滁城已有了绕城的快速路,当年我们去琅琊山,都是骑自行车,在醉翁亭,在琅琊寺,夏天、秋天、蝉鸣、细雨,留下了多少青春的记忆。现在绕城路一建,城市大多了,去琅琊山,已不知如何去走!

绕过滁州,经过来安,即上了往长山的道路。这路还是当年的路,我见着就感到亲切了许多。路边的梧桐树我是认识的,高大的杨树我是认识的,那些山路的曲折我是认识的。过了四十里长山,下了山便是大余郢。过去大余郢是一个公社,后来改成乡,乡里有个信用社。我认识这个"郢"字就是在大余郢。三十多年前,我才二十一二岁,分配到半塔镇农行营业所工作,大余郢信用社是我们下级机构,有一年分贷到户——把原来有集体承贷的贷款,划分到每户农户头上,农户当然不高兴,但当时是和农户的上交和提留挂钩的,农民也没有办法。——我被安排到大余郢乡负责划贷,住在乡政府院里,住了两个多月。每天下乡,一个一个农民家跑,有好说话的,很痛快盖了章的;有困难户,难说话的,就要磨半天,才能办成。我们全是靠的两条腿,一天要跑几十里路。夏天,毒日头,晒得够呛,中午就在生产队长或者大队书记家吃饭。韭菜炒鸡蛋,我后来回忆起来,是再也难找到炒得那么金黄的鸡蛋了。蒸老咸肉,好大一块,半肥半瘦,在嘴里咬半天,才咬出一块,弄得满嘴油。喝散装酒,划当地的拳。喝点酒,夏日的酷阳一晒,就那么走在乡村的山道道子上。早晚在粮站的食堂吃饭。一个俏挣挣的老太负责烧饭。我们下乡,都要和老太说一声:"今天下乡啦!中午不要带我烧了!"老太记在心中,就扣除我的这一顿(我们吃的是扒伙)。其余早晚,都在食堂吃饭。粮站食堂在粮站大院子里。进院子,一个大广场,穿过广场,往东南角,有一排平房,那里有两间房,就是食堂了。我在这个食堂吃了两个多月的饭。印象最深的是,这个老太太极其干净。锅台、桌椅都抹得干干净净,一尘不染。每顿一荤两素,大锅饭,吃的人吃完自己画个"正"字了事。

晚上睡在乡政府大院内。那是这个乡的最高组织机构。一间空屋子,一张床,一张桌子,一把椅子,就是全部家当。早上起来刷牙,有幸和乡党委书记一同蹲在门口,使劲将牙刷在嘴内蹭,弄得一嘴白沫,两人互相点点头,算是打了招呼。书记对我挺客气,我虽年轻,可是我毕竟是上级部门的同志(虽然仅是镇上),是下来帮助基层工作的。

信用社就在乡政府的门边上,朝外三间房子,每天都是人山人海,有办存贷款的,也有赶集或到镇上办事在里面歇息一阵的。农民们穿着满是黄泥的胶靴,带着篮子背篓,卖东西的和买东西的,坐在那里抽烟,谈笑着或互相趣骂着,声音是很大的,笑声也是爽朗的。虽然他们生活十分清苦,可他们精神和身体是健康的,甚至可以说,是强壮的。

我将车停在了当年粮站的门口,呵呵,当年的铁门还在,那个院子也还在。铁门锁着,我扒着铁门往里张望,那东南角的一排平房,似乎已经没有了。我正扒门瞅,远远地走过来一个男子,他开了铁门又从外面锁上了。我问他:"那东南角的食堂还在吗?"他笑笑望我:"早拆了。"我说:"我原来在这个食堂吃过一阵子饭,所以扒门望望。你不晓得那里的一个食堂吧?"他说:"我怎不晓得,我也不小了。""你不小了,你哪年的?""我71的。""71年?我82年在这,你那时才9岁,还在这个院子里跑着玩呢。"我说,"我那时还可能在这院子里见过你,你是在这个院子里长大的吗?"他说:"是啊。我一直在这里啊。"

我说他当时是个孩子,他笑起来了。他说:"我也不小了,四十多了,马上五十了。"说完他挂着一串钥匙,走到街上去了。

我离开粮站,往前跑了不远,就到了当年公社和信用社所在的三角地的一个空场上,信用社在对面砌了大楼,也改名为农村商业银行。我先到公社院子里转转,那个门楼似还在,可院子里已横七竖八建了很多小楼,看来公社是搬走了。随即我折回对面的信用社,就见门楣上几个大大的字:"大余郢农村商业银行。"进得门里,一色的现代化的装修,和城里银行的式样并无二致。窗明几净,物件有序,低柜区,自助区,井井有条⋯⋯我见里面的柜员正给窗外的几个客户办理业务,便随处望望,一个保安腰上别个电棒,在那里盯着我。我见三个柜员,一男两女,颇有些老中青的样子。一个年老的男柜员在最东面,中间一个中年的女同志,西边是一个年轻的女孩儿,看样子是才招进没两年的大学生。我探头问那个年龄大些的男柜员:"有个叫路仓的会计还在吗?"里面那个男人说:"早退休了,早不在这里了,住到滁州儿子那去了。"路仓是当年大余郢信用社的主办会计,一个虎背熊腰的汉子,留一撮八字胡。我知道"路"字可以做姓氏,也是从他身上知道的。

从大余郢到我人生工作的第一站半塔也才十几公里。那时我们经常骑自行车到各信用社。这是一条密植杨树的省道。我那时对杨树并不太了解。后读文章,说杨树多悲风。杨树高大,树叶密布,一阵风,树叶哗哗作响。特别是秋末,一阵风吹来,杨树叶簌簌飘落,给人一种飘零的感觉。其实说杨树多悲风应为秋季,而春天,一阵春风,杨树叶哗哗作响,像一群小巴掌拍过去一样,还是挺喜庆的。我们那时骑车从此经过,多是春夏,高大的杨树,一阵风来,新生的树叶哗哗作响,天高云淡,还是蛮快活的。现在沿途杨树还在,可是周边的农田,都被改造成葡萄园,一眼望不到边的水泥柱,路边也凌乱不堪,有许多农人在路边卖自制的葡萄酒,打着手写的广告牌:自家酿造葡萄酒。经济农业固然比传统农业挣钱,效益好,但一切奔着钱去,农村的田园风光一扫而空,不见踪影,也有点让人心疼。

半塔是革命老区,历史上发生过著名的半塔保卫战。新中国成立之初,就在这里建了一个烈士陵园,那时刚来工作,我们晚饭后经常散步到陵园去坑。陵园建在半山腰上,植了许多松柏,修了纪念碑。环境相当清幽,夏季天长,我们久坐在长长的石阶上,谈一些漫无边际的话题，一直到四周的天都黑了下来。

当年我们分到半塔一行三人，在这里的青春故事我曾以《恋爱》和《长山》为题写过文章。我在半塔工作三年，干出纳员就干了近两年。记得刚上班，让我跟一个大我不到两三岁的女孩儿学习点钞。她年轻而漂亮，一笑脸上全是酒窝。我是很乐意跟她学的。

未进镇上，我就将车停下，爬到当年我们夏天经常游泳的半塔水库大埂。当年水库有一个滚水坝，坝上整天一片轰鸣，巨大的水流从坝上翻过，落入下面一个大水潭里。我们从大坝上往水里扎猛子，水翻滚着，我们随水波上下涌动，快乐极了。

如今滚水坝还在，只是似重新维修了。水库也小多了，水少了。周边一片冬日的萧条景象。坝上有细细的清水流过，洒下一片稀疏的水声。转而直接上到烈士陵园。陵园也改扩建了，修了门楼和广场。进到里面，纪念碑和过去的碎石路还是原样，只是园里的松柏树林，经今年的一场大雪，倒伏了许多，有的已连根拔起。一个农民，正开着拖拉机，拖走那些已经锯下的树枝。今年这一场雪使许多树木受伤，甚至死去。

下到镇上，正是年跟前，街上人山人海，与我当年在此工作逢集时一样，人贴着人走路。车是没法开了，我步行往镇里走，找我当年工作的营业所去看看。那些路我是认识的，无非是拓宽修漂亮了。路的基础还是当年的，所以方位和模样是不变的。穿过无数的摊位，我来到我曾工作过的营业所门前，过去的二层楼已重新翻盖，现在是一幢挺气派的新楼，楼的陈设和现如今所有的商业银行一样。进到门里，透过厚厚的防弹玻璃往里瞧，工作人员已没有一个熟人；我转到后面小院，过去偌大的院子也给砌满了房子；再往后走，见到一个小花园，里面有一些树木，我认出这是我师傅父亲过去住的地方，老人身体不好，爱静，种了不少的树木花草。我走到一家，见一个半大孩子，我问："你姓什么？"他不吱声。我又问："王学敏家住哪里？"他摇摇头。这时一个妇女走了出来，问："你是干什么的？"我说看看："我过去在这工作过。"她惊奇了起来："我看你面熟，你叫什么名字？"我说："你是营业所、信用社的吗？"她说是。我说："你哪一年工作的？"她说："1984年。"我说："我已离开啦，你不认识我的。"她又问："你叫什么名字？"我说："姓陈。"她说："我知道你，他们常提起你。"我岔开说："信用社的老沈还在这里吗？""老沈啊，在这。"她一指隔壁，一个小小的院子。院子的门开着，她正要喊，我说："别喊，喊出来我可走不了了。他肯定要留下我，我还要赶路呢，过了年再从这过，找他吧。"她又望我笑笑，我便急急地退了出来。

出了营业所的院子，我走出来，站在大街上，大街上人来人往，都忙着办年货，没有一个人理解我的心情。营业所的门口，依然像三十年前每每逢集时一样，所有的空间都被各种摊贩占领，人走路，得插着脚找路缝来走。此时天已近黄昏，暮色慢慢降临下来，有些摊位已开始收摊。我忽然见一个卖各种保暖内衣的摊位，一家子正在收摊，摊主是一位五十多岁的中年男人，面相极好，他正把支着雨棚的钢管拆下来收起，他的老婆是一个姿色平平的女人，正往一个平板车上收货。她的身边，一个半大的女孩儿，穿着洋红的棉便服，正帮她的妈妈把那些成堆成堆的保暖内衣往车上送。我一下子给这个女孩儿迷住了。她太美了！这样的美简直惊人。她或者二十一二岁，或者十八九岁，那种淡定的、青春的美丽。她在劳动着，她的面色像朗月一般。我要是张艺谋，一定让她演九儿；我要是冯小刚，一定叫她演《芳华》。在这个小镇上,在我三十年前曾工作过的小镇上,还有这样纯净美丽的女孩儿,我的腿像粘在了那里,我磨磨蹭蹭,耗费了我太多的时光……

　　车子沿乡村的省道行进。沿途是冬日的河流和树木,道路曲折。我打开音乐,暮色完全降了下来。

2018 年 2 月 22 日

妄言与私语

一、手臂上长毛的女人

飞机上,前面一个女人,膀子上的毛那么重,还不断挑逗着身边的男人(丈夫?情侣?),将自己的脸完全对在男人脸上,让男人看什么东西(似乎眼睛里有什么东西,我怀疑是假的)。男人侧过脸来,仔细在她脸上看,脸上都是笑容。看了一会儿,女人将脸一下子对在了男人脸上,恨不得两张嘴合在一起。之后又歪了头,将整个头和一头的长发,一齐靠在男人肩上,一副依人的样子。

总之,她在前面不断折腾。长发逸过椅子之间的缝隙,撒在后排的我的腿上。

她偶尔举起手臂。我仔细看看她的手,手很小,并不白皙,手臂上的毛黑且密。

手臂上长这么多毛,还撒娇。反正她是女人了。

二、一个年轻的妈妈

高铁上,一个年轻的妈妈抱一个三个月大的孩子。这个妈妈太年轻。年轻真好啊！昨天在养老院,见到九十七岁的章紫老人(她是汪曾祺江阴南菁中学的同学)。本来想访访她,可是她在床上扶都扶不起来,随时要倒,扶了几次才扶正了,坐稳了。她生于1920年,与汪曾祺同岁。她在1938年时也很年轻啊,想来是充满活力而美丽的。

年轻妈妈给孩子喝奶。可能喝急了,孩子不住地打嗝。年轻妈妈抱起他来,孩子却睁着星星般的眼睛望着我,身体里不断打出"格,格,格……"的响声。

妈妈可能不好意思了,毕竟她太年轻。她见我看着她,又坐下去了。

三、仰看女人的人

汪能申坐在地上。马路上车来车往。人行道上不时有男女走过。汪能申坐在地上,望着那些过往的年轻的女人。他是坐着的,因此总是仰着头去看,他先看到的是脚和腿,之后从女人的乳房往上看。他看到丰满的年轻女人的乳房的下半部。

汪能申其实不是个疯子。

四、跳动的乳房

一个中年的女人敞着怀,她快速地上下颠簸地走着,因此胸口的乳房就上下猛跳。她好像故意这样走,惹得男人去注意她。

五、开裂石榴般的嘴唇

偶遇一个女孩儿,嘴唇鲜红如开裂的新鲜石榴。她的鼻孔还稍稍向上翻着。

六、狗狗的执着与真诚

狗是没有羞耻心的。在马路上见到两只狗"链"在一起。汽车开过，公狗拖着母狗别扭地走着，走到路边。

狗的好处是执着，真诚。它的眼睛总是那么认真和无辜。它乖巧和活泼兼具，所以多为人们所喜爱。

其实，没有羞耻心，这也是狗狗的另一种好处了。

七、光芒和黑暗中的时间
（谁也没法挡住我们的笑声）

心中像长了草一样纠结，没有任何人欺负你。其实有许多人牵挂你。我不知道如何理解自己的这样的心思。没有人排斥你。你是为什么？心与心的距离究竟有多遥远。

你要别人去理解你，可是别人又如何理解，别人又如何能猜透你的心思？人的心真是太脆弱了，有了点裂痕就不好弥补，弥补了也不能修旧如新。

其实，一切都不要在乎。你是你，你做好你自己就可以了。

让别人去细致研究你的心思和你的想法，门都没有。

妻子死了，丈夫可以再娶；丈夫死了，妻子可以再嫁。一切的生活都在庸常之中，在笑声之中。谁也没法挡住笑声从我们体内发出来。

其实，生死亦是如常的。一切的一切，都要让时间去说话。

可是，时间又是什么呢？时间是窗外的、安静的阳光吗？

时间其实是美好的,它像阳光一样美好,安静,透亮,并且伴有鸟鸣。

一切的一切在阳光中闪着光芒。这就是时间,光芒和黑暗中的时间。

八、桂花与避孕套

我沿着甬道散步。正是桂花盛开的季节,每一株树上都挂满了那碎碎的小花,白色的和金色的,香极了,空气中香极了。我沿着甬道快走。折下一枝金色的桂枝,拿在手上,边走边嗅着。

在甬道的一个拐弯处,忽见到一只粉红色的避孕套。粉红色,连这玩意都注意美,可见女性对美的要求无处不在。

见到它我迅速将之用脚挪开,并避开它走。

它引起了我的一点生理反应。在这个甬道的后面,就是一座白色的欧式建筑,这幢楼里曾住过无数了不起的人物。现在楼已旧圮,但还是住了不少院内的女服务员。

这只避孕套是从哪里来的呢?我走了一会儿,眼内还恍惚见到那粉红色,我索性将桂花枝丢下,丢在那粉红色上,桂花金色的米粒衬托着它。

九、带着桂花香气的呼吸

我折下一个桂花枝,撅成十小份。我一节一节去阅读《红楼梦》,读完一节,我挪开一截桂枝。这样我分十次将一个章回读完。

读完我沿着满园的桂树散步。这时我的呼吸都带着桂花的香气,甚至我的脚步。

十、披着一头黑发的妻子

他搓着妻子的胸口,边搓边说:"长了个这么个东西,像豆腐脑似的,这么柔软还热乎乎的。"妻子不理他,侧过身去,任他搓,披着一头的黑发枕着膀子睡着。

十一、心中有虎

写了几个字"心中有虎"发在微信朋友圈里,引来许多的说辞。有说"这是乖乖虎啊",因为我的"虎"字写得有点萌。有反念为"虎有中心",这又似乎另有深意了。有的说"心有猛虎,细嗅蔷薇",这倒有点意思,亦合我心意。

其实,写这几个字我是有所指的。我们每个人心中都有一只老虎,只是绝大部分的人没有放出来。我们每个人,都有许多秘密放在心里。放着了就放着了。日子还长,日子要过。恋爱,嫁人,生孩子,为人妻母,一切进入庸常的轨道,过上平凡而一地鸡毛的、说辛苦也有快乐、说快乐也日复一日的规定的人生了。

这样也就过了一生,平平安安的。

现在还没有一种仪器,能测出人心中的秘密。——不是说,科学家快要发现暗物质了嘛。暗物质若真被发现,世界又会是大乱的——如果谁发明了检测出人秘密的仪器,这么一个玩意,那就真逆天了!这个世界就一天不得安宁了。

然而目下眼前,也正因为人心不可测,人心深似海,所以才有文学,表达人心那些混乱的、丰富的世界。也正因为人心中有虎,所以人才爱折腾。

老虎不可怕,你要装成猫哈,轻手慢脚,小心翼翼。口叼蔷薇,念上一首诗,也许,"阿门,上帝啊!天可怜见……",这多美妙。

十二、位子

(婴儿总是让人愉快的)

走到座位跟前,一个年轻的女孩怀里抱着一个婴儿已坐在我的位子上了。而中间有一个位子空着。女孩见到我赶紧说:"这个位子是你的吗?我想跟你换一下。我带着小孩,中间不方便。"我心中立马就不高兴:你图方便了,就没想过我年纪比你大得多吗?

为什么不高兴?因为昨天上车,也遇到了这个情况。昨天从南京回来,我的座位是靠窗的。我走到座位前,一个年轻学生模样的青年已坐在了我的位子上。他见到我,赶紧对我说:"我同你换一下,我因为到底站,省得给你添麻烦。"我一时没有反应过来:"你坐里面,倒省得给我添麻烦了?"

我当时也就算了,反正一个小时就到了。我于是问:"这个车到哪里?"

他答:"合肥。"

我于是想:到合肥不就到底了吗?那我也是到底呀!你这个孩子!你想坐里面,又用这样一个勉强的理由,不是糊弄我吗?想想又笑了,反正没一会儿就到了。

今天没想又遇到这个女孩,还带着一个婴儿,我于是没好气地说:"噢,那你先坐一会儿吧。"我脸上冷冷的,意思是我说要回来就要回来的。

我于是坐在了两个人的中间,顺手把包抱在怀里,就闭眼养神了。早晨起得太早了,现在头昏昏的。

我就这样迷迷糊糊地靠着,就听边上女孩怀里的婴儿"咿咿呀呀"地低声哭闹。这个女孩不大,看样子也才二十二三岁,我无端地觉得她要孩子太早了。可转念一想,现在女孩都显小的样子,有的二十七八看起来不也是二十一二的样子吗?

过不会儿,婴儿不哭了,就听到小嘴巴吮吸的声音,"吧唧吧唧"的,我就知道是婴儿在吃奶了。我想象一下母亲喂奶的样子。只是随便想了一会儿,不一会儿也就不想了。

在迷盹中,听到女孩接电话,口音忽然换成方言,我听着仿佛是安庆口音。我忽然对她亲切了起来。潜山的?望江的?也可能是怀宁的。

我睁开眼往右边一瞥,目光正好落在婴儿的脸上。没想婴儿醒着,正也用眼睛看我呢,他(她)望我的眼神那么地无辜和清纯,我忽然一下心情大好了起来。婴儿总是让人愉快的。我对那个女孩说:"你安庆的?"

她说:"庐江的。"

"你刚才打电话的口音,分明是安庆的。"

她说:"我们那个乡靠近枞阳。"她说了一个地名,我没记住。

我说:"噢,对了嘛,枞阳过去和桐城是一个县。1949年后才划开的。"

她似乎不大了解,口内只是"噢,噢"。

我看着婴儿,婴儿就对我笑。我问:"多大了?"

她说:"两个月。"

我说:"啊,才两个月都会笑了。孩子真是愁养不愁长啊!"我又说,"才这么小,不该带他(她)出来。"

她说:"没办法,有事呢。"

我低下头,在包里掏茶杯。这次出门,我在茶杯之外,还带了一个小盅子,这样喝起来感觉好一些。不是说嘛,品茶品茶,小口才叫品,用大杯往嘴里倒,不成了牛饮了嘛。

刚喝了两口,我抬起头。忽见女孩背过身去,我又听到了婴儿吮吸的声音。女孩半个身子扭着,对着窗外。我忽然一下明白过来了:噢,难怪她要同我换,主要是为了给孩子喂奶呀!

这一回,我是真正理解并原谅了她。

十三、作家还是不见的好

粉丝们不要对作家的形象抱太大的希望。

王小波死后,拥有无数的粉丝(其中不乏女粉丝),但这只是被他的文字迷上了的原因。其实粉丝们真是幸运没有见过王小波的人,如若见到,是要大失所望的。我曾看过王小波的一个视频,真是个非常"脏"的男人:一笑一嘴的牙龈,说话嘴角还一抽一抽的,头发像个鸡窝一样,估计也是长期不洗澡的人。他烟瘾又大,估计身上味道亦大。

这样的人走到哪儿都不会受人欢迎(特别是女士),更何况和他长期在一起过日子。

我也是不太讲究的人。衬衫不经常洗,袜子也不常换,洗澡也不勤。一个作家,他的精力多用在"思索"上。他要不断地思索,集中心思和精力,思考一个问题。如果整日想着把自己弄得光鲜漂亮,那实在是困难的。消耗了时间不说,自己弄得太"光鲜",都会过意不去。——作家又不是演员,主要靠脸吃饭的(也有靠演技的)。作家是靠文字(作品)吃饭的。你喜欢他,看他的书就好了。

当然,也有的作家例外。

十四、能得一种疾病二十天死掉最好

能得一种疾病在二十天内死掉是最幸福不过的了。人在活着的时候只要没有肉体的痛苦,就是幸福。人反正是要死的。想想人类,给这个世界造成多大的祸害,每天吃喝拉撒,浪费粮食,排泄粪便,这个地球已经苦不堪言。

想人类这样发展下去,还有个消停吗?这两天正有一个大新闻,深圳的一个科学家已经用基因排序生产出两个婴儿。这样下去,以后人类根本就不用生育,只要用基因排序就可以生产了。哪里要500人,下一个订单,这里就给生产500个,这将是一个什么样的社会?

十五、仔仔死了

早晨上班刚到楼下,遇见费小燕在弄车。费小燕见到我说:"我们家仔仔昨天死了。"说着眼泪就下来了。费小燕搬到我家的楼层才两三年,之前见不到她上班,每天早晨或黄昏就见她牵着一条大狗遛弯。很久之后我才知道这只狗是一只盲狗,双目都失明了。再过过知道这种狗叫金毛,问费小燕养多少年了?她说十几年了。

我一听心里一惊,因在一年前,我的女儿也弄了一只小狗回来,是比熊,养了狗才知道,这个东西极其聪明,基本上你算计的都被它算计了。我爱人原来不怎么喜欢小动物,现在弄得比女儿还亲。每天我出门,她就抱住它给我挥手:"给爸爸再见,爸爸开车慢一点。"或者说:"爸爸该带工资回来啦!我们志玲没狗粮啦!"

我嘴里"啊呀啊呀"了好几声。她说着,就一拉车门,一只黄色的大狗静静地躺在车的后座上,身上盖着一个花毯子。

我见那么一个大东西躺着,心里一惊,身上就是一阵冷。

我赶紧说:"不能看不能看,我看了会心里难受的。"

费小燕红着眼,用手摸摸仔仔的头,她忽然坚定地说:"怕什么,生老病死,人之常情。人还死呢!"说着,眼泪又快要下来了。

我说:"它多大了?"

她说:"14岁半。"

我说:"你现在干什么去?"

她说:"我送它去火化。"

我赶紧走开了。自从我们也养了狗,我才知道,这个东西才通人性呢!养长了会有感情,到时丢都丢不掉。

现在城市里人很冷漠,住在同一层楼的人家能几年不认识。我们通过狗,认识了费小燕一家。我爱人对我说,她不知道多么爱狗,为了这个仔仔,她十几年不去旅游。

知道她叫费小燕也是在不久前,原来我爱人同女儿都叫她"仔仔妈妈"。有一回我爱人说,费小燕怎么怎么,我说谁是费小燕?我爱人说:"仔仔妈妈呀!"

我爱人说:"费翔的费,小燕子的燕。"

这个名字还是挺好听的。

2017年11月8日

桃的时光(外一篇)

上班的路上,总见到一丛桃。有七八棵,在一处池塘的漫坡上。阳光下,小雨中,那桃花是那么的可口,那么的叫人心怜,又是那么的完美无缺。上苍啊!你叫我如何说你。

我总是固执地认为,早春二月,对桃们来说是最好的时光。立春一过先是枝头冒出一两朵俏丽的朵儿,紧接着一场春雨,花朵儿便在春风中竞相开放,之后便是满枝的织锦,满枝的璀璨,满枝的最好年华。远远望去,让人心头一颤:哦,春天!

韶华总是短暂的。繁华之后,那桃的枝上便露出星星点点的叶儿,稀稀拉拉,便显出一副村姑的模样,再之后便是一个真正的拖儿带女的村姑——城头变幻大王旗,枝头便又缀满了大大小小的青果子,毛乎乎的,丑丑的——那便是人们常见的毛桃了。

桃的青春是短暂的。早春二月,是桃们一生中最好的时光。可是,生命总是多样的,对桃树来说,拖儿带女的日子又何尝不是另一种人生,另一种幸福呢。

清水写字

办公室里放了一些杂七杂八的字帖。有时翻翻看看，那清俊的字，一颗颗入眼，心中极痒。

我于是备了一支毛笔，插在一次性纸杯中，有时电脑时间看长了，眼饧，就站起来，走到桌子的一头，将笔蘸了清水，在桌子上写。这毫无麻烦，临了一遍帖，写了几个字，兴趣已尽，笔往杯子一插，完事。

清水写字，了无痕迹。既不浪费笔墨，弄脏环境，遗下一堆垃圾，又可于心略会笔意，以解手痒之疾。其实，所谓写字，先是要心中有字的。

这十几本字帖，有黄庭坚的《松风阁》、八大山人的册页（花鸟、书法和信札）、孙过庭书谱、董其昌的《岳阳楼记》，还有苏东坡的《寒食帖》。

这些帖中，我看得最多、写得最多的是《松风阁》："依山筑阁见平川，夜阑箕斗插屋椽。我来名之意适然，老松魁梧数百年……"我有时一字一字去看它们的结体，真是养眼啊！

我有时想：该有什么样的心情才能写出这么饱满、精神而又秀润、灵动的字呢？

在这幅字上，还盖有许多的印章，红红的，在字的间隙。不过我从来没认真细瞅过。有一回我摘下眼镜，细细去看，那些印都是篆字，不大认识。有一次我见到页内有两枚椭圆形的印章，仔细一瞅，却是"嘉庆御览之宝"，另一个是"宣统御览之宝"。呵呵，这个帖而今在我的手里，我却用清水习它。

2017 年 2 月 20 日

她的文字是极其小心的
—— 读《拉萨的时间》兼及其他

　　我首先要表达的是对龙冬先生的感谢。我这半生的文学朋友大多都是通过龙冬兄认识的，我这里正式向他表示感谢。当然我自己也有点长处，比较真诚。龙冬出生在北京，是在社科院大楼里长大的。龙冬给我提供兄弟般的友谊，可以说他从来没有用那种让人感觉到居高临下的方式跟你交往。我认识龙冬，是因为读了他发在《青年文学》上的小说《小十字口》。大概是 1986 或 1987 年，他还在北京的中华书局发行部工作，后来他到了《中华儿女》杂志社，我一次到承德，从北京过，找过他一次。那是第一次见面。那个时候我不会坐电梯，上去后又下来，下来又上去。来回几次后，电梯口上来一个小青年，我看恍惚像龙冬，因为他寄给我过一张照片。我说你是龙冬吧？他连说，是，是，是，我是。龙冬眼睛圆圆的，他就那么认真地回答着。后来他请我吃担担面，那是我第一次吃这个叫担担面的东西。这就是他对一个乡下孩子的态度。1989 年我到鲁院上学，我们就经常在一起了。1990 年的时候，他去援藏，在《西藏青年报》工作，而我在湖北黄州编一本刊物，曾计划去拉萨，还在一个本子上画过路线图。可是总是没有钱，计划泡汤了。龙冬援藏回来，带回来一个美丽的藏妞，这就是央珍。央珍是我认识的第一个西藏女性，而且是第一个藏族人。1993年初，我有幸借调到北京工作，一干就是近五年，使我们有了更多的接触机会。我们交往时都是物资匮乏的时期，都很年轻，虽然贫穷，但都很快乐。我们在青年时可以说是有那么一段神采飞扬的日子。我们并不十分渴望成名，但写作是真诚的。

后来我虽离开北京到了省里，可我经常到北京出差，也是能见上面的，但没有在北京工作时的方便了。他有了许多新朋友，我也多认识，但深入接触的机会还是要少得多。这样一过就是几十年，我以为什么都不会变。哪知道世界每天都在变。你看，我今天已经戴了一顶帽子，有了老相。央珍给我人生的印象，多定格在20世纪90年代东总布胡同的那个年轻的时期。每次我从建国门地铁上来，首先灌入耳内的是长安街上疾驰的汽车轧在马路上的"呼呼"的车流声，之后我就比较快乐，沿着那个斜刺的胡同飞跑。一进入胡同，立马就安静了许久，再跑几步，那个刺耳的声音就被甩到了身后，一下子便安静了下来，我走到一个门朝西的院子，迎面一个二层小楼（那可是一个古老的小洋楼）。我走过去，沿小楼还披了个小厦子，朝南开了个小门（我有时没有预约，门上会有一把小铁锁）。我在院子里冲楼上喊一声："马乞那盖！"这是我发明的密语，就是"我到了"的意思。这时就会有龙冬一声："哎！"或者央珍一声："苏北来了！"

进门，龙冬是一贯地说："嗯，上楼坐。"上楼坐。之后便换了鞋，——要换鞋么？好像是。——到楼上坐下。龙冬和央珍是爱整洁的，楼上三间小房（两间？）总是收拾得干干净净，他们有时会点上一支藏香，一屋子浓烈的香味（我比较喜欢这个味道，有人可能不喜欢,嫌太浓了)。沿客厅的墙上,还高高地(也不太高,楼层并不高)斜拉一根线(铁丝?),上面挂了许多从西藏带回来的彩色的经幡,这样就有了点藏族人家的气氛(是我自己设想的,也许他们仅仅是喜欢)。龙冬有时为我泡点茶,有时倒一点红酒(红酒?洋酒?不记得了),就会说上一些话。而央珍多会忙些事情,之后便坐在沙发上参与我们的说话(不是讨论,是东一句西一句的)。央珍比较安静,话不多,但也不是沉默,她是有礼节地、文雅地说着一些话。

这半生来,央珍给我留下的印象,要么是那个小楼,要么就是他们搬到藏研中心,多是在他们家里坐一会儿,聊几句,之后便出门吃饭了。吃饭有时人多,有时人少。人少就聊聊创作,聊聊熟悉的朋友。人多,龙冬就闹,一般来说,酒是不会少喝的。也会喝大,喝大了,龙冬就闹(说笑话或唱歌),而央珍,则一直静静地坐着,笑眯眯地看我们闹。

央珍给我留下了美丽的印象,她总是那么安静。我今天上午才把《拉萨的时间》看了,看了之后,我大为惊奇,她写得特别特别地小心。她的文字,都不是随意写下来的文字(能感觉得到她的认真),她对文学的感觉,给人以特别特别地小心。我同意桑吉扎西老师和骆军兄的看法,我看到央珍在写作时有犹豫的部分,她很小心地去表达。这本集子中的《卍字的边缘》《拉萨有条八廓街》《我的大学》《甜甜的忧伤》等篇章我都喜欢。我读完《卍字的边缘》后,我对朋友说,有点像翻译小说似的,朋友认同。大约是西藏的生活、习俗、文化,是与我们有极大的差异的。央珍写作这篇小说时才二十三岁,而我读到这篇小说已五十七岁。我读完之后在文末写道:2019年1月5日晨读完,在北京灯市口干面胡同中国红十字会宾馆。冬日的阳光从南边的窗外慷慨地递进来。有一群鸟儿在不远处的天空飞翔。它们一大群,在低空中绕着圈子来回地飞,既迅速又优美。隔着窗子看,像看着老北京的一部动画片。这时我在看一个叫央珍的西藏女子写的小说,而《拉萨有条八廓街》,写得那么缜密细致。她对八廓街充满了一种极其绵稠的感情,正如她自己所写:"在八廓街,人们热爱自己的宗教,也热爱物质财富。佛热爱生灵,也热爱热闹。神灵崇高伟大,也平凡渺小。各种各样的现象在这条街上,既矛盾,又统一,各色各类的气氛在这条街上,既排斥,又融合。"

我想央珍的这些文字,是有价值的。可以这样讲,我们所讲的一种语言的干净(没有暴力),语言的宁静,在央珍的作品里,是随处都能够看到的。

2019年1月9日,北京灯市口干面胡同中国红十字会宾馆704房间整理

后记

因编这个集子,把多年的散文进行一番整理,这是一项繁重的工作,因为几十年没有清理过,总是写了发了就完事了,所以多数的文章是散在多个文件夹中,有些可能也不知下落了。将收存的罗列起来,数了数竟有三百篇之多。说少不少,说多也不多,毕竟写了近40年了。从第一篇《雨中游琅琊山记》,写于1983年,是我上地区银行学校时的课堂作业,发在了当年的《安徽电大》上,这么算来可不是40年了。时光真是一个贼,偷走了我的岁月,偷走了我的青春。可并后悔,不是努力了吗?不是奋斗了吗?虽说青春不一定是非要用来奋斗的,但每人情况不同,多数人还是要靠它来奋斗的。

写了这么几十年的散文,没有自己的理论。想想是真没有,心中只有一个囫囵的感觉。有见解的,有感觉的,那怕只有一点点,都是好的。语言好也可以。但当代绝大部分的散文,也只是看看还可以,给人心里一颤的,很少。我自己写散文,倒是追求个性。但个性也不好,不一定给人赏识。一个人的风格,形成了,也是不好改变的。你赏识不赏识我管不了,我只能按照我自己的方式去写,别人无法改变我。

我认为我的散文还真诚。真诚应该是散文的第一要义。我认为我的散文还疏淡明朗,话说得明白。我还是有一点幽默感的。写的俏皮幽默,也是不容易的。幽默不是胳肢人,而是轻轻地说,说得轻松有趣。我写的都是平常的事平常的人。我认为文学是小老百姓的事、记录小百姓的生活、命运、心理,就是记录时代。平凡的人大约是一个时代最真实的人。

我们这一代人,写作有一个共同的弱点,就是书读少了。因为在最好的年龄,不怎么读书。可是这怪不了谁,因为你赶上了那么个时代。我们这一代写作者,古文基础普遍较差,古文基础差的直接后果,是语言罗嗦,不能简洁。简洁是文学的一个重大问题。汉语固有的特点很神奇,就是简洁是一种美。你看看《寒花葬志》,你看看《湖心亭看雪》,你看看《记承天寺夜游》,你看看《小石潭记》,便知道简洁是那么美的一件事。《寒花葬志》只有几十个字,但它以少胜多,寒花的几个小动作,就写活了一个少女,如果长篇大论,那是什么滋味。《记承天寺夜游》也是,因为那么短,所以"庭中如积水空明,水中藻荇交横,盖竹柏影也"才显得那么突出,那么灵动。

近几年我写毛笔字,就是所谓的练书法吧。我写字是想将毛笔字写得稍好一点,但我更重要的私心,是用毛笔抄古文。抄书十遍其意自现,是这么个道理。写书法不写古诗古文写什么呢?你总不能把白话文抄一遍吧。你别说,这样抄个两三年,古文基础是有了一点提高。我是多么的后悔,我若在三十岁,懂得这个道理,我现在的写作该是怎么样的一个景象?好在我总是乐观的,好饭不怕晚。只要活着,就是学习,就是读书。几年下来,我抄的古文有几十篇吧。《山中与裴秀才书》《陈情表》《前赤壁赋》《黄冈竹楼记》《醉翁亭记》《洛神赋》……这些文章我反反复复抄，其中美妙的字句我都能记得。虽说廉颇已老，可是还能饭也。这不，这碗"饭"趁"热"即及时"享用"了一番。前不久在安徽大学给中文系的同学们讲散文写作，讲着讲着就"诵"起了我记熟了的段落，同学们也齐声同诵。那一刹，真是人生的美妙时刻。在安大讲了几年，这一堂课是我自己最满意的，因为同学们那么专注，使我得到了一种不可言说的享受。

这个集子里的 60 多篇散文，多数为近年所写，有关于汪曾祺的，有读《红楼梦》的，有写青春的，有写美食和交游的，品类繁多，但面目并不可憎。希望遇到此书的读者，读了其中的一些文字，能给您带来片刻的快乐，如果能在你的心里留驻一片天地，那将是我终生的幸福。谢谢您的阅读。

是为记。

苏北

2021 年 12 月 29 日